書下ろし

正義死すべし

悪漢刑事《わるデカ》

安達 瑶

祥伝社文庫

目次

プロローグ　7
第一章　クサい連中　12
第二章　イノセンス・プロジェクト発動　63
第三章　誤審の炙《あぶ》り出し　112
第四章　口封じ　189
第五章　閣下《かっか》の秘密　259
第六章　孫の命より大切なもの　323
エピローグ　386

プロローグ

　雎鳩山《みさごやま》は鳴海《なるみ》市の外れにある。

　中央山地に連なる標高一三〇〇メートルほどの連山だ。鳴海市から海に流れ込む勝俣川《かつまたがわ》はここの湧き水から始まっている。

　尾根に隣の郡との市境が走っていて、今では住む人はいない。特筆すべき観光ポイントもなく、ただの山という認識だから、営林署の職員か釣り人以外にこの山に立ち寄る人はいない。それ故に、ほとんど手付かずの自然が残っている。

　古来より、春先にはミサゴが渡りの途中に多く立ち寄ることから雎鳩山という地名になった。鷹《たか》によく似たこの鳥は、魚を捕って食べるからこの山の清流には川魚が多い。観光化されない故に守られている自然が魚を育《はぐく》み、それを目当てにミサゴが飛来する。

　やって来るのは野鳥だけではない。マニアックな釣り人も良い釣り場を求めて訪れる。だが道路は整備されておらず、渓流《けいりゅう》に車で辿《たど》り着こうとすれば、ちょっとした冒険気分が味わえる。そのワイルドさが逆に評判になって、一部の好事家《こうずか》には聖地扱いされたりしている。要するにオフロードの難所であるということだ。

その日も一人、ベスト・ポジションを求める釣り人が、雎鳩山の奥深くまでやってきた。この辺はオヤニラミが良く釣れる。食べると不味《まず》いが見た目が美しい、観賞用の魚だ。

釣り人は林道の窪《くぼ》みに車を止めて、急な坂道を降りてきた。釣道具を抱えて渓流まで降りてくるのも一苦労だ。

ポケットがたくさんついたフィッシング・ベストに、胸まであるゴム長のお化けのようなウェーダーを穿《は》き、手には六メートルの渓流竿《ざお》にクーラーバッグ。腰にはエサや針を入れたポーチをつけて、背中にはリュックという重装備だ。

渓流に降りてきた釣り人は、ざぶざぶと川に入った。雪は降らない鳴海とはいえ、源流に近い山奥は寒く、日陰にはまだ氷も張っている。川の水は冷たくて身が切られるようだ。

しかし、ベスト・ポジションを狙うには、流れに足を踏み入れなければ意味がない。それでこその渓流釣りだ。大物は、大きな岩の下や岩陰に潜《ひそ》んでいることが多いのだ。

釣り人はしばらく粘ったが、成果はまったく上がらなかった。俗に言う「ボウズ」だ。防水の靴を通してキンキンに冷やされた足の感覚もなくなってきたので、川から上がって休憩《きゅうけい》をする。幸い好天に恵まれて、陽光はさんさんと早春の自然に降り注いでいる。

狭い河原に上がって、リュックから握り飯を取り出して、頬張った。

ミサゴだけではなく、たくさんの野鳥がそれぞれに競うように鳴いている。こういう自然を満喫《まんきつ》できるのが、渓流釣りの醍醐味《だいごみ》だ。

冷たい清涼な空気を腹一杯に吸うと、身体の中からすっきり洗われるようだ。

と。

ふと目をやった林間の空き地に、白い百合《ゆり》が並んで咲いている。

綺麗なもんだな、としばらく眺《なが》めて他の場所に目を移した。

が、また百合に視線が吸い寄せられた。

この時期に百合が咲いているのは、妙だ。だいたい咲くのは五月とかじゃないのか？

今は三月、しかも山の中だと一ヵ月は季節は遅れているはずだ。

それに、並んで咲いている、その並び方が人工的だ。少なくとも自生ではない。こんなところに、いったい誰が百合を植えたのか？

釣り人は花に興味はなかったが、手付かずの自然の中に、不似合いなものがあるのは気になる。

のろのろと立ち上がって、白百合を見に行った。

「えっ？」

思わず声が出た。

清らかな白百合は並んで咲いているが、それに囲まれるようにして、幼女が横たわっていた。

穏《おだ》やかな顔で、ぐっすりと眠っている。その顔はとても可愛《かわい》らしくて、まさに花のようだ。しかも童話の絵本から出てきたように頭には大きなリボンをつけ、純白の可愛いドレスを着て、安心しきったように目を閉じている。

惜《お》しげもなく降り注ぐ陽光は温かで、空は抜けるように青い。

幼女はハイキングにでも来て、ぽかぽか陽気に眠りに誘われてしまったのだろうか？

寝かせておいてあげよう、と戻りかけたが、激しい違和感に引き戻された。

ドレスでハイキングするか？　いやいやそれ以前に、この季節ドレスでは寒い。しかし少女のコートは近くにはない。

ツレは？　親はどこにいる？　そもそも年端《としは》もいかない女の子が、こんなところに一人で来るはずがない。

それに……自分が釣りを始めたときには、他に人の気配はまったくなかった。

ここまで考えた釣り人は、考えたくないことをいよいよ直視する必要に迫られて、ゴクリと唾を飲み込んだ。

もしかして……この子はもう……。

「ね、ねえ？」

釣り人は少女に声をかけてみた。しかし、反応はない。

疲れ切って熟睡しているのか？　と、この期《ご》に及んでもまだそう信じたい。

いやいや……と、釣り人は首を横に振った。

どう考えても、そうではなさそうだ。

釣り人は勇気を振り絞って幼女の傍《そば》にしゃがみ込み、震える手で、恐る恐る頬に触れてみた……。

第一章　クサい連中

遺体が発見された日の夕刻、T県警鳴海署に「雎鳩山女児死体遺棄《いき》事件」特別捜査本部が立ち上がることになった。

鳴海署としては久々の特捜本部の設置で、場所には講堂が充《あ》てられた。

「どういうことだよ？　まだ死体が見つかっただけだろ？」

文句を言っているのは、いかにも寝起きを叩き起こされました、という不機嫌《ふきげん》な表情の中年の刑事だ。

「普通は部長指揮の捜査本部だろ。事故か事件かも判らん段階で、いきなり署長指揮の、それも特捜本部か？」

急遽《きゆうきよ》、本部設営に駆《か》り出されたのが腹立たしいのか、横長机の片端を持つ若手の刑事に文句を言っている。

「いや、これは間違いなく事件ですよ、佐脇《さわき》さん」

佐脇と呼ばれた中年の刑事はむさ苦しい無精髭《ぶしようひげ》で、その全身から立ちのぼる臭いからすると、明らかに前夜の酒がまだ脱《ぬ》けていない。

対照的に若手の刑事は警察官らしくガタイは良いが、すっきりと整った顔立ちで身だしなみも行き届いた、いまどきの若者だ。

「現場の様子を聞いたかぎりでは、明らかに殺人です。遺体の置かれ方が普通じゃないんです。たしか、よその県で、ずっと以前にも似たような事件があった記憶が……」

「まあな、今回は被害者が子供だから署長指揮にはなるかもしれん、とは思っていたが、特捜とはね。いきなり最高ランクの捜査態勢っつーのはどう言うわけだ？　水野《みずの》よ」

水野と呼ばれた若手刑事は、佐脇と呼ばれた中年の刑事を、腹の虫の居所を探るように見た。

「しかし佐脇さん。遺体で見つかった原田沙希《はらださき》ちゃんは二週間前に行方《ゆくえ》不明になって捜索していたんですから、マスコミも注目しています。事件としては大きいですよ」

「詳しい事は知らんがな、死体が見つかって即、捜査本部《ちょうば》が立つって、早くないか？」

「それだけ重大事件だって認識の表れなんでしょ」

「あんまり本気で探してなかったから、死体で見つかってヤバいってんで大慌てで特捜本部、ってことじゃねえのか？」

二日酔いをゆっくり醒《さ》まそうと思っていたのに、机を運ばされたりペットボトルのお茶を並べさせられたり、雑用にこき使われてムカついている佐脇は、毒舌《どくぜつ》が止まらない。

「だいたい生活安全課はいつも甘いんだよ。小学二年生が二週間も帰ってこないってことになりゃあ、捜索願も出てたんだし、ただの家出なわけが無いだろ。さっさと刑事課に回しとけばよかったんだよ」

佐脇は水野の抱える段ボールからペットボトルを取りだしつつ悪態をついた。

「生安はこっちに遠慮《えんりよ》があるんですよ。なるべく刑事課の仕事を増やさないようにって」

「その有り難《がた》い配慮の結果、最悪の事態になってるんだから意味ねえだろ。引き継ぎの手間が増えた。余計面倒になっちまったじゃねえか。あげくに、特捜本部だぜ。県警本部からやかましい連中がわんさか乗り込んでくるんだぜ」

口が止まらない佐脇の肩をぽんと叩く手があった。

「まあそのへんにしておけ、佐脇」

背後に立っていたのは、まさにその「やかましい連中」の親玉である、T県警刑事部長の日下部《くさかべ》だった。

「これまでに身代金《みのしろきん》の要求や脅迫《きようはく》は無かったが、これは明らかな未成年誘拐《ゆうかい》殺人・死体遺棄の大事件だ。特捜本部になって当然だろう」

「これはこれは……本部から乗り込んでおいでの刑事部長殿でしたか。まだこんな田舎《いなか》県警でくすぶっておられたとは意外ですな。とうの昔に警察庁《サッチヨウ》にご栄転あそばされたと思ってたのに」

咳払《せきばら》いがしたのでその方を見ると、日下部刑事部長の隣に、県警本部長である吉川《きっかわ》警視長が無表情に立っていた。

ほら、と日下部に促されて、佐脇はしぶしぶ手を上げて敬礼の真似事《まねごと》をした。

吉川は着任したばかりの県警本部長だ。前の本部長は数ヶ月前に交代、というより、事実上更迭《こうてつ》された。地元の暴力団である鳴龍会《めいりゅうかい》幹部の逮捕にT県警が失敗したのみならず、組内部の抗争が立てこもり事件に発展した結果、鳴海港の港湾施設が大規模に破壊される事態に至った責任を取って本部長はT県警を去り、この吉川本部長は着任したばかりだ。

「T県警本部長の人事権は実質上、お前が握っているという噂《うわさ》があるな、佐脇巡査長」

T県警の刑事部長も本部長も東京からキャリアが送り込まれるが、だいたいは不祥事《ふしょうじ》で引責辞任する。新任の吉川警視長も、前職は警察庁生活安全局の課長だった。

「歴代の本部長や刑事部長がおれ、いや失礼、ワタシの不始末の責任を取ってクビになるって事を仰《おっしゃ》りたいんでしょうが、そもそもウチを去ったヒトタチは警察庁に戻って一定期間ほとぼりを冷ませば、すぐにまた出世街道に戻るじゃないですか。警察庁に戻るのは一種のリセットと言うか、経歴ロンダリングですな。諸悪の根源たるワタシの首も繋がってるし、結局誰もクビになってないってことは、誰一人責任を取ってないってことでしょう？」

「君をクビにする件は長年の懸案として、本部長交代時の申し送り事項になっている。私も前任の野口《のぐち》警視長から引き継いでいる。しかし……未《いま》だに果《は》たせていない現実が、それなりの困難を伴う諸事情を物語る案件として、慎重に取り扱うように、との引き継ぎを受けている」

佐脇が数々の問題を起こしながらも免職にならないのは、たまにクリーンヒットというべき事件を解決して実績を上げていることもあるし、マスコミに対して警察の広告塔になっているという面もある。しかし、実際に一番大きいのは、佐脇が地元暴力団・鳴龍会から吸い上げたワイロを鳴海署長をはじめとした県警幹部にバラ撒いていた事だ。受け取ってしまった以上、ワイロは劇薬の役目を果たす。

自分の身が危なくなると知りつつ懐《ふところ》に入れてしまうのは、佐脇が巧妙にカネを捩《ね》じ込んでしまうからに他ならない。その手口は本業のヤクザが参考にするほど巧《たく》みだった。

「だが……鳴龍会が壊滅して、君もそろそろ年貢《ねんぐ》の納め時だな。原資が途絶えた以上、保険は効《き》かなくなったよ。掛け金が払えないだろ」

「果たして、そうですかな？」

佐脇は首を傾げてタバコを口にした。

「君、署内は禁煙だ」

だが悪漢刑事《わるデカ》と呼ばれる男は、日下部の注意を無視して火をつけ、紫煙を吐きつつ、うそぶいた。

「黒い金を一度懐に入れた、という事実は消えませんよ。いつだって表に出せる。つまり、そういう爆弾を抱えた連中が、東京や全国の後任地に散ってるってことです。注意一秒、ケガ一生ってね」

そう言ってニヤッとすると、日下部の顔から表情が消えた。それをいい事に、佐脇は言葉を続けた。

「ワタシを排除しようとすれば、警察全体がヤバくなりますよ。T県警だけで済む話じゃなくなる。まあたしかに過去、ワタシを消そうとして警察庁《サッチョウ》から送り込まれてきた腕利《き》きもいましたがね。あんたらを百人束《たば》にしても敵《かな》わないような優秀な警察官僚でしたよ。そいつがどうなったか？　さすがに墓の下でオネンネはしてないですがね」

「優秀な警察官僚」とは現在警察庁で刑事局刑事企画課課長の役職にある入江《いりえ》雅俊《まさとし》警視長のことだ。実際は「墓の下でオネンネ」どころか佐脇も危ないところまで追い詰められた。口には出さないが、実際は引き分け、訴訟《そしょう》にたとえれば先方が和解金を支払って不起訴というあたりだろう。

「この男は何を言ってるんだ？」

新任の吉川本部長は顔を強《こわ》ばらせて日下部を見た。

「佐脇。お前は自分を何様だと思ってるんだ」

日下部は狼狽《ろうばい》し、強い口調で佐脇を叱咤《しった》した。本部長が引き取って続ける。

「……とにかく、T県警は、田舎の割に事件が多いと東京でも問題視されている。それだけに今回の事案は、何としてもウチの総力を挙げて解決しなければならない。それも能《あた》う限り、早急にだ。お前の件など後回しだ。準備が出来次第《しだい》、捜査会議を始めるぞ」

吉川本部長は厳しい顔で言うと、日下部を引き連れて署長室に向かっていった。

「なんだあれは？　えらく気合いが入ってたよな」

佐脇は二人の後ろ姿を眺めながら、水野にボヤいた。


午後五時に特捜本部での捜査会議が始まった。招集された刑事は総勢五十人。この体制は鳴海署始まって以来の大所帯だ。その上、デスクに電話、パソコンにファックス、大型モニターなど必要な機材が山のように運び込まれ、ほとんど立錐《りっすい》の余地もない。

講堂の舞台を背にした雛壇《ひなだん》には県警や鳴海署の幹部が居並び、捜査員の報告を聞いている。

「遺体となって発見されたのは、原田沙希ちゃん七歳。鳴海市西原《さいばら》四丁目に住む会社員・原田浩次《こうじ》さんの長女で、二週間前の二月一九日の午後三時過ぎに学校から帰って遊びに出たまま帰宅せず、同日夜に鳴海署に両親から捜索願が出されていたものです」

司法解剖と検死の結果、死因は睡眠薬であるハルシオンによる中毒死で、死後二日が経過していることが、まず報告された。話しているのは、本件の初動捜査を担当した鳴海署捜査一係の光田《みつだ》だ。

「ハルシオンの入手経路などについては、科捜研に分析を依頼しているところです。ただし、遺体には外傷が無く、着衣にも乱れはありません。また胃の内容物からも、沙希ちゃんは誘拐されてから殺害されるまで、栄養のあるものを与えられ、身体的な危害は一切、加えられていないことが判りました。強姦《ごうかん》やそれに類する性行為の痕跡《こんせき》も、認められておりません」

講堂に集まった一同に、多少ホッとする空気が流れた。幼女を凌辱《りようじよく》した上に殺害したとなれば断じて許せない、という張り詰めた雰囲気が爆発寸前にまで高まっていたのだ。

胃の内容物としては子供が好きなケーキやチョコレート、ハンバーグにジュースなどが認められ、また睡眠薬の量が注意深く調節されていたと思われるところから、死亡時の苦痛も最小限だったと推測される。皮膚《ひふ》の状態も良好で、適温な室内で過ごしていたであろう事が類推された。

「さらに遺体発見時の着衣ですが、行方不明時に着ていたものではないことを両親が証言しております」

「とすると、誘拐した犯人が用意して着せていたということか。二週間の間、沙希ちゃんは大事に世話されていたということになるのか？」

日下部刑事部長が問うた。

「帰りたいとしきりに訴えるのを、食事などで懐柔《かいじゅう》していたとも考えられます」

「どっちにしても、犯人は、被害者を黙らせたり言うことを聞かせるために、暴力は振るわなかったと言うことだな」

「つまり」

生活安全課から捜査本部に参加している篠井由美子《しのいゆみこ》が挙手をして発言の許可を求めた。

「犯人は、何かのキッカケで逆上し、衝動的に沙希ちゃんを殺してしまった。しかし、その事を深く悔いたので、遺体を純白の百合の花で囲んで弔《とむら》った、ということではありませんか?」

「弔うのなら埋めればいいだろう。なぜわざわざ花で囲んで目立たせる? 犯人としては死体の発見はなるべく遅くなるように工作するのが普通じゃないか?」

日下部が疑問を呈《てい》したが、篠井由美子は反論した。

「この犯人は逆に、なるべく早く遺体を発見して貰《もら》いたかったのではないでしょうか。その方が遺体の傷《いた》みも少なくて、綺麗な状態で親元に返せると」

講堂内がざわついてきたので、彼女は声を張った。

「通常では考えにくい行動であろうかと思いますが、そもそもこれは異常者というべき者の犯行ではありませんか? 異常者という言葉が不適切であれば、歪《ゆが》んだ性格、あるいは正常ではない性癖《せいへき》と言い換えます。とにかく犯行現場の異常さが際立《きわだ》っているという印象を拭《ぬぐ》えません」

佐脇は、捜査会議の末席で、やり取りを聞いていた。特捜本部に招集されるまで、自転車ばかりを百台以上も盗んで転売するという、大がかりなのかケチ臭いのかよく判らない窃盗《せっとう》事件を担当していた。だから原田沙希ちゃんの件はほとんど何も知らない。

死体発見の一報が入って、県警の機動捜査隊とともに動いたのが、その時ヒマだった光田だった。

それにしても、雛壇には初回とは言え、県警本部長以下、刑事部長に捜査一課長、管理官に理事官といった県警幹部に加え、鳴海署の署長と刑事課長がずらりと並んでいる。言わば県警のオールスターだ。さながら県知事暗殺、もしくは県内の要人が軒並《のきな》み逮捕される大規模汚職事件に相当する陣容だ。去年の、県警対鳴龍会の直接対決の時ですら、捜査本部は設置されないままにズルズルと事態が大きくなるのに任せていたのに。

お歴々も緊張して顔色が悪い。

常に独断専行で、自分勝手に動いている佐脇としては、ここまできっちりとした態勢が組まれて幹部直々の捜査指揮下に入るのは、珍しい経験と言っていい。

慣れない状況で神妙にしている佐脇の隣にいた水野が挙手し、立ち上がった。

「そう言えば、過去に類似《るいじ》した事件があったように記憶するのですが……」

水野が思い出そうと言葉を切ったところに、なぜか日下部が嚙みついた。

「君は誰だ？」

「鳴海署刑事課捜査一係の水野であります」

「水野か。予断は慎《つつし》みたまえ！」

「いえ、予断ということではなく……過去の事例を参考に、つまり、そこから推測出来ることもあるかと」

「だからそれを予断というのだ！」

日下部は高圧的に切って捨てた。

「君のうろ覚えのいい加減な知識をここで披瀝《ひれき》されても時間の無駄だ。発言するならキチンとした資料を基《もと》にしたまえ。それともなにか？　しかるべき資料が手許にあるのかね？」

「いいえ、それはありませんが……」

「だったら口を慎んでおきたまえ。どうせ読み流した雑誌か何かの記事の断片を思いつきで喋《しゃべ》るんだろうが、そんな雑談レベルの情報をここで述べる意味があるのかね？」

「ああ、水野。発言に気をつけるように」

進行役の鳴海署刑事課長の公原《きみはら》が、激しい口調の日下部の顔色を窺《うかが》った。

「とにかく、幼児を誘拐して殺害のうえ遺棄という犯行は常軌《じょうき》を逸《いっ》している。死体が遺棄された状況を見ても、正常ではない。過去に例をみない犯罪である可能性が高い。ゆえに過去の例を参考にすると、誤った予断を与えられ捜査の方向を誤る可能性が強い」

日下部はそう言って、水野を睨《にら》み付けた。

「おそらくは常軌を逸した犯人が相手である以上、こちらにもそれ相応の覚悟が必要である。またこの事案は、一般市民を不安に陥《おとしい》れる可能性が非常に高い。よって捜査員諸君も、軽挙妄動《もうどう》を慎み、捜査情報の漏洩《ろうえい》について今回は特に厳重に注意されたい。本日配布した捜査資料も持ち出し不可とし、厳密に部外秘とする。口頭でも外部の人間に漏《も》らしてはいかん。特にマスコミに対しては、過敏《かびん》と思えるくらいに神経を使って戴《いただ》きたい。以上！」

日下部は厳しい口調で箝口《かんこう》令を敷き、佐脇たちが呆気《あっけ》にとられているうちに、本部長とともにさっさと退席してしまった。

残ったのは、捜査一課を中心とする県警から来た刑事たちと、鳴海署の面々だけだ。

「じゃ、ここからは実務的な伝達をする。班分けと分担を決める」

進行役の公原が名前と持ち場を読み上げていく。

佐脇は水野と分かれて、県警から来た神野《じんの》という刑事と組むことになった。持ち場は特になく、遊軍として必要な方面に投入される形になる。佐脇の性格を熟知した公原の考えによるものだろう。

編成の発表が終わると、最前列に座っていた男が席を立ち、佐脇に向かって真っ直《ます》ぐやって来た。

「佐脇さんですね？　今回ご一緒することになった、県警捜査一課の神野と言います」

その男は懐から名刺を佐脇に差し出した。

「ほお、警部殿ですか」

神野警部は細身で眼光鋭く、常に眉根《まゆね》に皺《しわ》が寄っている。頬骨が出ているので、穏やかな口調で話していても、怒っているようにしか見えない。声もドスが効いて腹に響く。いかにも叩き上げの捜査一課かマル暴の刑事、という印象だが、全くの初対面だ。同じ分野で仕事をしている連中とは全員顔見知りのはずなのに。

「たまたま巡り合わせが悪く、ご一緒したことがありませんでしたな。今回は宜《よろ》しく」

ゴツい手を差し出してきたので、佐脇も仕方なく握手に応じた。

手の骨が砕《くだ》けるかと思うほどぎゅっと握りしめられた。

「佐脇さんは主義として昇進試験を受けないそうですな」

神野のゴツい顔は年齢不詳だが下手に出て来る態度を考えると、自分より十歳くらいは年下か、と佐脇は値踏みした。

警察は階級社会だが、年功序列社会でもある。それもあって神野は佐脇に一応の敬意を払ったのだろう。もちろん佐脇が県警で有数の「有名」な刑事で、悪名も高いが実績もあげているから、その意味で敬意を表されたとしても間違いではない。

佐脇は相手の尊敬の念に鷹揚《おうよう》に応えることにした。

「一生ヒラで気楽にやってたいのよ。定年までつつがなくというのが公務員の鉄則だろ」

「今のままの方がカネの心配も無いし、ですか？　しかし、鳴龍会はなくなっちまいましたよね？」

要するに、もうヤクザからの裏金は入ってこないだろ、と言いたいのだ。

「なんだよ。あんたも本部長や刑事部長と同じ事言うんだな。何年この稼業でメシ食ってる？　まんざらシロウトでもないだろうに」

佐脇はニヤニヤ笑いながらジャブを返した。

「組が解散すれば、その集金機構というかカネの流れまで消えてなくなると思ってるのか？　この県のヤクザはそこまでヤワじゃない。田舎の組だが、結構しぶといぜ。手前《てめえ》の縄張りを、指を咥《くわ》えてみすみす余所者《よそもの》に渡すわけねえだろ」

「解散したはずの鳴龍会を実質的に存続させてるのは、実はアナタの働きだったりするんじゃないんですか？」

それについてはノーコメントだが、一般論として、と佐脇は続けた。

「鳴海に真空地帯を作るわけにはいかねえだろ。このままにしておけば都会から半グレのガキやら関西の巨大暴力団の手先やら、ロクでもない連中が入ってきて鳴海が毟《むし》り合いの場になる。その結果、一番迷惑をこうむるのは鳴海に住んでる一般人だぜ？」

「要するに、既成の図式を温存させようってことでしょ。そういう昔ながらの流儀で、このヤマを扱うつもりですか？　県警本部《ほんぶ》としては、今回は、かなり気合いを入れてますんでね、正攻法でやって貰わないと困りますよ」

「それとこれと、どう関係があるんだ？　バカかお前は」

口調は丁寧《ていねい》だが見下すような表情を垣間《かいま》見せる神野に、佐脇はいい加減ムカついてきた。

「こっちだって一課がらみのヤマはお前さんに負けないくらい手がけてきた。そもそも、このヤマにヤクザは関係ないだろ。仮に鳴龍会の関係者だったヤツが容疑者に浮上しても、そのまま捕まえるだけだ。手加減なんかしない。一体何を心配してる？」

「それは結構。しかし、面白おかしくマスコミに漏らすのもナシにしてくださいよ」

神野は細く光る目で佐脇を見つめた。

「佐脇さんの彼女がうず潮テレビのリポーターだってことは、誰もが知ってますんでね。くれぐれもネタを漏らすなって事です。今回は特に情報管理にうるさいようですんでね」

「何言ってるんだ。磯部《いそべ》ひかるとは持ちつ持たれつの関係だが、ホントにヤバいネタなら流したりしねえよ」

見損《みそこ》なうなと言いつつも、今回のいつになく厳しい情報統制には佐脇も不審の念を抱いていた。先刻の、水野の発言を封じ込めるような日下部のあの態度は何だ？　県警から来た連中が、なぜか異常に神経質になっているように思える。

徹底した聞き込みと遺留品の調査、という型どおりの捜査方針を公原が口にして、会議は終わった。すでに二十一時を回ったので、本格的な捜査は明日からだ。

佐脇は水野を誘って近くの居酒屋に入った。日下部に発言を封じられた水野は押し黙り、あきらかに不満げだ。

「まあ、そんなに感情を顔に出すな」

佐脇はビールを注いでやりながら慰《なぐさ》めた。

「お言葉を返すようですが、佐脇さんこそいつも感情を顔に出しまくりじゃないですか」

「おれはいいんだ。そういうキャラクターだと知れ渡ってるから。しかしお前は前途ある有望な若者だ。下手なことして上に目をつけられちゃ損だろ」

「なんだか佐脇さんが言うとは思えない言葉ばかりですね」

「だから、おれはいいんだ。先は見えてるし、低空飛行で、クビにならない程度にボチボチやってればいいんだから」

しかし、こんな慰めでは水野の不満が解消されないのは当然だ。

「だいたいアレは何ですか？　頭ごなしに抑《おさ》え込むような、日下部刑事部長と神野さんのあの言い方は。こっちは別に捜査に予断を持たせようとか、そんなつもりなんか少しもないのに」

水野は注がれたビールを一気に飲み干《ほ》した。

「県警の連中は、過去の事例から学ぶってことはしないんですかね？　ま、日本人は歴史から学べない国民だとよく言われますけどね」

急に辛口の評論家みたいな事を言いだした水野は乱暴に箸《はし》を使い、注文した料理をヤケのように口に運んでいる。それがまた塩辛、キムチ、麻婆豆腐など、気分が余計にささくれ立つようなものばかりだ。

「捜査に予断は禁物ですって？　それは県警本部がありきたりな筋読みしかできなくて、自分たちが影響されやすいと認めたようなもんじゃないですか！」

「お。体制批判」

佐脇が茶化すと、水野は「なーんてね、と申しますか」と付け加えて気弱な笑みを浮かべた。

「しかし……刑事部長はなんか、腹の虫の居所でも悪かったんでしょうか？」

「いや……アイツは無能なくせに威張りたいだけの、ただのバカなんだけどな……」

日下部自身は何も考えていないが、あの新任の、吉川とかいう本部長が、なにか余計なことを日下部に吹き込んだのかもしれん、などと佐脇が考えているところに、光田や八幡《やわた》といった鳴海署の面々が顔を出した。

「やっぱりここにいたか。邪魔するよ」

彼らは佐脇たちのテーブルにやって来るとどっかと座り、てんでに酒とつまみを注文しはじめた。

「どうせヤケ酒だろ、水野クン？　ご一緒しようじゃないの」

どうやら光田も日下部のあの態度に立腹しているらしい。

「捜査一係長のアンタが怒るのは判るけど、どうして庶務係長の八幡もいるわけ？」

「そこはそれ、ワタシは鳴海署きっての事情通として、捜査会議の模様を聞いて義憤を感じているわけですよ」

たしかにこの八幡は地獄耳で、署内のゴシップから人事の噂まで、早耳のうえに知らないことはない。仕事の傍《かたわ》らネットであれこれ検索するのが趣味なので、裏情報の生き字引と化している。しかしそういう人物の常として、鉄壁の博覧強記でもないのに「知らない」と絶対言いたくないから知識の欠落をウソで埋めてしまう悪いクセがある。だから、この男の言うことには一〇〇％の信頼は置けず、マユツバという評価が定着しつつある。

「でね、水野さんが言ってたという過去の事例ってのはね、判りますよ。ワタシも記憶にあったもの。だからちょっと調べてみたんですけどね、近々の事件じゃなかったようで、無料の記事検索では出てきませんでした」

八幡はそう言ってタブレット型端末を取り出すと、新聞記事の検索画面を表示させた。

「これ、ｉＰａｄですが」

「ンなことぁ判ってるよ」

佐脇に軽くいなされた八幡はめげずに話を続けた。

「平成四年の事件ですが……岡山県倉島市《くらしま》で幼女が誘拐されて、ほぼ二週間後に死体で見つかるという事件が二件、続けて起きまして。倉島連続女児誘拐殺人事件、俗に『倉島事件』と呼ばれています。死体の周りには今回と同じように、花が死体を飾《かざ》るように置かれていたという……」

「そいつだ！　その倉島事件の犯人が今回のホシだ！」

だが八幡は、佐脇のその反応を予測していたかのようにヘラヘラと笑った。

「ハイ残念でした。倉島事件の容疑者はすでに逮捕《たいほ》されてます。それどころか最高裁で死刑が確定しています」

「それを最初に言え！」

八幡を怒鳴《どな》った佐脇は一転、考え込んだ。

「じゃあ今回の犯人は……そいつの模倣犯《もほうはん》かもしれないな」

「どうしてそうイージーな見方に飛びつくんですか」

八幡の代わりに水野が呆《あき》れた。

「けどそう考えるのが普通だろ。死体をディスプレイするように置く。周りに花を飾る。ここまで手口が似ていて同一犯じゃなければ、そいつは模倣犯だ。傷害とか置き引きみたいな、誰がやっても似たり寄ったりの犯罪とは違うんだぞ」

「おい佐脇。お前を見ていると、おれも日下部刑事部長の肩を持ちたくなるな」

光田がニヤニヤしてからかう。

「おれの意見のどこがおかしい？　もっと詳しい記事はないのか」

「無料検索だとここまでですね。有料だと出て来るんでしょうけど」

「そのぐらい払えよ。このケチ！」

八幡をどやしつけた佐脇は、そこで思いついた。

「つーか、あれだ、警察のデータベースを調べるって手があるだろ？」

「いやそれは、庶務係のワタシには出来ないので」

「じゃあ仲よしの光田係長にお願いすればいいだろ」

話を振られた光田は、まあまあと佐脇をなだめにかかった。

「おれもな、日下部の野郎には腹が立ったんだ。でもな、これからしばらくはなにかと顔を突き合わせるわけだし、捜査方針とか証拠の評価とか、そういう決定権は全部向こうが持ってる。しかも、どうやら過去の類似事件にはさわるな、ってのが県警本部のお歴々のご意向らしい。この状況でデータベースに誰がアクセスしたか、バレるのはマズいだろ」

無理もないが、光田も保身を第一に考えているらしい。

「まあ、その過去の類似事件とやらのハナシも、いずれお歴々が気づくだろう。まるっきりのバカでなければな。そうすればおれたちが調べるまでもなく、上から目線で教えてくださることだろうよ」

「なんだ？　お前も県警本部《ほんぶ》に差し向けられたイヌか？　さっそく日下部にカマでも掘られたか？」

「いちいちスピッツみたいに突っかかるなって。そういや最近、あのキャンキャン吠えるスピッツって、見なくなったな」

「どうでもいいことでごまかすな！」

といいつつ、佐脇も光田の立場は判っている。下からは突き上げられるが、上の意向も無視できない、中間管理職の悲哀というやつだ。

刑事同士が馴れ合う雰囲気になりかけたその時、店の扉がガラガラッと開いて、女が一人入ってきた。ツンと前に突きだした巨乳がいやがうえにも目立っている。とびきりの美人、というほどでもないが、一般人とはちょっと違う華《はな》やかな雰囲気を発散しているのは、彼女が一応マスコミの人間だからだ。

地元テレビ局のリポーター、磯部ひかるだった。

「ねえちょっと、どういうことなの？　いくら殺人事件だって、ここまで秘密主義にしなくたっていいじゃない？　いつもと全然様子が違う！」

ひかるは佐脇のところにつかつかと一直線に歩み寄ると、いきなり食ってかかった。

「広報も一課も県警本部も、全然取材に応じてくれないのよ！　記者クラブでの発表だって、女の子の遺体が発見されたという簡単なものだけだし。一体、何を隠してるの？」

ひかるは大きな胸の前で腕組みをして佐脇を睨みつけた。

「よっ。美人が怒るとぞっとするほどキレイだね」

佐脇は茶々を入れた。ひかるとはセフレ以上内縁の夫婦以下の付かず離れずの関係だが、県警本部の箝口令に逆《さか》らって現段階で外部に情報を漏らすわけにはいかない。

「誤魔化《ごまか》さないで。警察がきっちり発表しないときは、だいたいが何かあるときでしょ？　記者クラブでのオフレコ発言ひとつないし、今度は何を隠してるのよ！」

「それが判ればおれたちがここでブー垂れてない」

まあ一杯飲めよと、ひかるの前にグラスを置いてビールを注いでやった。

「捜査会議で、日下部の野郎や県警から来たナントカいう野郎がうるさい事言うんで、例によって鳴海署ボーイズが文句を言ってたわけだ」

「どんな文句？」

「それは言えない」

光田がピシャリと言った。

「今回ばかりは機密厳守なんだ」

「ああそうですか。オッサンの愚痴《ぐち》も機密なのね。だけどこんな店でブー垂れてたら、誰が聞いてるか判らないでしょうに！」

「こんな店と言うが、ここは鳴海署の出張所みたいなもんだ。他に客はいないし」

「オヤジさんが聞いてる」

「あのオヤジは耳が遠いんだ。だから大声出さないと注文が通らない」

光田と佐脇のタッグに、ひかるも引き下がるしかなかった。

「けどね、機密厳守といっても今回は度が過ぎるわよ。原田沙希ちゃんの遺体の第一発見者とされる人が判ったから、話を聞きに言ったのよ。そうしたら、何も喋るなって警察から釘を刺されてるんだって。喋ったら大変なことになるぞって」

「誰がそんな圧力かけてるんだ？」

「おれはかけてないぞ」

第一発見者を事情聴取《ちょうしゅ》した光田は慌ててかぶりを振った。

「おれは事務的に調書を作っただけで、口止めなんかしてないぞ。まあ、事件が解決するまでは、何があるか判らないからべらべら喋るなとは言ったけど、それはいつも言ってることだしな」

光田の言うことはもっともだ。

「じゃあ、その辺の事情については、おれが第一発見者にチョクに訊《たず》ねてみるかな」

「佐脇、お前は県警から来た神野と組むんじゃないのか？」

よせやい、と佐脇は笑ってビールを空けた。

「あんなやつに監視なんかされない。無視してやる。おれはいつだって、オレ流だ。県警から誰が来ようが警察庁から誰が来ようが、関係なしだ」

以前、警察庁から送り込まれた入江と対決して勝ってしまったことをみんな知っているだけに、佐脇の言うことがフカシだとは誰も思わない。

「ま、しかし、本部の連中はなんか奥歯にどっさり物が挟まりまくってるよな。連中が何を隠してるのか、それが判らないのにここでブツブツ言ってても仕方ねえか……」

佐脇はジョッキのビールをがぶがぶと飲み干すと立ち上がった。

「おや？　もう帰るんですか？　明日からの聞き込みに備えて？」

「バカかお前。河岸《かし》を変えて飲み直そうってんだよ」

ひかるを交えて、その夜は遅くまで県警本部の悪口を肴《さかな》に盛りあがった。

＊

その翌朝。佐脇はいつものように水野を引き連れると、第一発見者に会いに行った。

「またですか？　一体何なんです？　知ってることは全部喋りましたよ」

第一発見者の村川和之《むらかわかずゆき》は、損保の代理店をやっている自営業者だった。

「あのねえ、こんな目に遭《あ》うくらいなら、いっそ死体なんか見つけなきゃ良かった。通報しなきゃ良かったとさえ思ってしまいますよ」

警察から口止めをされたという村川は不安そうだ。人の良さそうなオッサンだが、なぜか怯《おび》えて、こちらを警戒する様子だ。

「申し訳ないです。お手間は取らせません。ちょっとだけ確かめたいことが」

低姿勢の役回りは水野に任せて、佐脇は黙って相手を観察している。その村川は椅子《いす》も勧《すす》めずお茶も出さず、迷惑千万、一刻も早く帰ってくれ、という態度を崩さない。

「またイチから話すんですか？　何をしていて見つけたのかとか、どうして現場に行ったのかとか。あそこは釣りの良いポイントで、誰にも言いたくなかったんだ。なのに」

「本当に、申し訳ないです。警察は、繰返しを承知の上で何度も訊《き》くんです。食い違いがないかどうかとね。もちろん警官が馬鹿で訊いたことを忘れてしまったとか、横の連絡が出来てなくて、みんながゼロの状態で伺《うかが》ったりすることもあるんですが」

「何度もお話しするのは構いませんよ。警察だって仕事でやってるんでしょうからね。けどね、正直言って、気分のいいものじゃないですよ。特に、私が疑われてるんじゃないかと思ったりするとね」

「いえいえ、村川さんを疑っているなんて、決してそんなことはありませんので」

申し訳ありません、と水野は頭を下げた。佐脇も黙ってヒョイと頭を下げる。

「そうですか？　私のことを犯人だと思ってたりするんじゃないですか？　よく言うじゃないですか。第一発見者を疑えとか」

「いえいえ、そんなことは」

すべての可能性を排除しないのは捜査の鉄則ではあるが、佐脇の刑事としての長年の勘でも、この男は単なる発見者であるとしか思えない。それなのに、村川はなぜ、こんなにテンパっているのか。佐脇は割ってはいった。

「ええと、死体発見の経緯については既《すで》に伺っておりますので。今日お訊きしたいのは、村川さんが事情聴取をされたときに、担当の者から、その……何か妙なことを言われたんじゃないかと」

「それですよそれ！」

村川は語気を強めた。人のいい人物が機嫌を損ねると、怒りっぽいタイプより厄介《やっかい》だ。

「あれは脅《おど》しとしか思えなかったな。目撃したことは一切他人に喋るな、取材が来ても絶対に喋るな、遺体を発見したことすら喋るな、家族のものにも喋るな、守秘義務は法律で決まっているんだから、違反したら逮捕するぞって」

こいつは変だ、明らかにおかしい、と佐脇は思った。

「あのですね、基本的に、捜査中でまだ解決していない事件については、あれこれ喋って貰っては困るんですけど、それはあくまでも常識の範囲でのことで。我々には法律で職務上知り得た事についての守秘義務はあります。医者とか弁護士とか郵便配達とか、そういう人達にも法律で守秘義務は定められてますけど、事件の目撃者に対して、目撃した内容を警察以外の人間に喋ったら逮捕っていう法律はありません。ないんです」

佐脇はそう断言して、大きく頷《うなず》いた。今まで黙っていたコワモテ刑事が太鼓判《たいこばん》を押してくれたので、村川の顔から不機嫌の色が薄くなっていくのがハッキリと判った。

「で……善意の一般人に向かってそういうウソをついたのは、誰なんです？」

水野が斬り込んだ。

「誰って言われても……ええと、女の子が亡くなっているのが判って、すぐ一一〇番して、制服のお巡りさんが来て、現場で説明して、その後鳴海署に行って刑事さんに最初から、もっと詳しく話をして、同じ事を別の刑事さんにも話して……その刑事さんと別の刑事さんが同席したところでもう一度、アタマから同じ事を話せと言われて……四回目の、その時ですね、ウソを言われたのは」

「その時というのは、刑事が二人同席した時ってことですか？」

「ええ。県警のクサカとかクサカベとか言ってたような」

「そのクサカとかクサカベと名乗ったヤツが、あなたにウソを吹き込んだんですね」

はい、と村川は断言した。

「で、同席していたもう一人もグダグダ言ってましたっけ。ああ、その『もう一人』のほうは、以前、別件でちょっとトラブルがあったんで顔を知ってたんですけど」

「顔を知ってたというと、鳴海署の刑事ですか？」

「いえ、釣りで他所《よそ》に行ったときに、ちょっと……北の方に、名木沼《なぎぬま》ってあるでしょ。そこにちょっとブラックバスをね」

県北にある名木沼ではブラックバスが勝手に放流されて生態系が破壊されつつあると問題になっているらしいが、佐脇には関心のないことだった。

「前にあたしが名木沼でバスを釣っていた時に、あの辺の署にいた刑事とやり合ったんです。それを相手は覚えてて持ち出してきて。目撃したことをみだりに口外すると、県の環境保護条例違反で逮捕するぞって。これって別件逮捕ってヤツですよね？」

村川はまた不機嫌な表情に戻った。

「釣ったブラックバスをリリースしただけなのに、なんでそんなことまで言われなきゃならんのですか？　あんなやつの来世はブラックバスに生まれ変わって何度も釣られて口が曲がったあげく香草焼きにでもされて食われてしまえばいいんだ！」

「ブラックバスの放流については、賛成出来かねますが」

それまで腰を低くして仰《おお》せごもっともと聞いていた水野が、思わずという感じで言い返した。

「釣り人はブラックバスが増えて楽しいかもしれませんが、一度狂った生態系は元に戻らないんじゃないんですか？　この件についてご意見があるなら、広く世間に問題提起してはどうです？　ブラックバスが大好きなタレントもいますよ」

思いがけない反論を食らった村川は、急に弱気になって申し訳なさそうな顔になった。

「いや……そこまでは。いえ私も、その件については反省しないこともないし、たかがブラックバスで警察に目をつけられたくないし……あたしは放流したんじゃなくて、単にキャッチ&リリースしただけなんですけどね」

あ、茶でもどうですかと急に機嫌を取るような態度になった第一発見者に、佐脇は「結構です」と断った。

「まあ、この件は分けて考えましょう。ブラックバスの件であなたが条例違反をしたかもしれないとしても、そんな過去の微罪を持ち出して、遺体発見についてわざわざ口止めをするというのは明らかにおかしい。不当な脅しともとれますね」

たぶん、村川を脅した刑事とは神野のことだろう。神野が県北方面の署に勤務していたかどうかは、調べればすぐ判ることだ。

目撃者に捜査上の秘密を守らせることは必要だが、ウソをついてまで現場の第一発見者の口封じをはかるのは度が過ぎている。

これは裏に絶対何かある。

佐脇の勘は警報を発していた。

＊

鳴海市の郊外、春日町《かすが》には、鳴海では一番の高級住宅街『鳴海ハイランド・リゾート・レジデンス』がある。

二年前の集中豪雨で住宅街の裏にある山が、違法な産廃《さんぱい》施設と共に崩れて大きな被害を惹《ひ》き起こしてしまったが、ブランドイメージを賭《か》けて早急に修復された。とは言え、全壊した家屋《かおく》が建て直されることなく空き地のままだったり、半壊の住宅がそのまま放置されているところもあって人口はほぼ半減している。有害物質が流れ出したという噂もいっこうに消えず、高級住宅街の地位が危《あや》うくなっている。

そんな『鳴海ハイランド・リゾート・レジデンス』の一隅に、和洋折衷《せっちゅう》の、明治の元勲《げんくん》が湯河原《ゆがわら》あたりに建てた別荘か、大正から昭和初期の文人が芦屋《あしや》か鎌倉《かまくら》に建てたようなレトロモダンな邸宅《ていたく》がある。近隣の家より広い敷地には見事に剪定《せんてい》された松が植わっている。重厚で趣《おもむ》きがあり、いかにも地位のある人が住んでいそうな邸宅だ。

その邸宅の、庭に面した長いくれ縁を、Tシャツにぴったりしたジーンズ姿の若い女性が膝をついて丁寧にぞうきん掛けをしている。そこへ、奥の方から和装の老女が滑るように近づいてきた。

「春奈《はるな》さん」

「はいお義母《かあ》さま」

「そこの隅がまだ拭《ふ》けてませんよ。掃除をするならきちんとやってくださいな」

老女は廊下の隅を指さした。

「まったく、掃除ひとつまともに出来ないなんて。家柄も学歴も、あなたは藤堂《とうどう》の嫁《よめ》には不足なんですよ。それを忘れないで頂戴《ちょうだい》。だいたい、あなたのその服。そんなに身体の線が出る服は下品でしょう? 良家の子女にあるまじき格好もなんとかならないの?」

底意地悪く嫁に駄目出しを続ける老女は、一分のスキも無い上品な和装だ。帯もキリッと締めて言葉にも表情にも険がある。よくいえば凛《りん》とした佇《たたず》まいのまま、白足袋《しろたび》の音も軽やかに歩み去った。

「はあ……」

着替えるしかないのか、と力なく立ち上がり、春奈はクローゼットのある夫婦の寝室に入った。ベッドに座り込んで深い溜息《ためいき》をつくと、膝の上に腕を立てて頬杖をついて思いに耽《ふけ》った。

ドレッサーに映った自分の姿を見てみる。

そんなに女中みたいに見えるんだろうか? 掃除しやすくて見苦しくない姿だと思うのに……。

それに、こんな大きなお屋敷なんだし、なにかと言えば格式とか言うのだから家政婦くらいいてもおかしくないのに……。

懸命に家事をしても、ダメです出来ていません藤堂の嫁としてふさわしくありませんと言われるばかり。だったらプロの家政婦を雇《やと》った方が家にも箔《はく》が付いていいんじゃないか？　今どき、家政婦を雇えば大きなステイタスになって、姑《しゅうとめ》の自尊心を大いに満足させるだろうに……。

でも、このウチは妙なところが質素だし……。

ショートカットの髪に可愛いおでこ、涼しげな目鼻が快活さを醸《かも》し出し、スタイルがいい春奈はTシャツでもジーンズでも何でも着こなしてしまう。

鏡の中では品のいい綺麗な若奥さんが、その愛らしい顔を憂《うれ》いの色に染めていた。

その時、寝室のドアが開いて、彼女よりかなり年上の男が入ってきた。分厚い黒ブチメガネをかけて髪は七三に分けている。

「おい春奈。母さんの言うことをちゃんと聞かなきゃダメだろ」

「浩紀《ひろき》さん……」

春奈は夫の名を呼んだ。

「もちろん聞いてますけど……」

「だから」

ドアを後ろ手で閉めて、苛立《いらだ》ちを抑えた口調で浩紀は続けた。平静さを装《よそお》っているが、眉根に皺が寄り、顔は強ばっている。

「ウチは名門意識が強いんだから、その辺を上手《うま》くくすぐってやれば母さんだって悪い気はしないんだ。日曜の朝からこんな事言わせないでくれ。休みの日くらい、心平穏《へいおん》に過ごしたいのに」

春奈と呼ばれた彼女は、黙ってしまった。

「ほら、そうやってすぐ暗い顔になって黙りこむ。だから母さんも苛立ってくるんじゃないのか？」

寝室に入ってきた夫の浩紀は、自宅でもネクタイをしてカーディガンを羽織《はお》っている。まるで何かで読んだ『英国紳士の休日生活』をそのままなぞっているかのようだ。

彼は妻の肩に手を置いた。言い過ぎたことを詫《わ》びるつもりか、と彼女はそのままにした。

が、夫は優しい言葉をかけるとか、スキンシップするとかハグするとか、そういう手順を省略して、いきなり春奈をベッドに押し倒した。

「!?」

浩紀はそのまま彼女に覆《おお》い被《かぶ》さると、荒々しく唇を重ねてきた。

春奈は、抗《あらが》った。

しかし夫は何も聞こえない様子で、行為をいっそうエスカレートさせた。手は彼女の下半身に伸びた。ジーンズを脱がそうとウェストに手を入れてきて、力ずくでずり下げようとしている。

「な、なに？　止《よ》して」

「ね、止めて。もうすぐお食事の時間だし。ね、お昼前だし」

「何言ってる。夫婦の事をやろうというのに、時間なんか関係ないだろ。それに私は忙しいんだ。平日はまるで時間がないのをお前も知っているだろ」

息を荒らげてそう言いながら、浩紀は若妻のジーンズを無理やり脱がそうとする手を止めない。しかし春奈の穿《は》いているスキニー・ジーンズは腰や脚に密着していて、なんとも脱がしにくい。

「私は別に、もう一人子供を作りたくないわけじゃないんだ。仕事に追われて、そんな気分にならないだけで……しかし、今は違う。違うんだ」

いつもとはまったく違う様子の夫は、春奈の白いTシャツの上から荒々しく双丘を揉《も》み上げた。

夫の股間《こかん》が硬《かた》く膨《ふく》らんでいるのが判った。

「抱いてやるよ。夜構ってくれないって不満そうだったじゃないか」

夫はいつになく、激しく欲情していた。

「でも、でも今は」

春奈はなおも抗った。

浩紀は妻のTシャツを捲《まく》りあげ、ブラのホックを外した。

外見は小ぶりで形のいい胸の持ち主だが、ブラからはいっそう豊かな乳房が、ぷるんとまろび出た。それに夫は舌を這《は》わせた。

「ね、こういうの、止めて……夜に」

「明日は仕事だ。いちいち文句を言うな」

家庭内レイプのように、夫は強引な行為を止めない。

その手はやっとジーンズのジッパーに辿《たど》り着き、一気に下ろすと指は下着の中に入り込んだ。

「！」

柔らかな下腹部に触れて、浩紀の顔は喜色満面になった。

春奈は以前にもこうやって強引に情交を迫られたことがあった。その時に身籠《みごも》ったのが二人の間の娘・真菜《まな》だ。

夫は酒乱でもないし、乱れたところは一切無い、堅物《かたぶつ》過ぎる人間だ。しかしその反動か、時々、堰《せき》を切ったように激しい行動に出ることがある。

妻の春奈は諦《あきら》めて、夫の強い欲情を受け止めようと躰《からだ》の力を抜いた。

「そうさ。最初からこう素直になればいいんだ」

レイプ常習者のようなことを口にすると、夫は顔を春奈の下腹部に埋めようとした。

「男はデリケートなんだ。その気にならないと……いろんな気運が盛りあがらないと出来ないんだ。その辺の、やる気にはやる、ペニスが歩いてるような手合いとは違うんでね」

夫の指で弄《いじ》られて、彼女の乳首は硬く勃《た》ってきた。

相手は夫だが、何と言われても、行為を強要されるのはいやだ。無理やり犯されるようにして抱かれるのは嫌だ……。

その時、勢いよくドアが開いた。

浩紀は入ってきた人物を見て反射的に身体を起こした。

「…………」

ドアから覗《のぞ》き込んだのは、さきほどの老女だった。

「……母さん。ノックぐらい……」

「そろそろお昼の時間じゃなくて？」

浩紀の言葉には応じず、言いたいことだけ言って、姑はドアを閉めた。オーク材の一枚ドアの向こうから「昼間から……汚らわしい」という呟《つぶや》きが聞こえた。

その日は、三月三日、桃の節句だった。

屋敷のダイニングにはオーバルの立派なダイニングテーブルが鎮座して、そこには一家の面々が一堂に会していた。

この藤堂家の主は、広島高等裁判所長官を最後に定年退官した藤堂栄一郎《えいいちろう》。明治以来、代々続く判事の家系に連《つら》なるエリートで、判事を辞した後は地元の弁護士会に弁護士の登録をしたが、事実上は引退状態だ。

その妻・絹枝《きぬえ》との間に一男一女をもうけ、息子の浩紀は順調に裁判官の道を歩んで現在はT地方裁判所の判事を務《つと》めている。裁判官は官舎住まいが原則とされるが、浩紀の場合は実家が通勤出来る鳴海にある上に、親の栄一郎の強い要望もあって、実家から通勤している。

浩紀の姉・麻弓《まゆみ》は、判事は女に勤《つと》まる仕事ではない、という父親の時代錯誤《さくご》な教育方針を素直《すなお》に受け入れ、旧帝大を卒業後、司法試験に優秀な成績で合格したが、今は大阪で幾《いく》つもの大企業の顧問弁護士として名を馳《は》せている。口が立つのでたまに関西ローカルのテレビにも出たりする。

浩紀には別れた妻がおり、その先妻との間に生まれた高校生の長男・浩一郎《こういちろう》と、後妻である春奈との間に生まれた真菜がいる。

その藤堂家の全員が揃《そろ》って、食事を始めようとしていた。

食卓には、ちらし寿司《ずし》、蛤《はまぐり》の潮汁《うしおじる》、さざえの壺焼き、菜の花のおひたしなど、春奈がすべて一人で作った、心づくしのメニューが並んでいる。

裁判官は質素を旨《むね》とすべしとの家訓で、家政婦はいない。日常の家事はすべて春奈の仕事だ。当然、食事の時の給仕も例外ではない。以前は一緒にテーブルについて食事をしようと試《こころ》みたこともあったが、お代わりだのなんだのと用を命じられるたびに席を立たざるを得ず、食事時間をずらす方が理に適《かな》っていることを学んだ。しかし、うっかりしていると料理を全部食べられてしまう時がある。

「うん、これ、美味《おい》しいね」

高校生の浩一郎は素直で、美味しいものは美味しいと言って食べてくれる。

まだ五歳の真菜は、子供用の椅子にちょこんと座って、兄である浩一郎にニッコリ笑った。この二人は異母兄妹になるが、仲はいい。年が離れすぎていて相手にならないこともあるが、真菜はお兄ちゃんが大好きだ。懐《なつ》かれれば可愛がるのは人間として普通の感情だ。

「うん。キレイな色のご飯。真菜も美味しいよ」

真菜はニコニコしてちらし寿司を頬張っている。最近やっと箸がきちんと使えるようになって厳しい絹枝に褒《ほ》められたばかりだ。母親の春奈に似て、とても可愛い。

が、愛らしい盛りの真菜を無視して、その母親の春奈のやることなすことにケチをつけたくて堪《たま》らないのは、浩紀の姉である麻弓だ。この女は、事あるごとに大阪から帰省《きせい》して、上げ膳据え膳のお客様状態で滞在するだけではなく、小姑《こじゅうと》の役割を嬉々《きき》として果たすのだ。

「え？　浩一郎くん、きみ、舌は大丈夫？　こんなもの全然美味しくない。ちらし寿司なのにお酢が全然利《き》いてないし、それにこのおひたし、苦いじゃない！」

「あの……お酢の味はお義父《とう》さまがあまりお好きではないということで薄味に……それに、おひたしは菜の花なので、もともと少し苦みがあるんです」

嫁の春奈が遠慮がちに言い訳すると、義理の息子である浩一郎も加勢してくれた。

「そうだよ。麻弓オバサン。菜の花のおひたし食ったことないの？　ちらし寿司だって、上品な味つけで美味しいじゃないか」

「あたしをオバサンって呼ぶなと言ったでしょ」

麻弓は般若《はんにゃ》の形相《ぎょうそう》になった。

「それに蛤のおすましだって、どうかと思うわ。お父さんもお母さんも、もう年なのよ。食中毒とか考えないのかしらねえ。春奈さんは知らなくて当然だけど、宮中晩餐《ばんさん》会みたいな正式なディナーでは貝は出さないのよ。危険だから」

「なにいってるんだよ、オ・バ・サ・ン。ウチのメシのどこが宮中晩餐会なんだよ。だいたいうちは先祖代々裁判官一家だからって、へんなエリート意識を持ちすぎなんだよ」

「浩一郎君、もうやめて……お願いだから」

麻弓と継息子《ままこ》が揉めているのを、春奈はおろおろして止めようとした。しかしナマ意気盛りの高校生と弁が立って性格が悪い伯母《おば》の言い合いは止まらない。

真菜も、周囲の顔色を窺って、おどおどし始めた。

「そもそもオバサン、今日は何の日なんだよ？　桃の節句じゃん。桃の節句には昔から貝を食べることになってるの知らないの？　菜の花のおひたしも、ちらし寿司も、ひな祭りのお約束なんだぜ。オバサンは外資のエリート顧問弁護士でぶいぶい言わしてるけど、自国の文化を知らない自称エリートは外人からはバカにされるって、高校の先生が言ってたけど？」

「そう。あんたの高校の先生がね。田舎の高校教師風情が、ご立派なことね」

麻弓の声が低くなったので、春奈は怯えた。本当に腹を立てると、このひとは声が低くなるのだ。

「だからあそこに貧乏くさいぬいぐるみが、ペアで飾ってあるってわけね」

ダイニングの飾り棚を麻弓は指さした。そこには春奈が生けた桃の花の枝と菜の花のアレンジの下に、ピンクとブルーの、小さなくまのぬいぐるみが置かれていた。

「春奈さん。アナタ、うちで雛《ひな》人形を用意しないからって、もしかして、それに当てつけているの？」

浩一郎は手強いと見たか、麻弓の矛先《ほこさき》は春奈に移った。

「そんな……そんなつもりは少しも」

おろおろする春奈を見て、姑の絹枝が口を出した。

「春奈さん。誤解してほしくはないのだけれど、うちは、そういう雛祭りみたいな、意味のない行事はしないことになっているの。それがご不満？　でも、あなたのご実家で真菜のために雛人形を用意するというのなら、わたしたちはわざわざとめたりはしませんわ。そこまで心が狭くないですもの」

春奈は黙ってうつむき唇を噛んだ。彼女の両親はすでに亡く、雛人形を買ってくれる実家は無い。

真菜がたどたどしく何か言いかけたが、母親が頭を押さえたので口を閉じた。

「そうよ。私だって雛人形は持ってないし、お祝いなんかされたことはなかったわ」

弱いところにはぐいぐい突っ込んでくるのが習い性の麻弓も乗ってきた。

「だったらさあ、おれが祝ってもらってた端午《たんご》の節句、アレは一体なんだったんだろうなあ？　武者人形も飾ったし、鯉《こい》のぼりだって立ててたよね？」

継母《ままはは》への総攻撃が始まると察知した浩一郎が茶化した。

「アレだって意味のない行事じゃないの？　桃の節句も端午の節句も同じだよね」

「それとこれとは話が別だ！　まったく違う！」

この家の当主たる栄一郎は、孫の浩一郎の隣に座って今まで黙っていたが、いきなり大《だい》音声《おんじょう》で一喝した。齢七十で足腰は弱くなったが、頭と口は衰《おとろ》えを知らない。

「浩一郎。お前はこの藤堂家の跡取《あとと》りだ。その辺の駅弁大学ではなく東京か京都の旧帝大法学部を首席で出て、立派な判事になるべく生まれた男なんだ。私は高裁の長官止まりだったが、お前には是非とも最高裁判事まで行って欲しい。だから、何かにつけてお祝いをするのは当然のことではないか。男と女では話は全然別なのが判らないか！」

「それは父さんが実現すればいい事じゃないの？」

浩一郎は負けていない。それも、この家で大事にされていることを踏まえた上での事だ。子供ながらにバランス・オブ・パワーの計算が出来ているのだ。

「浩紀はダメだ。このトシで地裁を回ってるようじゃ、先は見えている」

いつもはこの後に「私大の法学部じゃ話にならん」と続くのだが、今日は省《はぶ》いた。無能の烙印《らくいん》を押されている浩紀は、顔色も変えずに黙々と食事を続けた。こういう会話はもう慣れっこだという様子だ。

「判事は男がなるものだ。もちろん浩紀にも充分なことはした。その次はお前だ。だから、この家の男は、別格なのだ」

「ふうん。今どき珍しい男尊女卑思想だね」

浩一郎は、ワガママの許される限界に挑戦しようとしてるかのようだ。

「オバサンは、父さんより頭いいんだから、悪徳企業の尻ぬぐいなんかするより、裁判官を目指せばよかったんじゃないの。オバサンならなれたんじゃないの？　それに男女差別はいけないって、高校で世界史の先生が言ってた。近代の歴史は、人権が適用される範囲を拡大し、性別や貧富、人種、国籍、民族の違いによる差別を撤廃《てっぱい》しようとしてきた歴史でもあるって……つーことは、ウチはフランス革命や南北戦争の段階は過ぎたけど、女性参政権はまだ認められていない、つまり二十世紀初頭ぐらいで歴史が止まっているのかもね」

ぴたーんという音が響いた。

言葉の代わりに立ち上がった栄一郎の平手が飛んだ。浩二郎は黙った。

「高校の選択を間違えたようだな。今でも名門校にはアカ教師が居座っているのか？　だから日教組はいかんのだ」

栄一郎の声も低くなった。

「それに、お前の伯母さんを馬鹿にするのももってのほかだ。年上の者を敬《うやま》うのは人間の基本だ。お前の母親もそう言うところがダメで、家庭内教育というものに疎《うと》い女だったが……日教組も話にならん」

「ママの悪口は言わないでよ」

「馬鹿者。藤堂家の家柄に合わずに出ていった愚《おろ》か者を批判して何がいかん。幸いお前は私の血を引いて優秀な男に生まれたんだから、藤堂家の男子として、正しい道を歩まなければならんのだ」

　これ以上はまずいと判断した浩一郎は黙って肩をすくめ、感情を押し殺して食事に戻った。

　だが、小姑の麻弓は腹立ちが収まらない。

「そうよね。女なんて何の価値もないわ。だから私は弁護士になったの。うんと腕が良くて、判事なんかより何百倍も稼《かせ》ぐ弁護士にね」

　麻弓は、「そうよね、お母さん。家事しか出来ない女には、価値なんかないわよね」とパスを渡した。

　痛いところを突かれた姑・絹枝の顔色が変わるのを見て、春奈はますます怯えて身体を竦《すく》ませた。姑の矛先は、きっとこちらに来るのだ。

「春奈さん。あなた、どういうつもり？」

　姑は能面のような顔になっている。

「一家揃っての食事の時間を台無しにして。あたくしたちが真菜に雛人形を買ってやらなかったことが、そんなにご不満？　それにこんな料理まで……やることが陰険ですわ。気に入らないなら入らないと、はっきり言わなきゃ判らないじゃないですか。ああ気分が悪い。もうこんなもの食べることはないですからね。麻弓。手伝ってちょうだい。こんな料理、みんな捨てるから」

絹枝は、がしゃんと自分の取り皿を床に叩きつけた。

フローリングの床には、桃の節句に合わせた、色とりどりの華やかなちらし寿司が無残に散らばった。

「お母様。出前取りましょう。あたし電話をかけるから」

麻弓は自分の皿をシンクに持っていき、まだたくさん残っているちらし寿司を水で流した。

捨てられた料理は、残飯として無残にも排水トラップに流れていく。

「ったくやってられねーよ。なんてウチだよ」

浩一郎は、捨て台詞《ぜりふ》を吐いてどたどたと階段を上がり、自分の部屋に籠もってしまった。

「何をやっとるんだ！　なんだこれは！　不愉快極まる！」

栄一郎は一家の長として場を取りなすこともなく、この家庭内争議をたしなめることもなく眉をひそめるでもなく、すっと席を立つとリビングに移動してしまった。事を荒立てて決定的にしてしまったのは、この栄一郎だというのに。

しかし栄一郎は今日にかぎって、どうして可愛い孫に手を出すほど機嫌が悪かったのだろう。いつも機嫌はいいとは言えないが、今日は特に……。

いや、そういえば、しばらく前から不機嫌さは増していた気がする。角張った不自然な文字で宛名《あてな》が書かれた封書が届き始めた頃からか？　郵便受けから取ってきたその封書を春奈が渡すたびに、舅《しゅうと》の機嫌は悪くなった。同じく不自然な字体で舅宛の小包が届いたあとなどは、特にひどかった。家族で取る食事の席で当たり散らすことが増えていたのだ。

春奈の夫・浩紀も何も言わず、黙って席を立った。姑と小姑の女二人に逆らうと、ますます面倒なことになると経験から判っているのだ。

「……ごめんなさい」

バラバラになってしまったダイニングに一人残った真菜が、泣きながら姑と小姑に謝った。

「みんな真菜が悪いの。だからママをいじめないで。幼稚園でね、真菜のお友達が、桃の節句にはお雛さまを飾って、女の子が幸せになるご馳走《ちそう》を食べるからって言ってて、真菜はそれがうらやましくて……いいなあってママに言っただけなの！　ごめんなさい」

楽しいはずの雛祭りの昼食が、悲しい結果になってしまった。

それは自分のせいだと必死に謝る真菜を、春奈は抱きしめた。

「いいのよ、あなたはいいの。全然悪くないの。悲しませてしまってごめんなさいね」

こんな小さな女の子に悲しい思いをさせた私は母親失格だ、と春奈は打ちのめされた。

ダイニングテーブルでは、春奈の手作りちらし寿司を寿司桶《おけ》からコンビニ袋に捨てながら、麻弓がヒステリックに怒鳴った。

「ああもうキャンキャンピーピーうるさいわねっ！　あたし、小さな女の子の可愛ぶったカン高い声が大嫌いなのっ！　忙しいところをせっかく実家に帰ってきたのに、これじゃ全然休まらないわよ。春奈さんアナタねえ、ちょっとは空気を読んで、この子をどっかにやってちょうだい。もう一つ屋根の下にいるのもイヤ」

麻弓は泣いてオロオロしている真菜に向き直ると、小さな肩をつかんで揺さぶった。

「ほら、さっさと出ていきなさい！　あんたなんかどっかに行っちゃいなさい！　外で遊んでくればいいでしょ」

その鬼のような顔を見た真菜はわっと泣き出して、脱兎《だっと》の如《ごと》く逃げ出した。

玄関の扉が開いて、バタンと締まる音が聞こえた。

あわてて後を追おうとする春奈に、姑の厳しい声が飛んできた。

「何をしてるんです！　後片付けが先でしょう！」

「はい……判りました。申し訳ありません」

「大事な食事の前に、ああいう嫌らしい事をしているから、子どもも言うことを聞かなくなるんです。あなた、人間としても母親としても、失格なんじゃありませんか？」

何を言い返しても、無駄だ。

春奈は肩を落として、床に散らばったちらし寿司やさざえの殻《から》を片付けはじめた。リビングからは麻弓が電話をかける声がこれ見よがしに聞こえてきた。

「浜《はま》寿司ですか？　春日町の藤堂ですけど、特上寿司を五人前、出前でお願いします。なるべく早くね」

五人前。自分と真菜の分はないのだろう。祖父母からも父親からも、あまり可愛がられることのない真菜を喜ばせようとした心づくしが、裏目に出てしまった……。


三時間後。

ようやくダイニングもキッチンも片付いた。出前の寿司桶も四人分を洗って重ねた。

空腹だが、春奈は自分のことよりも、まだ帰ってこない真菜のことが気になった。

時刻はもう午後四時を過ぎており、春先で長くなった一日もすでに暮れかかっている。

「浩一郎はまだ出て来ないのか。部屋に持っていってやれ」

と、舅の栄一郎に命じられて、彼女は部屋に寿司桶を持って行った。

「これ、真菜にやってよ。どうせあいつらは春奈さんと真菜の分まで頼まなかったんだろ」

浩一郎はやっていたゲームの手を休めて気遣ってくれた。

なさぬ仲とはいえ、幼くして実母と別れた浩一郎のことを春奈は大事にしてきた。温かい食事を作り、顔を見て会話をしてきた。そのせいか、彼は春奈に同情的だ。

「いいんだよ。おれ握りは好きじゃないし、あとでマックにでも行ってくるから」

「それなら……そのついででいいから、真菜を捜してきてくれないかしら。私もこれからちょっと公園まで行ってみるけど」

「え？　真菜、まだ戻ってないの？　何してるんだよ、もう四時だろ？　大変だよ。すぐ捜さなきゃ」

腹違いの兄は、妹を本気で心配して出かける支度《したく》をはじめた。

「公園で一人で居たりするんじゃないの？　それともバスに乗って街の方に行ったかな？　真菜はケータイとか持ってないの？」

ちょっと顔色が変わってあれこれ考える浩一郎を見て、春奈もいても立ってもいられなくなってきた。

これまで、あの子が三時間も帰ってこないことはなかった。なにかあっても、一時間くらいでべそをかいて帰ってきたものだ。

それに……ちらし寿司の下ごしらえをしながら聞いたニュースも気に掛かる。二週間前から行方不明だった鳴海市の小学生女児が、昨日遺体となって発見された、というものだった。

「私も行くわ」

なんともいえない悪い予感と胸騒ぎに耐えられなくなって、春奈も娘を捜しに出ようと裏口に足を向けた。

その時、居間の固定電話が鳴った。テレビがついていて、麻弓の甲高《かんだか》い笑い声がしている。舅や姑、そして夫も一緒にいるはずだ。なのに電話は鳴り続けている。

誰も出ようとしない。家政婦同様の春奈が出るものだと決めてつけているのだ。

「すみません。電話、出て戴けますか?」

そう言っても、何の反応もない。

夫までもが自分を家政婦扱いする。いや、家政婦兼・欲情処理女だ。昼前のレイプ未遂《みすい》を根に持っているのだろうか。

この家では、抵抗するだけ無駄だ。

春奈は引き返してリビングに入った。

案の定、高級なソファにふんぞり返った藤堂家の面々はテレビを見て笑っていた。マントルピースの上に鎮座している電話機が、ちりちりと鳴り続けている。それを気にする者は一人としていない。

「失礼します」

春奈は一言断ってリビングに入って、電話を取った。

『ずいぶん出るのが遅かったじゃないか。娘が心配じゃないのか?』

「え?」

『オタクの娘を預かってるんだよ』

その見知らぬ男の声を聞いた瞬間、春奈の全身から、音を立てて血の気が引いていった。

第二章　イノセンス・プロジェクト発動

「で、その電話を直接受けたのが、若奥さんなんですね？」

通報を受けてすぐの午後五時に、佐脇と水野、そして神野が藤堂家に急行した。この場合、主導権を握るのは県警捜査一課から来た神野だ。

リビングには、藤堂家の面々が揃っていた。

いかにも上流階級らしい一家だ。猛禽《もうきん》のような顔立ちの、引退した元判事だという当主の藤堂栄一郎。その妻で昔はさぞや美人だったと思われる、やはり権高《けんだか》な老女。いかにも賢そうな、高校生ぐらいの男の子。

しかし佐脇がハッと目を惹《ひ》かれたのは、艶《あで》やかなロングヘアですらりと背の高い、きつ目の顔立ちの美女だった。白いシャツブラウスにタイトスカートの着こなしが垢《あか》抜けていて、鳴海のような田舎ではちょっとお目にかかれない都会的な印象の女だ。三十代の半《なか》ばくらいか。神野がその美女に話しかけた。

「あなたが誘拐されたという藤堂真菜ちゃんのお母さんですか？」

った。
「いいえ違います。私は真菜の伯母にあたる藤堂麻弓です」
美女は神経質な仕草で長い髪をかきあげた。なぜか不愉快そうなのが、佐脇には気にな
十四畳ほどの広いリビングは、和室を改装して洋間にしたような作りだ。マントルピー
スがあり、高価そうなペルシア絨毯《じゅうたん》を敷いてソファを二組置いているが、欄間《らんま》をわざと
残してあったりする。築年数はそう古いものではない。なんせこの高級住宅街自体が、バ
ブル時代の産物だからだ。
そこに、さらに一人の若い女が、人数分のお茶を盆に載せてリビングに入ってきた。ひ
と目見て、藤堂の一族ではないと判る。この家の人間に特徴的な鋭さも、人を寄せ付けな
い感じもない代わりに、暖かさと親しみやすさを感じさせる、地味だが魅力的な女だ。
これが母親か？　しかしこんな状況でお茶出しをするとは思えない。家政婦か。
「あの。ちょうど、私があの子を捜しに出ようとしたときに電話が鳴って……」
お茶を並べながら震える声で話し始めたのが、なんと、真菜の母親の藤堂春奈だった。
どうなっているんだ、この一家は、と佐脇は内心呆れた。
顔面蒼白の春奈は気丈に、取り乱さず、懸命に答えようとしている。
「あの子、というのは春奈さんと浩紀さんの娘さん、真菜さんのことですね？」
神野の念押しに、栄一郎が反応した。

「春奈さん！　刑事さんにはきちんと説明しなさい！　名前と家族関係を、初めて聞く者にもよく判るように！」

「これは閣下《かっか》、御配慮有り難く存じます」

神野は如才《じょさい》なく、藤堂栄一郎に最大級の敬意を表した。

気難しげで狷介《けんかい》な元判事の表情が、少しほぐれた。

「まあいい。きみたち、続けたまえ」

畏《かしこ》まりました、とでも言い出しそうな低姿勢で、神野は事情聴取を開始した。佐脇と水野はその後ろに黙って控《ひか》える格好だ。

「それで……真菜ちゃんは、昼食後に一人で外に出て、そのまま帰ってこなかったんですね？」

「はい。あの、ひな人形のことで、ちょっと……真菜がお義姉《ねえ》さんに叱《しか》られて」

春奈がおずおずと、麻弓を見やると、麻弓は、もの凄い視線で春奈をにらみつけた。

「いいえ。麻弓は孫を叱ってなんかおりませんわ」

春奈を遮《さえぎ》って口を出したのは、姑の絹枝だった。

「なにか気に入らないことがあったみたいで、食事が済むとぷいと外に飛び出していって……」

「それは何時頃のことで？」

「一時過ぎでした」

絹枝は先に喋って、母親の春奈には一切、口を挟ませない。

「真菜には、気に入らないことがあるとすぐに飛び出していくクセがありましてね。母親のしつけがなっていないせいだろうって、私たち」

春奈は何か言おうとしたが、すぐに唇を噛みしめて俯向《うつむ》いた。

「それで、その三時間後の午後四時過ぎになって、帰ってこないことに不安になった母親の春奈さんが捜しに出ようとしたところに電話が鳴った。それが犯人からの脅迫電話だったと」

春奈は大きく頷いた。

「その電話の内容を、もう一度教えていただけますか」

「はい。あのう……」

「しかし諸君、誘拐なんて、嫁の作り話じゃないのか」

春奈が話し始めたとき、栄一郎が突然、話の腰を折った。

「どうせ何処《どこ》かで道草を食って、遅くなったので帰りづらくなっているとか、そういうことなのではないか。子供にはよくそういうことがある。私も子供の頃にそういう記憶はある。警察沙汰《ざた》はいささか大袈裟《おおげさ》に過ぎるのではないか」

舅の言葉に、春奈は驚きで目を大きく見開いた。

「しかし……今は午後五時を廻りましたが、まだ帰ってこないのは明らかに」

　思わず口を出した水野を、まああと佐脇が止めた。

「これが中学生なら、親と喧嘩《けんか》になって家出の真似事をすることはあるでしょうが……真菜ちゃんはまだ五歳ですよね？」

　それはおれが訊こうとしていたことだと言うように、神野が佐脇を睨み付けた。

「それでは、閣下は、誘拐事件ではない、と？」

「誘拐事件と断定するには材料が足りないかね？　今のところ、それを裏付けるものは嫁が受けたという電話だけだ。その電話の内容も、家の他の者は聞いておらん。嫁の捏《ねつ》造《ぞう》ではないという証拠もない」

「ひどい」

　さすがに春奈も黙っていられなくなった。

「嘘だとおっしゃるなら何度でも言います。電話に出たら『ずいぶん出るのが遅かったじゃないか。娘が心配じゃないのか？』『オタクの娘を預かってるんだよ』と言われたんです！　げんにあの娘はまだ帰ってきてません！」

「だから、その電話は他の者は聞いておらん。それだけが事実だ」

　栄一郎は強い口調で切って捨てた。もうこれ以上の問答は不要だと言わんばかりの態度だった。

しかし、少なくとも幼女の行方不明が発生していることは確かなので、栄一郎の顔色を窺う神野としても、ここで話を打ち切るわけにはいかない。

「で……電話の相手は他に何か言いましたか」

「はい、あの……」

「もういい！　刑事さん、せっかくご足労願ったが、もうちょっと様子を見るべきではないかと私は思う。嫁は人生経験が少ないのでちょっとの事で動転する。まずは家族が手分けして、心当たりを捜してみることにする」

蒼白《あおざ》めている春奈を横目で見ながら、栄一郎は言い切った。

「それにつきましては、所轄《しょかつ》の警官がすでに捜索を始めております。類似の事件が発生していることは閣下もご存じだと思います。我々としては、万が一の事を考えて、閣下のお孫さんの安全を第一に考えて対処しておりますので、ご安心ください」

そう言った神野は、佐脇と水野を玄関ホールに連れ出した。

「聞いての通りだ。原田沙希ちゃんの事件があった以上、警戒《けいかい》をしなければならないが、閣下の判断も考慮しなければならない。なんせ閣下は素人《しろうと》ではないんだから」

「なんであのジイサンを、閣下とかうやうやしく呼ぶんだ？」

佐脇が靴下の臭いを嗅《か》いだような顔で神野に訊いた。

「認証官だったからだ。高等裁判所長官は天皇の認証官だから、閣下と呼ぶのは常識だ。

なんにも知らない諸君に教えといてやろう」

　そう言って神野は付け加えた。

「勝手な行動をするヤツは常識も知らないんじゃないかと思ってね」

「へえ。それは御親切にどうも。しかし鳴海みたいなクソ田舎に、そんなエライ人が住んでいるとは知らなかった」

「現役を退《しりぞ》いていても、閣下と呼ばれてヘソを曲げる御仁《ごじん》はいない。おれは気難しい連中を扱うのに長《た》けてるんだ」

　県警本部《ほんぶ》に長くいればお偉いサンとの付き合いも多いんでな、と神野は付け加えた。

「とにかく、閣下があの調子じゃどうしようもない」

「かと言って何もしないんですか？　電話の録音機や逆探知の段取りもしないと？　誰かを常駐《じょうちゅう》させもしないと？」

　水野が食ってかかるように言った。

「原田沙希ちゃんの事件では犯人からの電話はありませんでした。だからと言って、もう掛かって来ないと決めつけていいんですか？」

「だから、その犯人が電話をしてきたとは限らんじゃないか。閣下がおっしゃるように、女の子は道草を食っているだけで、電話はただの悪戯《いたずら》かも知れん。その辺のことも、閣下は良く判ってらっしゃるはずだ」

神野は妙に栄一郎の能力に信頼を寄せている。

「高裁長官と言えば、三権の長たる最高裁長官に次いで偉いんだぞ。お前ら、その辺のこと、判ってるのか?」

佐脇はアメリカ人がするようにわざとらしく肩をすくめて見せた。

「その閣下が許可しない以上、こちらが勝手に録音機をつけたり逆探知装置をつけたりは出来ない……いや判ってる」

神野は、水野が顔色を変え、猛然と抗議しようとするのを手で制止した。

「しかしこればかりは仕方がない。家族の意向を無視してこっちが勝手な真似は出来ない」

「じゃあ神野さんは、真菜ちゃんが犠牲になるのを指を咥《くわ》えて見てるしかないって言うんですか?」

「そうは言っていないし、そう決まったわけでもない。不吉なことを口にするな!」

「じゃあ他にどんな意味があるって言うんですか!」

まあまあと佐脇が割って入った。

「ドアの向こうにはご家族がいるんだぜ。こっちのやり取りを耳をデカくして聞いてるだろう」

その言葉に、水野も黙った。

「まあ、一応、署に戻ろう。原田沙希ちゃん事件と関連があるって事で我々が来たんだが、もうちょっと状況がハッキリしないとな」

神野の判断で、三人は鳴海署に戻ることになった。

この日は新たな命令で神野と組んでいた水野、そこに別の方面で聞き込みをしていた佐脇が合流したので、藤堂家の前には警察車両が二台とまっている。

佐脇と水野は、それぞれ乗ってきた車のドアを開けたが、佐脇が思いついたように水野を手招きした。

「そうだ、あの件はどうなったかな?」

「はい?」

訳が判らない水野の脛《すね》を、佐脇は軽く蹴った。車が遮って神野からは下半身の動きは見えない。

「あ、ああそうでした。まだ処理してません。申し訳ありません」

「申し訳ないじゃねえだろう!」

腹の底からの怒声を浴びせた佐脇は、神野に言った。

「ちょっと、特捜に来る前にやりかけの件がカタついてないんで、やってしまいたいんですが。すぐ終わるんで、神野さん、先に帰ってて貰えますか?」

「やりかけの件ってなんだ?」

「なにその、チンケな窃盗事件で。このバカが目撃証言の署名捺印《なついん》を取り忘れてて。それさえ取れれば体裁は整って一件落着になるんで」

神野は少し考えて、「いいだろう」と答えると、制服警官が運転手として控えるパトカーに乗り込んだ。

走り去るのを見送りながら、佐脇は水野に耳打ちした。

「判るか？　神野のダンナがいると邪魔なんだ。あの野郎、こっちが従わないと見るとコトバ遣いまで変えてきやがった」

それにしても、と佐脇は家の方をアゴで示した。

「あの家族はどう見ても、変だろ。ガードが堅すぎる。嫁さんに何も喋らせない。電話を受けたのが嫁さんなのに、だ。あの家のガンは、嫁さんの口封じをしてる爺さんと婆さんだ」

佐脇は、水野とともに、ふたたび藤堂家の呼び鈴を押した。

蒼い顔のままリビングから出てきた春奈の肩を、佐脇はポンと叩いて頷いた。

「判ってます。お母さんの仰《おつしや》りたいことは重々。きちんとお話を伺いたいんですが……」

その時、リビングから「春奈さん、お茶！　何してるの！」という婆さんの声が響いた。

「大丈夫ですよ。ちょっと我々に任せてください」

そう言い残した佐脇は、水野とリビングに入った。

「いやどうも失礼しました。ちょっと署から内密な連絡が入ったもので、中座させていただきました……しかし、なんですな。こちらは実に結構なお住まいで」

佐脇は実に愛想良く、口も軽く喋り出した。その調子に、リビングから出て行こうと腰を浮かしていた栄一郎も足を止めた。すでに孫の浩一郎はいなくなっている。

「この邸宅は、どちらかの由緒《ゆいしょ》ある建築を移築した物ですか？　いえ、細かい部分を拝見するにつけ、造りが今どきのものとはかなり違うような……そう思ったものですから」

「お判りか？」

栄一郎が機嫌良さそうに反応した。

「私が定年退官するに際して、それなりの屋敷をと思ってね。終《つい》の棲家《すみか》を、私の故郷である、この鳴海に建てようと思った。設計の段階では歴史ある建築物をいろいろ参考にしたが、移築したものに住むことは考えなかった。すでに古くなっている家屋は、それなりに傷んでいるし、現在の耐震基準にも合わん。だから意匠《いしょう》を参考にした新築だ。これは」

栄一郎の趣味で建てた家は、明治の文豪や元勲の、いくつもの屋敷の写真を下敷きにしている。地元の工務店の手には余ったので、有名な宮大工を特に頼んで建てて貰った、と栄一郎はひとしきり自慢《じまん》をした。

その話はもう百万回聞いたという風に、その場に残っていた浩紀は庭に目をやって無関心だが、姑の絹枝は、夫の話をニコニコして聞き、大きく頷いたりしている。

「なるほど。お庭も、さぞや名のある庭師が手がけたものなんでしょうな」

佐脇はいまや「お宅訪問」の、お世辞を無限に繰り出すリポーターと化していた。たしかに庭は池や松が美しく配された見事な日本庭園だ。

「そうだな。この建物にふさわしい庭ではないとバランスが取れんからね」

「いや、うらやましい限りです。こういう由緒ある大邸宅にお住まいで、しかもこちらの閣下の奥様がまた、若々しくて魅力的でいらっしゃる」

こんな時にナニ駄弁《だべ》ってるんですか、という憤りが水野の顔に浮かんでいるが、佐脇は無視して、ミエミエのお世辞を続けた。

「さすがに閣下の奥方は何というか、女性としての品格が違いますな。失礼ですが、あの若いお嫁さんにはない、気品というものがおありになる」

「いえいえそんな」

と絹枝は謙遜《けんそん》したが、それはカタチだけだ。それが何より証拠には、首筋まで赤くなって心なしか目も潤《うる》んでいる。

栄一郎と絹枝の警戒心が解けたところで、佐脇は「実は」と切り出した。

「失踪した真菜ちゃんのお母さん……春奈さんですか。我々は少々疑いを持っておりまして。いえ、ちょっとした通報のようなものがありまして……まあ幼稚園のお母さんとか、ご近所の方であるとか、そのあたりははっきり申し上げられないのですが、春奈さんが真菜ちゃんを虐待《ぎやくたい》、とまではいかなくても、ネグレクトしている可能性が、まあ必ずしもないとは言い切れない、と」

水野は何か言いかけたが、佐脇は黙っていろ、と目で合図した。

「そうなんですよ」

ネグレクト、虐待、という言葉を聞いた瞬間、絹枝は反応した。

「うちの嫁は育て方を間違えたんですわ。だから真菜も難しい子に育ちましてねえ。ちょっと気に入らないことがあっただけで、あんな風に家を飛び出したりして。それもこれも全部、嫁が悪いんです。猫っ可愛がりするかと思えば妙に我慢させたりして。母親がぶれているのが、一番駄目なんですよ。だからああいう可愛げのない、まわりの顔色をうかがう子になったんです。私たちも嫁を注意するんですけど、どうも飲み込みが悪くてね」

絹枝はドア外に向かって「春奈さん、お茶っ！」と怒鳴った。

「ええ。ですからそのような事情で、春奈さんにお話を伺いたいのです」

「それは何かね、任意同行ということかね？」

栄一郎は複雑な表情を見せたが、絹枝は即座に動いた。

リビングから飛び出した絹枝は、春奈の腕を摑んで引っ立てるように連れてきた。

「さあどうぞ。お連れになって、何でも訊いてくださいな」

そう言うと、佐脇に押しつけるようにして春奈を引き渡した。老女の皺《しわ》深い顔の中で、両眼だけが嫁の不幸を喜んで輝いている。

「そんな、私、真菜を虐待なんて、とんでもないっ！」

激しく取り乱す春奈を、佐脇はハイハイと言いつつ肩を押しリビングから連れ出した。

そのまま家の外に停めてある覆面《ふくめん》パトカーに押し込んだ。

「……いや申し訳ない。こうでもしなきゃ、あなたを家から連れ出してじっくりと詳しいお話が聞けないと思ったもので」

「あの……どういうことでしょう？」

興奮状態だった春奈は戸惑っている。

そこへ水野が遅れてやって来た。

「佐脇さん！　ちょっと乱暴です！　閣下は『どういうつもりだ？　ウチから縄付きを出すわけにはいかん』とか、えらい剣幕で奥さんを怒ってましたよ」

「あの婆さんだろ。亭主に怒鳴られたぐらいじゃ堪《こた》えんよ」

佐脇はほくそ笑んだが、それに釣られて春奈も表情を和《やわ》らげた。

「ねえ奥さん。いつもあの婆さんに相当やられてるんでしょ？」

春奈は無言のまま頷いた。

「まあいいや。車を出せ」

水野は車をしばらく走らせて、鳴海港までやって来た。この港はフェリーの定期航路が廃止されて夜は治安が悪く、昼間も誰もいないので、密談にはもってこいだ。

岸壁に停めた車の中で、佐脇と水野は、春奈から詳しい話を聞き出した。

「『ずいぶん出るのが遅かったじゃないか。娘が心配じゃないのか？』と言って、含み笑いをすると、『オタクの娘を預かってるんだよ。別に身代金を取ろうって言うんじゃない』というので、どういうことですか、と訊いたら、『オタクのジイサンに聞いてみな』と言って切れたんです。その後は掛かってこなくて」

「で、栄一郎閣下には訊いてみたんですか？」

はい、と春奈は頷いたが、すぐに首を横に振った。

「しかし、お舅《とう》様は、知らん、私は何も知らんの一点張りで。その上に、私が警察に電話をしたと知って、どうしてそんな余計なことをするって激怒して」

「孫娘が誘拐されたかもしれないのに、なんだそれは？」

佐脇はすぐに水野に命じた。

「あのウチはどうも妙だ。あのウチにかかってくる電話を全部盗聴できるように手配してくれ。ジイサンの許可を待っていたら、誘拐事件だというのに録音機も置けないし刑事も貼りつけられない。それでは話にならん」

春奈は頷いた。

「しかし、裁判所が通信傍受令状を出さないかもしれませんね。閣下の家の電話を盗聴すると言うのは……」

水野の言葉に、佐脇も頷いた。

「そうだなあ。あのジイサン閣下は孫娘よりも、どうやら他のことが心配みたいだからなあ。しかしこれは明白な誘拐だ。脅迫電話が来ているんだぞ。水野、構わんから盗聴の準備だ。令状がなくてNTTが動けなくても、ウチの方でなんとか出来るだろ。公安の久《く》住《すみ》、あいつに連絡しろ。おれの頼みだってな」

水野は言われたとおり車の外に出て、携帯電話で話し始めた。

「いえ、公安はヤミ盗聴をしょっちゅうやってるんでね。久住って男はそれを悪用していて、そのまた尻尾《しっぽ》を私が摑んでるもので。脅せば言うことを聞くんですよ」

佐脇はそう言って悪代官のようにヒヒヒと笑った。

「あの、そう言えば……」

春奈が何か思い出した。

「刑事さんは、義父《ちち》が真菜よりも、他のことが心配のようだと仰いましたが、ちょっと心当たりが」

「何でもどうぞ」

佐脇は身を乗り出した。

「毎日、ウチには夕方に郵便配達が来るんですが、郵便受けから取ってきて、舅の書斎に届けるのは私の役目なんです。あの……しばらく前……半年程前でしたか、妙な封書が来るようになっていて」

角張った不自然な字で宛先が書かれた封書を、舅の書斎に届けたのは十日前のことだった。宛名が仰々《ぎょうぎょう》しく「元広島高裁長官　藤堂栄一郎先生机下」と書かれていたので記憶に残っていたのだ。

「その後、同じ宛名の、同じ字体の封書が何通か届いて……小包も一つ、届きました。携帯電話の箱くらいの大きさの。そのたびに義父は苛立って機嫌が悪くなりました。家族にも当たり散らすようになって……今日も、実は食事の時にいろいろあったんですが、それも、次々に届く妙な手紙のせいなんじゃないかと」

春奈は、今日の、いつになく荒れた昼食の様子を詳しく話した。

「ということは……閣下が妙にエキサイトしたことを隠すために、姑の婆さんが真菜ちゃんがワガママを言って飛び出したと言い張ったんですね」

ますますおかしい、と佐脇は呟いた。

「判りました。電話はこちらで傍受させて貰うことにします。しかし、ジイサン閣下宛にメールや携帯電話が着信したら、どうしようもないな」

車の外で水野は、何やら粘って話し続けていたが、ようやく通話を切ってドアを開けた。

「おい水野。すまんが、携帯電話とメールの方も頼む。久住に言って追加してくれ。メールと言ってもパソコンに届くメールもありますよね?」

「舅は、地元のうず潮ネットのユーザーだと思います」

「そっちも手配だ」

水野はまた車外に出て電話をはじめた。

「春奈さん。お送りしましょう。爺さん婆さんには、あなたの嫌疑は解けた、近所の人の完全な勘違いだった、と私から説明します。ジイサン閣下には私が土下座してもいい。いやいや、頭を下げるのにカネはかからない。下げて丸く収まるならいくらでも下げますよ、こんな安物の頭くらい……しかし」

佐脇は首を傾げた。

「あなたのダンナ。アレはどうしたものですかね? 自分の娘が誘拐され、奥さんが死ぬほど心配して、しかも舅姑の両方から責められているというのに、一切庇《かば》おうともしないし、心配もしない。他人事《ひとごと》みたいにボーッと座ってただけじゃないですか」

「……あの人は、いつもああなんです。特に舅の前では何も言えなくて。そういう人なんです」

佐脇は駄目亭主への感想をひとくさり言いかけたが、追加交渉をまとめた水野が車に乗り込んできたので悪口は呑み込み、一行は元の高級住宅街に戻った。

佐脇が春奈と一緒に藤堂の屋敷に入ろうとしたとき、春奈が郵便受けの蓋《ふた》をあけ、中を覗いた。郵便物のチェックが習慣となって染みついているのだろう。

「また来てる！　これです」

春奈が震える手で指さした封書には角張った文字で「元広島高裁長官　藤堂栄一郎先生机下」と宛名が書かれ、「親展」の赤いスタンプが押されていた。消印はない。

「なるほど」

手袋を嵌《は》めた佐脇は封書を郵便受けから取り出して、春奈と共にリビングに入った。

そこには、不愉快な顔をしてソファに座っている閣下夫婦と、デクノボーな春奈の亭主が並んでいた。

「若奥様の嫌疑は完全に晴れました。これは私の完全な勇《いさ》み足でした。申し訳ありません。お詫び申し上げます」

佐脇は深々と頭を下げた。

「君、それはもういいから。ところで、君が手にしてるものはなんだ」

藤堂閣下は、佐脇が手にしている封書を気にしている。

「こっちに寄越したまえ」

「お言葉ですが、この手紙は、犯人からの脅迫状である可能性があります。宜《よろ》しければここで私が開封して改めたいのですが。とはいえ、私信の自由を侵《おか》すわけには行きませんので、閣下のご同意を頂戴したく存じます」

「断る。表に『親展』と書いてあるだろう」

「そこを曲げて、なんとかお願いいたします」

佐脇は大きな声を出して、藤堂栄一郎をじっと見据えた。

「断る。それは私信だ。それにまだ誘拐事件だと決まったわけでもない」

「重ねて、お願いします。一読してまったく何の関係もない手紙なら、内容は一切放念させていただきます。どうです？　閣下に特に疚《やま》しいところがないのであれば、是非とも」

「君！　たかが所轄署の刑事の分際で失敬だぞ！」

「そこを何とか」

睨み合いが続いた。絹枝も浩紀も口を出せない、ヒリつくような緊張が高まった。

その静寂《せいじやく》を破るように、電話が鳴った。

一同はお互いを見て、最後に佐脇を見た。

佐脇が春奈を見て、頷いた。

「出てください、お母さん。ところで、この電話に拡声機能はついてますか？」

春奈がうなずき、ボタンを押すと、電話機のスピーカーから声が聞こえてきた。

『手紙を見たか？』

「いいえ、まだ……」

春奈が答えると、相手の男は押し殺した笑い声をたてた。

『お前らは何をするのも手際が悪いな。どうせ藤堂の能なしジジイが邪魔してるんだろう？　ジジイのくだらないプライドのせいで、孫娘を見殺しにするのか？』

栄一郎が額に青筋を浮かせ、何かを言いかけたが、佐脇が睨み付けて唇に指を立てた。

『もしも藤堂真菜になにかあったら、それはすべてジイサンのせいだからな。ところで、警察には通報したのか？』

春奈は救いを求めるように佐脇を見た。

「あの……それは」

『あんたの家の前に今、駐まってるのは覆面パトカーだろう。通報は望むところだ。こっちも早く警察沙汰になって欲しかったからな。とにかく、手紙を読め。話はそれからだ。また連絡する』

そう言って電話は切れた。

「今の声は、前に掛かってきた電話と同じ声ですか？」

春奈はハイと答えて頷いた。

「普通の声だったな。最近はボイス・チェンジャーを使ったりするものだが……相手は相当ナメてるのか?」

水野は、さあ? と応じるしかない。

「録音が取れなかったのが残念です」

佐脇は、栄一郎に向き直った。

「手紙を、ここで読ませていただけますか?」

「……いいだろう。仕方がない。開封したまえ」

栄一郎が溜息をついた。隠そうとするのは得策ではないと悟ったのだろう。

佐脇は一礼すると、まず表書きを改めた。宛名の文字は、春奈が言った通り、角張った文字で書かれている。活字を切り貼りしたものではなく、プリントアウトでもない。定規《じょうぎ》を当てて直線で書いた、手書き文字だ。こうすると筆跡鑑定しにくいことを知っているのだろう。

佐脇はポケットから小さなハサミを取り出して、封を切った。その切れ端は水野が用意したビニール袋に入れられた。

封筒の中には、サービス判の写真が同封されていた。

それを見た瞬間、春奈が写真を佐脇からひったくった。

「真菜!」

悲痛な声で叫ぶ。

「奥さん、どうか落ち着いてください……ちょっと失礼」

佐脇は春奈から取り戻した写真をビニール袋に入れ、袋越しにじっくりと見た。

可愛らしい幼女が、赤いソファにちょこんと座らされている。泣きつかれたような顔だ。ソファの脇には、見事な白百合が何本も、花瓶一杯に挿《さ》して飾ってある。

「これは、真菜ちゃんに間違いありませんね？」

春奈が泣きじゃくりながら頷く。佐脇はその写真を水野に渡して、他の家族に見せるよう、顎《あご》をしゃくった。

栄一郎以下、他の家族は腰を浮かして額を寄せ、その写真に見入った。

封筒からは、薄い紙にプリントアウトされた文面が現れた。

佐脇は一読して小さく頷いた。

「読みます。宜しいか？」

「待て。それは……いわゆる脅迫状なのか？」

そのようです、と佐脇は頷いた。

「読みます」

佐脇は、声を張った。

「藤堂栄一郎は広島高裁の裁判官だった時に、大きな誤審をしでかしたにもかかわらず、未《いま》だに知らぬ存ぜぬを決め込んでいる。捜査に失敗した警察は謝罪する。冤罪《えんざい》をでっち上げた検事も謝る。しかし検察の言い分を鵜呑《うの》みにするしか能の無い、頭の悪い裁判官どもはと言えば、自分たちの間違いについて一度たりとも謝ったことがない。その中でも特に、藤堂栄一郎はその低能ぶりが著《いちじる》しい。この男は本当に馬鹿だ。人を裁く能力も資格もないくせに、藤堂栄一郎は高等裁判所の長官にまでのし上がり、世の中に害毒をまき散らした。そして今なおそれを恥じる気配が無い。そんな藤堂栄一郎に天誅《てんちゅう》を下してやる。

藤堂栄一郎の孫・真菜を拉致《らち》した。この誘拐は金が目的ではない。無事に返して欲しければ、過去の誤審について、虚心《きょしん》坦懐《たんかい》に謝罪しろ。この誘拐は金が目的ではない。藤堂栄一郎の謝罪が目的だ。この要求が受け入れられない場合は、原田沙希と同じく、真菜は死体となって発見されるだろう」

佐脇は手紙を折りたたんで封筒に戻した。

「以上です。この手紙と写真は証拠品として押収させて戴きます」

春奈はその場に崩れ落ちた。

栄一郎の顔は、怒りと屈辱《くつじょく》のあまりか、どす黒くなっている。

絹枝は、呆然として腰が抜けたように身動きしない。

浩紀は、無表情にタバコを吸い始めた。

「真菜ちゃん失踪《しっそう》を、誘拐事件と認めます。そして、原田沙希ちゃんの死体遺棄事件とも関連する事案と見なします。根拠は写真の、真菜ちゃんの脇に写っていた白い百合です。白い百合は、原田沙希ちゃんの……」

そこまで言って、佐脇はマズい、という顔になって言葉を切った。

「……今後犯人から連絡があるかもしれないので、警官を常駐させたいのですが、宜しいか？　録音や逆探知の用意もさせます。宜しいか？」

しばらく藤堂家の居間は、沈黙が支配した。

「佐脇くんとか言ったな？」

栄一郎が口を開いた。

「あんたは、私を腹の中では笑ってるんだろう。自分の体裁ばかり取り繕《つくろ》っている、愚かな老いぼれ、などとな」

「そんなことはありません」

佐脇は即座に返事をした。

「ともかく、我々としては、真菜ちゃんを無事に発見する。それだけです。犯人の言い分は今のところ一方的なものでしかありません。人命第一。それが最優先かつ、唯一です」

佐脇は水野に命じた。

「神野に連絡。おれたちがここにへばりついているわけにいかないから、誰か人を寄越せ。すぐに手配を……久住の件はそのままでいい。ただし、おれにチョクに知らせろと」

「了解しました」

水野が携帯電話で一報を入れるとすぐに、遠くからサイレンが聞こえてきた。

＊

「誘拐事件かどうか、原田沙希ちゃん事件と関連があるかどうか、出先のお前が勝手に決めるな！　お前は本部長か？　ただの所轄の捜査員だろうが！」

捜査本部《ちょうば》に急いで戻った佐脇と水野は、講堂に入るなり日下部に怒鳴り上げられた。

「たまたま連続して起こったというだけで、原田沙希ちゃんの誘拐と、元判事のお孫さんの行方不明が同一犯によるものだという証拠など何ひとつない！　そうだろ！」

「ですが、藤堂真菜ちゃんと一緒に写っている花は、原田沙希ちゃんの遺体を囲んでいた白い百合と同じものに見えますが？　百合の花については報道されていないので、これは犯人だけが知る『秘密の暴露《ばくろ》』に当たるのでは？」

佐脇の言い分に、日下部はいらいらと言葉を探し、怒鳴りつけた。

「そんなものは直接証拠とは言えん！　第三者の模倣ではないと言う証拠があるのか？」

「間接的な証拠でもいいんじゃないですか、今の段階では。それに、あの藤堂のジイサンはどうも妙だ」

「何を言い出すんだ、お前は」

「藤堂のジイサンが妙に頑《かたく》なだからですよ。自分の孫娘が誘拐されたってのに、捜査しなくていい、警察は帰れ、みたいなことを一度はヌカしたりしたんで」

「こら。閣下に対して言葉を慎め！」

日下部と一緒になって神野も詰め寄ってくるのを佐脇は、まあまあといなした。

「あんたら何をエキサイトしてるんですか？　少なくともこの鳴海で最近、二人の女の子が失踪し、一人は死体で発見されている。卑劣《ひれつ》な誘拐であることは間違いない事実でしょう。私は何か間違ったことを言ってますか？」

「だから。そういうことを言ってるんじゃない。二つの事件に関連があって、今回の件は誘拐事件だとお前がどうして決めるんだって事だ！」

「二つの事件の関連を否定する材料もない以上、関連があるモノとして動くのは当然でしょ？　そんな捜査のイロハも忘れたんですか？　それに脅迫電話があり、写真が送られてきた以上、藤堂真菜ちゃんの失踪が誘拐であることは決定的でしょう？　誘拐かどうか、同一犯かどうかの認定で揉めて捜査が後手後手に回ったら、クビが飛ぶのは本部長ですよ。あ、刑事部長も道連れか」

佐脇は日下部を見てニヤリと笑った。

「とにかく、犯人からの写真と手紙は鑑識に回して、印字に使ったプリンターの機種などを洗います。この写真は、デジカメで撮ってプリントアウトしたものでしょう。インスタントカメラじゃないようですしね。また問題の封書がいつ、どのような人物によって藤堂家の郵便受けに入れられたのかについても目撃者を探します。問題はないですね？」

「判った。もう好きにしろ。とりあえずお前は藤堂家の女の子の事件の専従になれ」

日下部はうんざりしたように言った。

「捜査本部《ちょうば》を割りますか？」

「いや……お前が言うように、二件の関連について否定されるまで、このままで行こう」

結局は佐脇の方針を承認させられ、日下部も神野も不満を露《あら》わにしながらも妥協《だきょう》した。


「ま、どっちにしても、犯人はろくなもんじゃねえよ」

捜査本部《ちょうば》から外に出て、佐脇は水野にボヤいた。

「そういや第一の事件の原田沙希ちゃんの事件も、犯人から身代金の要求はなかったよな。遺体に綺麗な服を着せて、まわりにわざわざ花を並べるなんてな。カネ目当てじゃなくて、犯人の自己顕示《けんじ》欲の発露だったたってことか？　そんな手合いが判事の誤審を批判だと？　冗談じゃねえよ。『お前が言うな』だ。それともアレか？　藤堂のジイサンが過去に誤審をやらかしたとして、その真犯人が自分だって言うのか？　おれを捕まえてみろってのか？　なんかそんなタイトルの映画があったな」

「『キャッチ・ミー・イフ・ユー・キャン』ですか？　まあ、そういう可能性も絶無とは言えませんが」

「じゃあだよ、じゃあ、誤認逮捕や誤審を批判するからには、実は真犯人は自分ですと、こいつは正直に名乗り出るべきじゃねえか。だがそうはせず、この腐《くさ》れ外道《げどう》は他人に罪をなすりつけたまま、安全な場所からアカンベーをしてるわけだろ。こんな卑怯者《ひきょうもの》の言うことなんか聞けねえだろ。今のうちにメシでも食っとこう」

いきなり話題を変える佐脇に、水野はついていくのが大変だ。

「犯人からいつ接触があるか判らねえ。食えるときに食っとこうぜ」

二人は鳴海署近くの、例の刑事課のたまり場になっている居酒屋に入った。トンカツ定食と、スタミナ定食を注文する。

「……とは言うものの、だ。あの藤堂のジジイは心底いけ好かねえ。いや、犯人にあのジジイを批判する資格はねえが、犯人の主張そのものはどうだ？　どこまで本当のことを言ってる？」

料理が出て来るのを待ちきれず、佐脇はビールを頼んでひっかけた。

「それは……調べてみないと、なんとも」

そこへ、店の引き戸が勢いよく開いて、春だというのに黒ずくめの服を着た若い女が入ってきた。女、というのはよく見なければ判らない。ガリガリに痩《や》せているからだ。

「やあ師匠《ししょう》！　おひさし」

横山美知佳《よこやまみちか》だ。ある事件で窮地《きゅうち》を救ってやって以来、佐脇は美知佳から師匠と呼ばれている。しかしだからと言って敬意を持たれているようでは全くない。IT関係に詳しい美知佳から佐脇が捜査上の協力を受けたりもするから、その意味では師匠と弟子というよりは、持ちつ持たれつの関係だ。

美知佳は、中学生、いや小学生かと思うほど小柄でガリガリに痩せているが、顔立ちは整っている。素材としては美少女系なのだが、わざとヘンな化粧《けしょう》をしてヘンな服を着て、おまけにいつも不貞腐《ふて》れた表情をしている。ブスを装っているとしか思えない。

「ねえ。師匠にちょっと頼みたいことがあるんだけど。店変えない？」

目上の者に対する口の利き方を知らないのも相変わらずだ。

「そういう時しかお前は寄りつかないもんな。頼みがあるならここで言え」

え〜こんなところで、と美知佳は渋った。

「おれたちは取り込み中なんだ。デカいヤマを抱え込んだばかりでな。署から遠くには行けない。腹減ってるならここで何か頼め」

美知佳が離婚の相談に乗っていた人妻に佐脇が手を出し男女の関係になったことに彼女が腹を立てて以来、この「弟子」とは疎遠《そえん》になっていたのだが、気が変わったらしい。

「ハワイアンなパンケーキを出す店が鳴海にも出来たんだけど」

「そんな甘ったるい、オンナコドモが食べるようなモノをオッサンが口に出来るか！　男は黙ってビールとトンカツだ」

美知佳は佐脇の戯《ざ》れ言《ごと》を聞き流して、「じゃあハンバーグ定食」と注文した。

「頼みって何だ？」

早く追い返したい佐脇に、美知佳は「捜査資料が見たいんだ」と答えた。

「バカかお前。無理に決まってるだろ！　捜査上の秘密を部外者に漏らすことは出来ない。どうせ今回の幼女死体遺棄事件の、詳しい状況を教えろとか言うんだろうが？　警察はお前の野次馬的好奇心を満たすための組織じゃねえんだ」

美知佳は、すぐに事件の真相や裏側を知りたがる。しかし今回の異常なまでに厳しい情報統制を考えれば、とりわけカンの鋭い彼女には、ほんの僅《わず》かのヒントすら与えることはできない。

だが美知佳のいう「捜査資料」は別の事件のものだった。

「違うって。あたしが見たいのは過去の事件の資料だよ。すでに捜査が終了して犯人が逮捕されて、裁判が終わって判決も出てる事件なら問題ないんじゃないの？　そういう情報については隠す理由がないと思うし、公開を求めてもいいんじゃないの？」

このクソ忙しい時に、と聞いた瞬間に佐脇はげんなりした。

「お前、何を企《たくら》んでる？　その『過去の事件』とやらに首を突っ込んで、再審請求でも出そうってのか？」

もちろん冗談《じょうだん》で言ったのだが、美知佳は真顔で答えた。

「まあそれに似たようなことだよ。師匠は『イノセンス・プロジェクト』って知ってる？

あたし、この近くの大学で今アシスタントみたいなことやってて……」

美知佳が堰《せき》を切ったように話し始めたのを、佐脇は「ちょっと待て」と押し止めた。

「おれに判るように話せ」

「あたし、大学に入ったの。平成鳴海国際大学」

その瞬間、佐脇の顔に、あのバカ大学か、という気持ちが露骨に出たらしい。

平成鳴海国際大学、通称ナル大は、地元で細々とやっていた女子短大が経営不振に追い込まれ、起死回生を狙って男女共学の四年制にリニューアルした大学だ。文部科学省の助成金を目一杯使って六本木《ろっぽんぎ》ヒルズのような立派な校舎を建て、また、さまざまな独自の教育プログラムを売りにしている。女子短大の頃の『良妻賢母育成』の教育方針が時代に合わず廃校寸前まで追い込まれた過去を反省して、今はモーレツに時代に迎合《げいごう》した方針で巻き返そうとしている。

「お前さんはその気になれば東京や関西の、もっと有名な大学にだって行けるオツムを持ってるだろうが？　どうしてナル大なんだ？　あんな誰でも入れる大学」

「授業料がタダだから」

美知佳は即答した。彼女はグレて家を出て、親の世話にはならず自活している。

「入試の成績が良ければ特待生になれるんで。それはともかく、あたしは優秀だから、まだ一年生だけどゼミの助手みたいなコトやるようになったんだ。バイト代が出るしね。で、今、日本でも注目されつつある『イノセンス・プロジェクト』をやろうってことになって、やり始めたら、これが面白くて」

「そういうコドモの遊びに、オトナは付き合ってるヒマはねえんだ！」

佐脇はニベもなく言った。

「まあそう言わずにもうちょっと聞いてよ。これは冤罪の被害者を救う活動なんだから」

そう言われた佐脇の、トンカツを挟む箸が止まった。

「冤罪？」

「そう。アメリカなんかではすでに、学生の調査活動の結果、実際に二百九十二人の冤罪被害者の再審を実現して無罪を勝ち取ってるんだから」

「そういうのは日本では弁護士会がやってるぜ。出来の悪いバカ大のバカ学生じゃ、手に余るだろ」

「そうは言うけど、学生は基本的に時間があり余ってるから、バカはバカなりにじっくりやれば、見えてくるものはあるんだよ。刑事だってバカは足で稼げとか言うんでしょ？」

「佐脇さん、協力してあげればどうですか」

隣の水野が言った。

「判ったよ。仕方ないな。で？　おれに何をしろって？　水野は妙に若い連中に理解があるんで、なんとかしてやれとさ。じゃあお前が力になってやれよ、水野」

「いやボクはそんなこと言ってませんよ。だけどまあ、彼女がこんなにやる気になってるのに、若者のやる気の芽を摘《つ》んでしまうのもって」

「ありがと！　水野さん」

美知佳は運ばれてきたハンバーグの皿を脇にずらして身を乗り出した。

「見たいのは、今から二十一年前に岡山県倉島市で起きた、二件の連続女児誘拐・殺害・死体遺棄事件。通称『倉島事件』の捜査資料だよ。出来ればＤＮＡ鑑定の資料も」

ダメだ、と即座に言おうとして、佐脇はふと引っかかるものを感じた。

「『倉島事件』って水野、お前がチョウバで言いかけて日下部に怒鳴られた、あの事件のことか？」

「そうです。八幡さんが記事検索してくれた事件ですよ」

「犯人は捕まって死刑判決が確定してるんだよな？　それが冤罪だって？」

佐脇と水野に、美知佳は大きく頷いて見せた。

「そう。あれは冤罪だという意見がネットではマジョリティだし、その犯人とされている人？　梶原勉《かじわらつとむ》さんっていうんだけど……その梶原さんがたまたまロリコン同人誌を作るオタクだったもんだから、予断と偏見《へんけん》っていうの？　こんなヘンタイな漫画を描いてるんだから絶対犯人に違いない、みたいな思い込みが、警察にも検察にも裁判官にもあったせいだ、って、同情してる人たちがけっこういるんだよ」

佐脇は美知佳の顔をしばらく眺めた。その美知佳は、傍らのハンバーグの皿を引き寄せてパクパク食べ始めた。

佐脇は、裂《さ》いたトンカツに箸をつけるのを中止し、ビールを飲んだ。

「なあ水野。例の脅迫状……じゃなくて手紙は、藤堂のジジイの誤審を責めてたよな。その誤審ってのは、『倉島事件』のことか？」

「……多分、そうだと思います」

「誤審誤審って簡単に言うがな、それはおれたち警察も批判されてるって事だろ」

佐脇はがん、とコップをカウンターに置いた。

「おれたちは絶対に、無実のヤツを犯人にでっち上げて一丁上がり、みたいなイージーな仕事をしてない。怪しいヤツを調べ上げて逮捕して吐かせて検察に送って、検事は公判が維持できるようにきっちりゲロさせる。もちろん捕まった奴には弁護士がついて、無実を訴《うった》える。その両方の言い分を裁判官が吟味《ぎんみ》して判決を出す。今は一般人から選ばれた裁判員が判決に加わってるがな」

「だから？」

美知佳はさらっと言い返した。

「そういうシステムの話をしてるんじゃないの。そりゃ師匠個人は、無実の人を捕まえて罪人に仕立て上げたことはないかもしれないけど、世の中、師匠みたいに冴《さ》えた刑事ばっかじゃないでしょ？　もっとテキトーな刑事もいるだろうし、証拠の評価に失敗することだってあるんじゃないの？　鑑識や科捜研が間違った結果を持ってきたら、捜査の方向も狂うよね？」

「それはそうだが、おれたちは一人でやってるわけじゃない。一つの事件に大勢の人間が関わってる。その全員が間違うってか？　どうせ冤罪だなんだと騒いでいるのは、プロ市民とかそういうヒマな連中だけだろ」

「何言ってんの！　げんに冤罪事件は起きてるし、再審で無罪になった事件も多いじゃん」

「だからそれは、戦後すぐの混乱期とか」

「つい最近の事件もあったよね。検察が隠してた新証拠が出たり、ＤＮＡ鑑定が間違っていたことがハッキリしたりして」

まあな、とそこは佐脇も認めざるを得ない。

「だがな、あの藤堂はいけ好かねえジジイだが、それほどの低能だとも思えない。そりゃ裁判官も人間だから、時には間違った判決を出しちまうかもしれないが、そのために裁判は三回は受けられることになってるだろ」

「そうやって警察と検察と裁判所は身内だからお互いを庇《かば》うんだよね。無実の人が最後に頼る裁判所が、きっちり仕事をしてなかったらどうよ？　最後の砦《とりで》が頼りにならなければ、裁判所の意味ないじゃん。冤罪がハッキリしたら、警察とか検察は一応謝るよね。カタチだけでも、マスコミに頭下げるじゃん。でも、間違った判決を出した裁判官がこれまでに謝ったことってある？　一度もないよ。それどころか逆ギレしてたりして。なんかのテレビで誤審裁判官を追いかけたら怒ってたもんね」

「ええとね、裁判官は守られてるんですよ」

　水野が横から解説する。

「憲法では、裁判官は、中立の立場で公正な裁判をするために、その良心に従い独立してその職権を行い、日本国憲法及び法律にのみ拘束《こうそく》される、と規定されてます。それと、裁判官の自由心証主義と言って、事実認定や証拠評価については裁判官の自由な判断に委《ゆだ》ねることになっていて、その判断について責任を追及されることもないんです」

「よっ。さすがガクがある水野クン。言うことが違うねえ。まあそういうことだ。要するに裁判官はエライから、おれたち刑事とは違うんだ。それに、裁判官は弁明せずってのもあるんだろ？　裁判官にとって判決がすべてで、他に何も言うことはないってヤツだ。試合は結果がすべてで、ほかに何も言うことはないとかいう野球の監督みたいなもんだ」

「おかしいでしょそれ。間違ったクセにそれっきりっていうの」

「おかしいでしょってお前が言っても、そういうことなんだから……」

佐脇はそう言いかけて、まてよ、と話を止めた。

「美知佳。お前、『裁判官は謝らない』って言ったよな」

うん言った、と美知佳はうなずく。

「それって、例の、手紙書いてきたやつと同じセリフだよな」

そうですね、と水野が同意した。

「美知佳、お前まさか誰かを誘拐して脅迫状なんか書いてないだろうな？」

「え？　ちょっとそれ何の話？」

美知佳は身を乗り出した。目が好奇心にランランと輝いている。

「いや、何でもない。ただの冗談だが……あれだな。裁判官をそういうふうに思ってるヤツは少なくないってコトだよな」

そういうことになりますね、と水野は頷いた。

「ということは、だ。例の手紙書いてきたやつは必ずしも冤罪事件の真犯人ではなくて、冤罪にムカついてる無関係な別人というコトも大いにあるってコトだよな」

佐脇はビールを注いで、ぐいと飲んだ。

「ねえねえ、手紙とか真犯人とか、何それ、どういうこと？」

藤堂真菜ちゃん誘拐事件についてはまだ報道されていないので、美知佳は何も知らない。頭上に疑問符が幾つも点灯しているのが目に見えるようだ。

立て続けにビールを喉に流し込んだ佐脇は、美知佳を無視し、思いっきりデカいゲップをすると、水野に問うた。

「お前、スマホかなんかで今、藤堂栄一郎の経歴を洗えないか？」

洗えるよ、と返事をしたのは美知佳だった。彼女は着ている服の大きなポケットからタブレット型端末を取り出すと、検索をはじめた。

「藤堂栄一郎っていうの？　そのヒトは、広島高裁の判事を経て、東京高等裁判所部総括判事、そしてまた広島高裁に戻って長官を務めて、定年退官してる。で……在任期間からすると、平成四年に広島高裁判事をやってるから、計算は合うよね。実際にこの事件の控《こう》訴《そ》審を担当したのがこのヒトかも、もうちょっと調べれば判るはず」

美知佳はタブレットをカウンターに滑らせて、画面を見せた。

「なるほどな……」

店の時計を見ると、午後七時を指していた。

ビールをもう一杯飲んだ佐脇は、首をコキコキと鳴らして、腕組みをした。

「なあ水野。モノは相談だが、今からちょっと抜けていいか？　明日の夕方くらいには戻る。なにか進展があれば、もちろん素っ飛んで帰ってくるが」

「あの、日下部さんには黙って行くんですか？」

「当然だろ。どうせダメだと言われるに決まってるんだ。だが、アイツらが封印したいこと、藤堂のジジイが封印したいこと、犯人の暴きたいことが、見えてきたような気がする」

「仮病《けびょう》かなんか使いますか?」

水野はすでに、佐脇がいなくなることの言い訳を考え始めていた。

「美知佳。お前、車の運転は出来るよな? おれ、ビール飲んじまったからハンドルは握れねえ。お前が運転するなら、さっそくこれから行こうじゃねえか」

「夜中に関係者に会うの?」

「叩き起こしてでも訊く!」

そう言うと、佐脇は立ち上がった。

「どっちにしても、原田沙希ちゃんを殺害したうえに藤堂真菜ちゃんを誘拐した犯人が、倉島市の連続誘拐殺人事件のことを詳しく知っているのは間違いない。ヤツが過去の事件に関わっているかどうかはまだ不明だが、調べておいて損はない」

＊

T県から岡山県に行くには、内海を渡る必要がある。道路整備が全国一遅れていたT県も、ようやく高速道路が整備されて、今は内海を越える大きな吊り橋に繋がっている。

美知佳に愛車バルケッタのキーを渡した佐脇は、助手席を倒してふんぞり返った。

「慎重に運転しろ。ぶつけたら、一生かかってでも賠償《ばいしよう》させるぞ。外車の修繕費は高いんだぞ！」

ハイハイと言ってエンジンを始動させた美知佳は、イノセンス・プロジェクトについて説明をはじめた。

「あたし、最初は学内バイトをやってたの。パソコンのメンテとかネットワークの管理とか。そのうちにゼミのアシスタントもやれとか言われて。で、そのゼミのセンコー……じゃなくて准教授ってのが、異常に気の弱い人で」

平成鳴海国際大学グローバルメディア学部国際コミュニケーション学科、グローバル＆ローカルネットワーク構築コース都築《つづき》ゼミ、というのが美知佳が手伝っている講座の正式名称らしい。今流行《はや》りのキラキラネーム学部か。

「そいつは一体、なにをするところなんだ？　ローカルネットワーク構築って、たとえば隣組を作ってうわさ話を広めるみたいなことか？」

「ローカルだけじゃなくグローバルとも謳《うた》ってるよ。まあ、同じうわさ話でも世界規模ってことで。とにかくナル大は、『地域に貢献《こうけん》するとともに真に世界に通用するグローバル人材の育成を目指します。グローバルに思考し足元を見据えローカルに行動する、この二十一世紀にまさに求められるコンセプト〈グローカル〉を実現』……とかパンフレットに書いちゃったし文部科学省から補助金を貰うためにも、それらしいことをやらなくちゃならないんだけど……その都築センセーってのがね」

若くて学究肌の都築武彦《たけひこ》は、オーバードクターで就職が出来ず、家庭教師でも生徒を叱ることが出来ず、仕方なくコンビニでバイトしていたところを新大学の開学に採用され、いきなり准教授に抜擢《ばってき》されたがゼミを任されて右往左往。多人数を一度に教える立場は初めてで、何をやっていいのか見当がつかない。

「……で、見てらんないから、あたしが何とかすることにして、目をつけたのが『地域貢献と国際コミュニケーション』ってテーマ。ニュージーランドの田舎の大学がやってるプログラムで、これはパクれると思って。冤罪が疑われる過去の事件について調査し、司法の誤りを正すという主旨《しゅし》の活動をジャーナリズム学科の学生がやってんの。そこと提携《ていけい》すれば国際コミュニケーションだし、ボランティアだから地域貢献でしょ」

「コドモがいいオモチャを発見したってわけか」

佐脇はちょっとウンザリして窓の外を見た。

「おい、あれは何だ？　あの潰れたデカい奴は？」

国道沿いに、高い尖塔を持つ洋風建築があるのだが、看板が外され、門扉も閉ざされている。

「知らない。新興宗教か何かじゃない？　……で、そのプログラムはイノセンス・プロジェクトっていってね、ニュージーランドより早くアメリカの大学で始まって、多くの学生がボランティアで参加してて実績もあげてる。無実が明らかになって刑務所から出られた人がこの二十年間でもう二百九十二人もいるんだよ」

「だからお前らもそれを真似したいんだって？」

「悪い？　いい事なら真似して広めるのは間違ってないと思うけど？　このプロジェクトが始まったアメリカは日本より裁判もきっちりやってるようなイメージがあるけど、実は全然違う。ひどいもんなの。日本以上に自白の強要や目撃証言の誘導で、無理やり冤罪を作ってたケースが多すぎるんだって。人種偏見もまだまだ激しいしね。で、冤罪を覆《くつがえ》す、本当に信頼性のある物証となると、残留指紋や繊維《せんい》では駄目で、やっぱりDNA鑑定ということになるみたいなの」

美知佳の説明によれば、イノセンス・プロジェクトが発祥したアメリカでは、ボランティアの学生が取り扱うのは科学的な鑑定が可能な事件に限定されており、その理由はDNA鑑定こそ無罪の動かぬ証拠になり得るからだという。

「DNA鑑定まではうちらには出来ないけど、捜査資料をみんなでよく読んで、目撃証言をした人とか、物証についてとか、もう一度当たってみて、裏を取ることは出来ると思うんだ。その結果、やっぱりこれは判決に無理がある、ということになれば、DNAの再鑑定をやってみる理由になるでしょ？　冤罪を晴らす手助けが出来るかもしれないでしょ」

「立派なココロザシだな。お前らバカ大のバカ学生にしては偉いと思う。そうか、あのナル大がなあ……」

「そういう活動をしておくと、就活で履歴書《りれきしょ》に書けるってゼミにいる子たちも賛成してる。ナル大はハッキリ言って、生き残れるかどうかの崖《がけ》っぷち大学だけど、そこの学生だって、やればそこそこ出来るってところを見せたいんだって。日本の大学では多分、まだ何処《どこ》もやってない。だから、そういう活動をすることが大事なんだよ」

「けどな、日本じゃどうかな。お前ら世間知らずの学生の活動になんか、絶対手を貸さないのが日本の警察と検察と裁判所だからな」

「だよね。冤罪をつくる警察と検察と裁判所、まさに悪の三位一体！」

美知佳はハンドルを叩いて叫んだ。

「だからアンタに頼んでんじゃん！　裁判官でも検事でも事務官でも誰でもいいんだよ。アンタのことだから、一人くらい弱味握ってる相手がいるんじゃないの？　そういうヒトから捜査資料を手に入れてくれればいいんだから！」

「なるほど。お前らのプロジェクトの、その手初めが『倉島事件』か。だけど、死刑判決が確定してるんだろ？　そんなに冤罪が疑われる事件なら、弁護士会とか野党とか市民団体とかが動いてそうなもんじゃやないか」

「この件は、なんか、動きが鈍《にぶ》いんだよね。それでもやっと再審請求する会が出来て、動き出そうとはしているようなんだけど」

佐脇は時計を見た。午後九時になろうとしているが、まだ内海を渡る橋には到達していない。この分では倉島市に到着する頃には日付が変わってしまうだろう。

「まず、どこから攻めるかな。事件の全貌《ぜんぼう》を知ることが必要か。拘置所《こうちしょ》でその死刑囚に会うのは朝にならなきゃ無理だし……倉島中央署だってこの時間じゃ対応してくれないな」

「じゃあさあ、朝一から動けるように、今夜はどこかでお勉強するってのはどう？　って言うか、師匠だって予備知識を仕込むべきでしょ？」

美知佳は親指をうしろに向け、後部シートに置いてあるタブレット型端末を示した。

「アレはナル大のネットと繋がるように設定してあるから、だいたいどんなデータベースも見れるし」

「お前とお泊まりか？」

佐脇はウンザリした顔になった。

「お前相手じゃ風情《ふぜい》もナニもあったもんじゃねえな」

「バカじゃないの？　こっちだってそんな気、ぜーんぜんありませんから！　その辺に車を停めて野宿してもいいんだけど、ネット使ってるウチに電池切れちゃうし、プリントアウトだって出来ないよ。それにきちんと休息もとっとかないと、明日効率よく動けないよ。師匠は捜査本部だかなんだかを抜けられるの、明日の夜までてでしょ？　もっとまじめに考えなさいよ」

弟子に叱られて、佐脇は降参するしかなかった。

その夜、二人は倉島市のビジネスホテルに落ち着いた。予約ナシの飛び込みだったので、空いていたのはダブルの一部屋しかなかった。

「こういう場合、女の子をベッドに寝かせておれは床の上ってのがパターンなんだろうが、おれは違うからな。おれのカネで泊まるんだし、おれはご老体でちゃんとしたベッドで寝ないと腰痛が出る。床で寝るのはお前だ」

「いいよそれで。どうせ今夜はあたしは寝ないから」

「なんだよ。おれが襲うとでも思ってるのか?」

「バーカ。徹夜《てつや》で調べ物するんでしょ? そうしないと、朝から動けないでしょ?」

美知佳は勝ち誇った顔で師匠をバカにした。

「お前、おれにタレ込んできたくせに、事前の勉強はしてないのか? 資料とか用意してないのか?」

「こうなるとは思ってなかったし。今夜いきなりここまで来ちゃうとは思ってなかったし」

美知佳の口には勝てない。

二人は、夜食にラーメンを食べて部屋に戻り、『倉島事件』の予習に没頭《ぼっとう》した。美知佳がネットで片っ端からブックマークしたサイトを佐脇がフロントに頼んでその内容をそっくりプリントアウトして貰い、部屋に持ち帰って、二人で資料を読み込んだ。ほどなく『倉島事件』の概略については把握《はあく》できた。

一九九二年、岡山県倉島市で起きた、二件の連続幼女誘拐殺人死体遺棄事件。

二件とも、誘拐されたのは小学校低学年の女子児童だ。最初の『坂本佑衣《さかもとゆい》』ちゃんは小学校の下校時に、二件目の『三崎君子《みさききみこ》』ちゃんは母親と訪れていたショッピングモールから忽然《こつぜん》と消えて、ともに遺体が郊外の山林に放置されていた。解剖の結果、今回の原田沙希ちゃんと同様、目立った外傷はなく性的暴行も加えられていないが、二人とも睡眠薬の過剰投与によって死に至った事が判明した。両件共に女児の死体の周りには多くの花が飾られていた。

岡山県警は、無職で独身、いわゆるロリコン趣味であり、マニアックなロリコンマンガの同人誌を発行していた男・梶原勉(犯行当時三二歳)をマークしていたが、任意で提出させたDNAが現場から採取された犯人のものと思われるDNAと一致したので、アリバイが曖昧《あいまい》なまま逮捕に踏み切った。

梶原は警察では一度は犯行を自供したが、岡山地裁での第一審では「自供は強要されたものだ」と否認に転じて無罪を勝ち取るものの、検察が控訴。広島高裁での控訴審ではD

ＮＡ鑑定の結果が重視されて逆転死刑判決。被告側が上告したが、最高裁は上告を棄却して、控訴審の死刑が確定した。

梶原は裁判になってからは一貫して無罪を訴え続け、現在も獄中で再審請求を準備中。しかし、死刑が執行されてしまうのではないかと怯えている……というのが概略だ。

「朝になったら、梶原当人になんとか面会しよう。倉島中央署にも行って、捜査資料に当たってみる」

ベッドいっぱいに広げたプリントアウトを見ながら明日の行動方針を決めていた佐脇だが、ニコニコしている美知佳を見て首を横に振った。

「お前はダメだ。捜査資料『そのもの』を見せるわけにはいかない。判るな」

何それ、と途端に目を吊り上げた美知佳を制して、言葉を足《た》した。

「ただ、重要な事実関係についてはお前にも説明してやる。学生の、その、ナントカという活動の材料としてそっくりそのまま渡せない。理由は……現在進行中の事件に深く絡んでいるからだ。しかし、ゼミのセンコーと組んでるお前と、就職を有利にしたい連中が履歴書に書ける程度の……プロジェクトか、その形を整える程度の情報については、いずれ渡せるようにする。それでどうだ？」

「まあ、いいでしょう」

美知佳も、佐脇がなぜ他県にまで来たのか、その理由を薄々察し、この辺が妥協点だろうと踏んだようだ。

「で、と言うわけじゃないけど、梶原さんが無実かもしれないという、その間接的な証拠になりそうな事実も見つけたよ」

美知佳が手にしているタブレットの画面には、地方新聞の過去の記事データベースの検索結果が表示されていた。

「倉島市近辺では、梶原さんが逮捕された以降も、女児の失踪事件が二件起きている。だけど、身代金の要求もなく遺体も発見されないまま現在に至ってる。なのでこれは『神隠し事件』みたいに言われていて、未だに未解決なんだって。警察は、倉島事件とはまったく別の事件として扱ったみたいだけど」

「倉島事件とされた二件についても、身代金の要求はなかったんだよな?」

「そうみたいだね」

美知佳はさらりと言ってのけた。

「梶原さんの犯行とされた二件と、逮捕後の二件の違いは、死体が見つかっていないって事だけ、とも言えるよね。どうよこれ。もしも梶原さんが冤罪だったら、真犯人はずっと野放しってことにならない?」

佐脇は腕組みのままベッドにひっくり返り、天井を見つめて考え込んだ。

第三章　誤審の炙《あぶ》り出し

翌朝。

佐脇がベッドの上で目を覚ますと、美知佳の姿がなかった。

まだ朝の六時だ。あいつに早起きの習慣はなく、むしろこの時間に眠りにつくパターンのはずだ。

一体何をしてるんだ、と捜しに出ようとしたところに、美知佳がコンビニ袋を持って帰ってきた。

「起こしちゃった？　ちょっと用事があってね。オジサン、寝ちゃったし、イビキが凄かったし」

「で、一応未成年のお前は、どこに行ってたんだ？」

「知り合いがたまたまこの近所にいるからね」

美知佳にはオンラインで知り合った友人が全国、いや国外にまでいることは佐脇も知っている。

「ネカフェで会って、旧交を温めて、ついでにしばしの休息を」

「おれのイビキで眠れないからか？」

「アサゴハン買ってきてあげたから」

袋を開けると、スタミナ焼肉弁当やコッテリとんかつ弁当などの高カロリーで脂《あぶら》っこい弁当ばかりが数種類入っていた。

「おれはまあ脂っこいオヤジだけど、朝からこんなコッテリは食えないんだ。オヤジは胃腸が弱ってるんでな」

「面倒くさいね！」

美知佳はコッテリ弁当を二人分、パクパクと食べてしまった。

「じゃあ、行きましょうか！」

元気いっぱいの美知佳に引き擦《ず》られるようにして、佐脇はここからは隣県の、広島県広島市にある広島拘置所に向かうことにした。まずは死刑が確定している梶原勉に面会するつもりだ。

「ねえ。師匠が警察関係者でも、さすがに死刑囚に会うのは無理じゃないの？　それも今日行って今すぐ会わせろって言うのは」

「法律では死刑確定者って呼ぶ」

今日は佐脇が自分で運転している。

「おれは刑事だぞ。共犯者の情報を聞き出したり、家族のフォローをしたりで、死刑が決まったヤツにだって何度も会ってるんだ」

「死刑確定者に、ね」

美知佳は混ぜっ返す。

「だけどそれは、あくまでも捜査上の必要があってのことだよね？　この件には当てはまらないんじゃない？」

「素人《しろうと》がいちいちうるさいんだよ！　ンなことは、結構なんとでもなるんだ！　だけど、お前は面会出来ないからな。車の中で待ってろ」

拘置所に着き、佐脇は意気揚々《ようよう》と面会を請求した。

「T県警の刑事さん？」

拘置所の職員は徹頭徹尾《てっとうてつび》事務的な対応だ。

「出来ませんね。面会は」

「どうしてだ？『刑事収容施設及び被収容者等の処遇に関する法律』には、『面会により死刑確定者の心情の安定に資すると認められる者』の要件を満たせば面会が可能だと規定されてるだろ？　おれは、当人を励《はげ》ます事が出来る。当人に話を通してくれ」

「ダメです」

職員はにべもなく拒否した。

「あなたも警察官なら判るでしょう？　法律ではそうなっていても、実際の運用は現場に任されているんです。それに、以前はどうか知りませんが、今は面会の制限がありまして、実際には親族及び、再審・民事訴訟担当の弁護士のみが許されることになっています」

「その法的根拠は？　とにかく、当人に聞いてみてくれ」

「何と言われてもダメです」

にわか勉強の甲斐《かい》も無く、佐脇は面会を拒絶されて、すごすごと引き上げるしかなかった。

それ見たことか、という顔の美知佳には何も言わず、敗北者は車のエンジンをかけた。

「どこに行くの？」

「倉島市に戻る。倉島中央署の、あの事件を捜査したヤツに話を聞く。警官同士だから、多少は融通《ゆうずう》が利くだろ。お前は車の中で待ってろ」

あくまでも希望的な観測を佐脇は口にした。

「また？　あたしがついてきた意味ないじゃない！」

「素人のガキがノコノコついてきたら、聞ける話も聞けなくなるだろ！　すこしは頭を働かせろ！」

機嫌の悪い佐脇は美知佳に八つ当たりした。大人げないこと夥《おびただ》しい。

「だけど、そういうことなら所轄より、直接県警に行った方が話は早いんじゃないの？ 昔の事件の捜査資料とかは、県警にまとめてあるんじゃないの？」

「素人のくせに、また知った風な口をきく。大学で助手みたいな事してるからって専門家ヅラすんなよ！」

佐脇はいらいらと運転しながら、美知佳に説教する。

「だいたい捜査資料ってものは、捜査本部が置かれた所轄署に保管されてるもんなんだ。だからウチにも山ほど捜査資料は溜まってる。誰も見ないようなもんは、密かに処分してるがな。じゃないと場所塞《ふさ》ぎになって倉庫が幾らあっても足りなくなるんだ」

「九二年って、平成四年か。あの事件はもう判決も確定してる。T県警から来たあんたが、そんな古い事件の一体何を知りたいんだ？」

佐脇に応対した、倉島中央署刑事課の刑事・荻島《おぎしま》は面倒くさそうに言った。

「必要な書類は送検の段階で検察に送るってことは、あんた、刑事なら判ってるだろ。先に岡山地方検察庁に行くべきなんじゃないのか？」

「だからそういう正式の書類じゃなくて、一次資料としての捜査資料を見たいんだ。メモとか、捜査の過程がリアルタイムで、時系列に記録されてるやつとか」

自分より年下で、おまけに生意気で不機嫌そうな荻島に、佐脇は下手に出ている。

「頼むよ。現場で汗流してる同じ刑事として」

「公式じゃなくて、あくまで非公式に見たいというわけですか？」

荻島は佐脇を厄介者のように見た。

「オタクが今やってる捜査に必要ってことで？」

「ああ。だからわざわざ鳴海から出向いたんだ。ここで起きた連続幼女誘拐殺人死体遺棄事件と、今抱えてるヤマとの類似点を調べたいんだ。こっちでもT県の事件のニュースは流れてるだろ」

荻島は顎《あご》に手を当てて少し考えた。

「……非公式に捜査資料を見せることは、やっぱり出来ない。責任の所在が問われたとき、おれが責められるのはかなわない」

「そのへんはうまくやるよ。アンタに責任が降りかかるようなことにはしない。こういうの、お互い様だろ」

佐脇はあくまでも情に訴えようとした。

「何年か前に、オタクの人間がウチの捜査資料をこっそり見にきて、オタクの所轄で起きた事件と同じ手口だとかアリバイを確認して、容疑者をとっ捕まえた事があったがな。その時ウチは、面倒な事を言わずに協力したぞ」

「しかしねえ。平成四年の倉島事件は、いろいろと厄介なんだ。死刑が確定したが当人は再審請求を出そうとしている。支援者も動き始めたし、ウチとしては面倒な事件なんだ」

荻島は困惑した様子で、本音を口にした。

「ほう？　この件に関してあんた、上から何か指示されてるのか？　部外者には何も話すなとか」

そう訊いた途端《とたん》、荻島から表情が消えた。

「あんたが何を思うのも勝手だが、要するにウチとしては、そういうルールに無い遣り方で捜査資料を見せるわけにはいかないということだ。情報の管理はきちんとやれと、最近上からもうるさく言われてるんでな。あんたがT県警を通して、正式な手続きを踏んでくれるなら、通常の決裁を経て、捜査資料は見せる。まずは照会管理者に以下の書類を提出して欲しい」

荻島は手にしたファイルを開き、条文らしきものを参照しながら説明し始めた。

「照会管理者は、ここ、倉島中央署の刑事課庶務係長だ。その庶務係長に、あらかじめ照会管理簿にて確認した照会番号を明記した『捜査関係事項照会書用捜査関係事項照会書』を提出すること。それには照会事由を詳細に記入してもらう。その事由を子細に検討した管理者が可否の判断を下す。照会の件数及び事項については……」

荻島はなおも滔々《とうとう》と続けるので、佐脇はストップをかけた。

「おいおい、ちょっと待て」

そんな夥《おびただ》しい手続きをいきなり言われても。到底覚えきれるものではない。

「なんだ？　その照会を請求する書類は、上のヤツが書いて、公印を押さなきゃいかんってのか？」

そのとおりだ、と荻島は頷いた。

「そうやって書類がきちんと整っているかどうかを確認した上で、開示するのが適当かどうか、会議をしてからの決裁が必要だ。もちろん、その結果、そっちの意に添えないこともあるが、悪く思わないでくれ。それでも照会したいというのなら、その先のドアが刑事課庶務係だから、必要な書類を照会管理簿で確認して、書類を作ってくれ」

そう言った荻島は、ニヤリと笑った。こんなの到底無理だろ、という笑いだ。

「……なるほどな。落語のぜんざい公社よりひどいな。昔の共産圏でも、もっと親切だったんじゃねえか？」

「生憎《あいにく》ここは、情報公開を求める者はすべからく敵とみなすべし、という原理で動いてるところなんでな。敵に親切にしてやる義理はないんだ」

「身内に対しても同じかよ」

「獅子《しし》身中の虫は、左がかった連中より始末が悪いだろ」

荻島はそううそぶいた。要するに、なんだかんだ言って、資料など最初から見せる気がないのだ。これは、合法的なサボタージュだ。

仕方がない。検察庁に行って裁判記録の閲覧《えつらん》を求めるか。

バルケッタに戻ると、美知佳が「やっぱり」と言った。

「なんだ、その『やっぱり』ってのは」

「全然相手にされなかったんでしょ。顔に書いてある」

「お前な、少しは相手の顔色を窺え。火に油を注ぐって言葉、知ってるか？」

「じゃあ、バカとハサミは使いようって言葉は知ってる？　あたしが一緒にいたら、あーだこーだ言う相手をやり込めて、師匠が見たい書類を全部出させてやるのに」

「バカかお前は。お前の口車はバカ大学のバカ学生には通用しても、根性がひん曲がってるうえに上層部には弱い日和見《ひよりみ》の、刑事の格好をした小役人風情には勝てねえよ」

「……たぶん、勝てると思うけど」

うるさい、と佐脇が怒鳴っていると、バルケッタの窓をこんこん、と叩く音がする。

「ちょっとすいません」

見ると、一人の男が車内を覗き込んでいた。

「私、倉島中央署、捜査一係の矢部《やべ》と申します」

さっきの失礼千万な荻島より若い男だ。水野くらいの年格好で、真面目《まじめ》そうな感じなのも水野に似ている。

「ウチの荻島が大変失礼をしました」

矢部は周囲を気にしながら、大判の茶封筒をそっと佐脇に渡した。

「倉島事件の、捜査概要です。判決が確定した後、部内資料として作りました」

捜査概要は、警察としては正式に定められた書類ではない。すべての事件について作るわけではないし、作成する時期も、書類送検時だったり判決確定以降であったりとバラバラだ。佐脇自身は作ったことがない。

「部内資料ですから、今後の捜査のための反省を含めた、けっこう正直な記述がありますす。検察庁にある裁判資料より当時の状況が良く判ると思いますので」

矢部はそう言って、小声で付け加えた。

「こういうところ見られたらホントはヤバいんですけどね。ボク自身、あの捜査と判決に疑問を持っていますので。これはコピーですから差し上げますよ」

そう言い残して、矢部はそそくさと倉島中央署の中に戻っていった。

岡山市にある地方検察庁では、倉島事件に関する裁判資料の閲覧はスムーズに進んだ。それは「刑事訴訟法」に原則的に誰でも訴訟記録を閲覧することが出来ると明記され、「刑事確定訴訟記録法」に保管資料の閲覧規定がハッキリと示されているからだ。

百五十円払えば、裁判記録を閲覧できる。ただ、記録のコピーについては検察庁によって対応が異なる。別料金で専門業者に依頼するシステムになっているところもあれば、コピーは一切認めないところもある。その場合、コピー機が貸せないというので機械を持参するというと電源を貸せないと言われ、それなら、ということで発電機を持ち込もうとしたところで、ようやくカメラで複写することで話がついたとのことだ。

じっくり閲覧している時間はないので、裁判記録にざっと目を通した上で、取りあえず全部をコピーすることにした。十万円近くかかるコピー代金は佐脇が自腹を切った。刑事事件の裁判資料は量が半端《はんぱ》なく多いうえに、コピー単価がべらぼうに高い。一枚につき百円も取られるのだ。

原則として誰でも閲覧できるので、美知佳と手分けして当たりをつけた。コピーは業者に依頼し、実際に入手するまで時間がかかるので、要点はメモしておかねばならない。

「広島高裁の控訴審、裁判長は藤堂栄一郎だって」

美知佳は資料に目を通す手を止めた。

「これって、師匠が隠してるけど話の端々から漏れてくる例の事件の……」

佐脇は、資料のそのページをひったくるようにして、確認した。

たしかに、控訴審を担当した裁判長は、藤堂栄一郎となっている。真菜ちゃんを誘拐した犯人が書いた脅迫状に符合する。

「ねえ、これって」

「後からキチンと説明してやる。今は先に進もう」

美知佳は、メモは面倒だと持参したデジカメで資料を撮りまくった。

そのうちにページを捲《めく》っていた彼女の手が止まった。

一件目の、坂本佑衣ちゃんの遺体が遺棄されている現場の写真を見て、「これ、アートじゃん！」と叫んだのだ。

「見てよこれ。白いユリがキッチリ女の子の遺体を囲んでるよ！　この感じ、どこかで見たことがあるような……」

その写真を見た佐脇も、内心ドキリとした。原田沙希ちゃんの遺体も、ほとんど同じような状態で発見されたからだ。白いドレスを着せられた遺体の周りには、同じく白いユリが、整然と並べられていた。

しかし、二件目の三崎君子ちゃんの現場写真となると、細かな部分で様子が違っていた。

「ねえ師匠。これ、一件目と大筋では似てるけど、細かい部分が全然違ってるよね」

美知佳は二つの現場写真を見比べている。

「遺体が花に囲まれてるのは同じだけど、置き方も、花の種類も違うし……遺体の状態も違う。ほら、君子ちゃんの顔にはタオルが掛けられているけど、佑衣ちゃんはそうじゃない。これを見て、同一犯の連続事件って判断した連中の目は一体、どこについてたんだろうね？」

佐脇が見ても、たしかに美知佳の指摘はただの揚《あ》げ足取りではないと感じられた。

「とりあえず今はざっと見るだけにしろ。時間がない」

こういう写真を見るのも本業のうちの佐脇は師匠然として言い、美知佳も素直に頷いた。

「写真はともかく、けっこう面倒だろう？　ちょっと見ただけじゃ証拠の軽重なんて判断できないと思わないか？　さっき貰った捜査概要もそうだが、じっくり読み込まないと、アサッテの方向に行っちまうからな。筋読みを間違うのは、現場百回の読み込みが足りないのと理解力が足りないのと、ついでに分析力も足りないからだ」

「で、警察も検察も裁判所も全部間違うと、冤罪が生まれるんだよね」

「それについては反論の余地がないな」

コピーでは画質が劣化《れっか》するので、証拠写真を美知佳はすべてデジカメで接写している。裁判記録は専門の業者の手によって複写されて、二日後に佐脇の元に郵送されるということになった。

佐脇は、この裁判の担当検事にも面会を求めたが、いきなりのことで不在だった。前もってアポを取ってくれと嫌味たっぷりに言われた。

「ま、それが普通のオトナのすることだよな」

朝から動いたが、三か所を廻ったところでお昼になった。メシでも食うかと言うことになり、岡山名物の「豚の蒲焼《かばや》き」を食べようと、美知佳が調べた評判のいい店に入った。「豚蒲焼き」は、豚肉をウナギの蒲焼きと同じ調理法で蒸してからタレをつけて焼く。見た目はウナギの蒲焼きソックリで、味も同じくらいに美味だ。昨今のウナギの高騰《こうとう》で、この料理はいっそう評判になっているらしい。

佐脇は一気に平《たい》らげたが、美知佳は捜査概要に目を走らせ、さっき撮ったデジカメ画像に時折り見入るというふうで、箸がいっこうに進まない。

「食欲ないなら、おれが食うぞ」

どうぞと言ったきり、美知佳は書類に目が釘付けだ。

「さて、これからどうするか。梶原の弁護士に会うか、それとも、獄中結婚しているという、梶原の配偶者に会うか、だな」

佐脇はお茶を飲みながら、この後の段取りを考えた。

梶原勉には妻がいる。そのことは捜査概要にも裁判資料にも明記されている。

「そのヒトに頼んで拘置所に面会に行って貰えないかな?」

「それが出来るくらいなら、おれたちだって梶原に会えただろうよ。獄中結婚ってことは、この梶原香里《かおり》って女性は明らかに支援者だ。結婚していても形だけなら、面会を認めないケースもあるんだよなあ」

ともかく二人は、梶原の妻、香里に会うことにした。今度は、直前ではあるが電話を入れて事情を説明し、アポを取った。

梶原香里は市立図書館の司書をしている。たまたま遅番だった昼休みを利用させて貰い、佐脇と美知佳は話を聞くことが出来た。

香里は、今年五三歳になる梶原より少し年下に見える中年女性だ。細身で神経質そうな印象だが、公園のテーブルで取り出した弁当箱には、オリジナルらしいマンガのキャラクターが描かれていた。

「私もマンガを描くので、もう二十年以上も前から梶原さんのことは知っています。殺人なんて、そんなことが出来る人ではないんです」

梶原香里も、勤めの傍らマンガの同人誌を作っていて、同人誌即売会の会場で梶原勉と知り合った。

「彼の……梶原さんの描く作品は、ロリコンマンガと言っても可愛らしいメルヘンチックな作風で、世間から非難されるようなものではないんです。なのにマスコミは、どうせロリコンマンガだから変態男が幼女をレイプするようなものに決まっている、と最初から偏見を持った報道ばかりで……たぶん誰ひとり、彼の作品を読んだことがないまま書き立てたんでしょう」

香里は静かな口調で話しているが、箸を持つ指先は震えている。

「逮捕された理由だって、すごくおかしいんです。同人誌を描いている私たちは、大きな即売会の前になると徹夜で仕上げないと間に合いません。それで睡眠のサイクルが乱れて、不眠症になる人も多いんです。梶原さんも心療内科にかかっていて、睡眠薬を処方されていたんですけど、それが殺された女の子の体内から検出されたものと同じだったという、たったそれだけの理由で捕まったんですよ？　そんな薬、彼だけじゃなく、大勢の人が飲んでいるのに」

「アリバイがハッキリしなかったともいいますが、その辺はどうなんでしょう？」

矢部に渡された捜査概要と検察の裁判資料を斜《なな》め読みした限りでは、梶原勉には二件の犯行当日について、ハッキリしたアリバイがないとされていた。

「バイト仕事の休みを取って、アパートでマンガを描いていたんです。一人で自宅にいれば、誰もアリバイを証明できないのは、それは当然ですよね。閉じこもっていれば、誰の目にも触れないんだから！」

香里は、ほとんど手をつけないままに弁当の蓋を閉めてしまった。

「それに、彼が拘置所に入れられていた時、彼のマンガのファンだと名乗る人間と同房になって、その人が検察にあることないことウソの証言して……それは密告者だったんです。梶原さんは検察に嵌《は》められてしまったんです！」

それを聞いた佐脇は、美知佳と顔を見合わせた。それに関する記述は、どの資料にも出てきていないからだ。

「彼が実はこっそりと残酷《ざんこく》な変態マンガも描いていて、特定会員だけに売っていたとか、カネが儲《もう》かったら東南アジアに行って少女を買って殺したいとか、不眠症は治ってるけど睡眠薬を出して貰って貯めているとか、検察に都合のいいことばかりを……」

美知佳は捜査概要を広げて該当箇所《かしょ》を捜した。

「あ、これか。今聞いたことは、梶原勉さんの複数の友人が証言したことになってますね。河合健一《かわいけんいち》と浜寺宏《はまでらひろし》、飯田美紗恵《いいだみさえ》の三人」

「その三人は、法廷では証言していないはずです」

香里はキッパリとした口調で言った。

「私は、とにかく彼がこんな田舎でロリコンマンガを描いてるということだけで偏見の目で見られて、捕まって犯人にされてしまったと信じています。私は事件の前からの知り合いで、彼の人柄をよく知っています。小さな女の子を二人も殺すなんて、絶対に考えられません。一審で無罪判決が出てホッとしたんですが、検察が控訴してその結果逆転有罪にされて……誰も彼を助けないんだったら私が助けようって思って、婚姻《こんいん》届を出しました」

「お勤めは図書館ですよね？　彼との結婚に反対はありませんでしたか？」

「二審で逆転死刑判決が出た後でしたから……死刑で決まり、と思ったのでしょうか、世間ではもう話題にもなりませんでした。私が獄中結婚したことも、ほとんど誰も知らないと思います」

「最高裁まで行ったというのに、もう誰も関心が無いと？」

香里はうなずいた。

「ほとんど誰も。だから再審請求を出そうとしても、弁護士費用がなくて、なかなか動けなかったんです」

「弁護士会は力を貸してくれなかったんですか？」

「動きは凄く鈍かったですね。やっと動き出したのは、控訴審の決め手とされたDNA鑑定が間違っていた可能性が高くなったあとです。足利《あしかが》事件で過去のDNA鑑定の不正確さがやっと知られるようになったからです」

ネットで読める倉島の幼女連続誘拐殺人死体遺棄事件のまとめ記事も、このDNA鑑定の不正確さを指摘している。倉島中央署が作った捜査概要には、当時のDNA鑑定の権威だった教授の監修の下、科捜研で実施されたとだけあって、その鑑定自体についての記載は無い。警察としては当時、鑑定の正確さにはまったく疑いを持たず全面的に信頼していたのだろう。いや、梶原勉が犯人である動かぬ証拠が得られたわけで、警察としては期待通りの結果が出たことに大いに満足したのだろう。

「当時のDNA鑑定は始まったばかりで、MCT118法という、今では使わなくなった、現在の技術と比べれば精度が格段に低い方法で行われました。しかもDNAを取り出す衣服の保存状態が悪くて、この旧式の方法でも当時から精度に疑いが持たれていました、信頼できるものではないことは、今では明らかになっています。それでも、彼の無実を証明するためにはＤＮＡの再鑑定が必要なんです。以前の鑑定が間違っていたことを証明して、再審開始の決定を得なくてはならないのですが……私の力だけでは、とても」

「弁護士会はどうして鈍いのかな？」

「ここが田舎だからじゃない？」

美知佳は身もフタもなく言い切った。

「東京から遠いし、今はロリコンへの風当たりが強いし、手弁当でやってもマスコミの注目度が低いから……なんじゃないの？　それか、このへんの弁護士がダメな人ばっかりなのかも。再審請求なんてハナから無理だと諦めてたりして」

おい、と佐脇は美知佳を叱った。あまりに空気を読まない、香里の傷口に塩をすり込むような物言いだったからだ。

しかし、香里は「そうかもしれませんね」と頷いた。

「たしかに、彼の弁護をずっと担当した葛城《かつらぎ》って弁護士は、駄目でした。一審で無罪が取れたので、いい気になってたみたいで。それなのに検察が控訴して雲行きが怪しくなってきた途端に『罪を認めて情状酌量《しやくりよう》を狙おう』とか言い出したらしくて」

「その時、弁護士を代えればよかったのに」

美知佳は思った事をすぐに口にする。

「国選弁護人は交代させられないんだよ」

横から佐脇が口を出した。

「国選は裁判所が任命するものだから、交代も裁判所が決める。被告人が交代させたい場合は自腹で私選弁護人を雇わなきゃならない」

そうなんです、と香里が話を続けた。

「その時は、事件がちょっと世間の注目を浴びていたので、自分で売り込んでくる弁護士もいたんです。費用は安くしておくって、ダンピングみたいなことを言ってたんですが、そこが信用できないと感じてしまって……ですので、せっかく一審で無罪を取ってくれた人だからということで、葛城さんにそのままお願いして、最高裁までやっていただいて、それが裏目に出てしまいました」

「こういう難しい裁判の場合、弁護団を編成しますよね。弁護士一人じゃ無理だったのでは？」

「それも、葛城さんが動いてくれなかったんです。一人でやれるって」

実務家としての佐脇の問いに、香里は淀《よど》みなく答えた。

「そうですか。手柄を独《ひと》り占めしたかったのか、あるいは地元の弁護士会の協力が得られなかったのか……なるほど。いろいろ判りました。お話を伺えて助かりました」

佐脇は丁寧な言葉で礼を述べた。

「ところで、梶原さんの面会には行ってらっしゃるんですか?」

その問いに、香里は首を横に振った。

「最高裁で死刑が確定してから、突然会えなくなってしまいました。差し入れはしてるんですが、面会は出来ないんです。ずいぶん抗議もしたんですが、ダメだって」

面会させるかどうかは、拘置所ごとに判断が異なる。

「二〇一〇年ごろから、拘置所の、死刑確定者の扱いが凄く神経質になってきたのは感じていました。彼のご両親は、大罪を犯した息子には会わないと言ってましたし、弁護士の葛城さんも死刑が確定してからは会ってないと思います」

「じゃあもう十年くらい、誰とも面会していない可能性があると?」

可哀想《かわいそう》に、と香里は肩を落として俯向いた。

その姿を見た美知佳も、さすがにこれ以上空気を読まない発言は出来なかった。

「ひどい話だよね。ねえ、師匠。なんとか出来ないの?」

美知佳にそう言われても、佐脇には何の権限もない。管轄を離れた他所の警官は、ただのオッサンでしかないのだ。

「葛城弁護士に会ってきます」

佐脇は憤然として言った。

岡山市の中心街から少し外れた古びた雑居ビルの三階に、『葛城法律事務所』はあった。埃《ほこり》っぽい階段も、拭いたことがないんじゃないかと思える曇《くも》った窓ガラスのある踊り場も、人の出入りが感じられず、廃墟《はいきよ》かと思うほどだ。

アポも取らず、佐脇と美知佳は、葛城の事務所を急襲することにした。

「いくぞ！」

往年の映画でＦＢＩの捜査官がギャングのアジトを襲撃するように、佐脇は警察手帳を片手に、いきなり事務所の扉を押し開いた。

「警察の者です。葛城先生はいますか」

奥のデスクで、新聞を読みながら茶を飲んでいた初老の男が飛び上がった。

「ななな、なんですっ！」

「お話を伺いたい」

「ど、どういうことですか。警察が私に何の用です？」

佐脇としては、この弁護士に相当ムカつくあまりの、ちょっとした悪戯《いたずら》だったが、葛城は心底震え上がっている。

「私はＴ県警鳴海署捜査一係の佐脇。こっちにいるのは大学で犯罪が専門の……横山研究員」

美知佳を学生とは言えないので、少しだけ身分詐称《さしょう》した。

「なんです？　私を任意同行しようとでも？」

「いいえ。少々お話を伺いたい。よろしいか？」

有無を言わせぬ調子で、佐脇と美知佳は、葛城の事務所のソファにどっかと座り込んだ。

「ほう。先生は葛城為朋《ためとも》とおっしゃるのか」

額に入れて壁に掲げてある弁護士資格証を眺めた佐脇が「ご立派なお名前で」と付け加えたが、我ながら皮肉にしか聞こえない。

「で、ご用件は？」

震える声で問いただす葛城は貧相な初老の男だ。痩せた顔の上には、アンバランスなほどふさふさの頭髪があるが、これはどうも安物のカツラくさい。

机ひとつ、ロッカーひとつ、応接セットひとつの簡素で狭い事務所には、葛城以外のスタッフの姿はない。

「先生もお忙しいでしょうから、単刀直入に申し上げます。平成四年のいわゆる『倉島事件』、別名『梶原事件』とも呼ばれますが、それについて伺いたい」

あ、ああ、と葛城は事件を記憶の底からようやく引っ張り出した様子だ。

「あの件は、すでに私の手を離れております。今は岡山弁護士会の方で再審請求の準備を」

「あのさ」

いきなり戦闘態勢の美知佳が詰問《きつもん》する。

「あたしたち地検に行って、裁判記録を見てきたんだけど。梶原さんがやったっていう二つの事件の二つの現場の写真。あんたも当然、見たでしょう?」

「ああ、もちろん見ましたよ」

葛城は余裕を取り戻そうと、震える手でタバコに火をつけた。

「おかしいって少しも思わなかった? あんた弁護士なのに? 検察がおかしな点をスルーしたのは仕方がない。あいつらは最初から梶原さんを犯人にしたいんだから。二つの事件が別個のもので、犯人が二人いるってよりも、両方とも犯人が同じで連続殺人で、そいつに自白させて一件落着のほうがいいに決まってるもの。でもあんたは梶原さんの弁護士だったんだよ? なぜ梶原さんの立場に立ってあげなかったの?」

「あー」

葛城はなんとか冷静に話をしようとしたが、唇が震えて声が裏返っている。

「いきなり失敬な。キミみたいな学生もどきの素人に、過去の仕事についてあれこれ言われる筋合いはないっ。だいたいキミが何を言っているのかさっぱり判らない。残念だが梶原勉は女の子を殺した。それも二人。それはもう、DNA鑑定でハッキリしてしまったんだ。アリバイもないし、弁護の余地などなかった。ならばボクは何とか情状酌量だけでも勝ち取ろうとした。ボクだって被告人のために一生懸命やったんだ。自分なりに。でも駄目だった。それは彼が……」

「罪を認めて情状酌量、という先生が立てた方針に従わなかったからですね？　否認するだけで」

「そうです」

美知佳には頭ごなしに馬鹿にする虚勢を張った葛城だが、佐脇には普通の態度で応じた。

「犯行をまったく認めないし改悛《かいしゅん》の情も見せず、潔白《けっぱく》を主張するだけだったので、その線で進めるのは無理でした」

「だから、そもそも梶原さんは無実だって。あんた弁護士なのに、少しもそれを思わなかったの？　それと、二つの事件が同一犯による犯行だっていう見立てが最初から間違ってたんじゃないか、その可能性を一度も考えなかったのか、それをあんたに訊いてんの」

美知佳はますますヒートアップする。

「いい？　女の子の遺体が遺棄された二つの現場は……たしかに場所は近くだったけど、なんて言うの？　ぱっと見た感じが全然違うじゃん。坂本佑衣ちゃんと三崎君子ちゃんの現場は。置かれてた花も違う。第一の現場では、女の子がまるで、眠ってるみたいにきちんと寝かされて、真っ白な服を着せられて、それを取り囲むように白い百合の花が飾られていた。季節はずれの花だから、あれだけたくさん手に入れるのは大変だったはず」

美知佳は自分のデジカメを取り出すと、撮った画面を呼び出して、葛城に突き付けた。

「ラファエロなんとか派というイギリスの画家の作品に、こういう、花に囲まれた女性のなきがらを描いた有名な絵があるの。犯人はそれに似たイメージを再現しようとしたんじゃないかと思うんだ。……でも、二つ目の、三崎君子ちゃんのほうは全然違う。ほら」

二枚の写真を比べると、なるほど花の種類も、並べ方も、遺体の置き方も違っている。

「文字で書いたらどっちも遺体が寝かされてその周りには花が並べられている、ってことになるけど、写真で見たら全然違うじゃん。三崎君子ちゃんのほうは並べ方が雑で、全然きれいじゃないし、だいいち、花の種類が違う。どう見ても、その辺で買ってきたあり合わせの花を適当に並べただけでしょ」

だが、葛城にはその指摘は頭に入らない様子だった。

「やっぱりキミの言うことは訳が判らない。キミは、たとえば大学の美術史の授業で何かの絵を見たのかもしれないが、そんなことは素人の思いつきだ。とにかく二つの現場には遺体を取り囲むように花が置かれており、そして二人とも死因は薬物によるものだった。それで充分じゃないか。その上、検出されたＤＮＡが梶原のものと一致したんだぞ。これは決定的だろ。誰だって犯人は梶原で、彼が二人を殺したのだと考える。そのことに関して疑いの余地はないっ」

「疑いの余地はない？　ふうん。法律でご飯食べてるヒトって、もっと緻密《ちみつ》で論理的な考え方をするもんだと思ってた。ＤＮＡについては後から説明するけど」

美知佳は、待ってましたとばかりに二つの遺体の「遺棄のされ方」の違いについて具体的に列挙し始めた。花の種類の違い。遺体の置かれ方と扱われ方。衣服の乱れ。使用された薬物と死因の違い。

「あの季節、あれだけたくさんの白い百合は手に入りにくかったと思うけど、三崎君子ちゃんの現場に置かれてた花は一年中いつでも、どの花屋に行ってもある安い花で、数だってずっと少なかった。交通事故現場に置かれている花束よりはちょっと多いかな、っていう程度。まるで芸能人のお葬式みたいな、あの百合の数の多さとは比べものにならない。置き方だって、坂本佑衣ちゃんのまわりの百合の花はきちんとアレンジしてあったのに、三崎君子ちゃんのまわりに置かれたしょぼい花束は適当にバラ撒《ま》いたって感じ。あと第一の事件の坂本佑衣ちゃんは性的な暴行は受けてなかったけど、第二の事件の三崎君子ちゃんの衣服は乱れてたよね？　スカートがお腹までめくりあげられて、下着も下ろされてた。でも、暴行された痕跡はなかった。これってどう見たって偽装じゃん？　変質者の仕《し》業《わざ》に見せかけようとする意図がミエミエだって思わなかった？　百合の花に囲まれてた佑衣ちゃんは、死体がきれいに洗われて、白い布の上に寝かされて、顔にも服にも髪にもチリひとつ付いてなかったのに、君子ちゃんのほうは地面にじかに置かれて、服も身体も泥だらけだった」

一気に捲《まく》し立てる美知佳に、葛城はただただ聞くだけだ。

「それに、佑衣ちゃんの死因はハルシオンだけど、君子ちゃんの体内から出てきた睡眠薬は安全性が高い新薬のリスミー。それも、致死量を飲まされたせいではなくて、直接の死因は、眠らされているあいだに吐いて、その吐瀉物《としゃぶつ》が気管に詰まったからだよね?」

美知佳はそう言って葛城の反応を待ったが、この弁護士は黙りこくったままだ。

「……ってことは、三崎君子ちゃんの方の犯人は、君子ちゃんを間違って殺しちゃった、というふうにはあんたら考えなかったの? 第一の事件とは違って、第二の事件は殺人ではなく、過失致死かもしれないって。それに第二の事件では、遺体の顔にタオルがかけられてた。第一の現場は綺麗な死体を……ディスプレイって言うの? 誰かに見せるために遺体の現場を作った意図を感じるけど、第二の現場では逆に死体を隠そうとしている。これだけの違いがあるのに、それでも同じ犯人がやったものだって考えたわけね?」

あんたの目は節穴《ふしあな》か? あんたには考える頭ってものがあるのか? そもそもあんたの両肩の上に乗ってるものは何だ? 被告人を守る意志のない弁護人なんて、存在する意味がないどころか害悪でしかないなどと美知佳は葛城を口をきわめて罵倒《ばとう》した。

「秩序《ちつじょ》型と無秩序型の犯人の違いとか、アンタはそんなことも知らないの? それでも司法試験に合格した弁護士なの？　ああそうか。だから、裁判に負けて冤罪を作り出しちゃったんだよね」

「きききミっ！　それ以上失敬なことを言うとここから叩き出すぞ！　刑事さん、このヒト、あんたのツレなら何とかしてくださいよ」

「それは無理ですね。コイツは言いたいことがあったら全部吐き出すまで止まらないんで」

佐脇は匙《さじ》を投げた格好で肩をすくめて見せたが、それがまたわざとらしくて、ふざけているようにしか見えない。

美知佳はなおも言い募《つの》った。

「第一の事件、坂本佑衣ちゃんに使われたハルシオンは梶原さんが心療内科で処方されたものと同じだけど、その病院でリスミーは処方されたことがないよね。で、ハルシオンは当時、けっこうどこでも使われたんじゃないの？　梶原さんのアリバイは確かにハッキリしないけど、部屋にいることを証明する努力はしたの？　テレビを見てたんじゃないか、その時どんな番組やってたのかとか、ラジオを聞いてたんじゃないかとか、いろいろあるでしょう。なのにアンタは検察が梶原さんを犯人に仕立て上げていくのを、指を咥えて見てたんだよね？　弁護人のくせに。そこを突けば無罪……はアンタの能力じゃ無理だったかもしれないけど、せめて連続殺人の容疑は晴らすことが出来たんじゃないの？」

美知佳が捲し立てるように喋ったことに、葛城は言い返すことも出来ないほど激昂《げっこう》し、唇を震わせ、真っ青になった。

「それに、これが決定的だけど、DNA鑑定の問題がある。MCT118法って当時使われた鑑定法だけど、これって鑑定者の技量によって結果が大きく左右されるんじゃなかったっけ？　だから当時だって別の鑑定法も併用してたんだよね？　だけど梶原さんの場合、このMCT118法しか使ってないってどういうことよ？　弁護士のあんたは、弁護側として独自にDNA鑑定をすることは思いつかなかったの？　裁判所に鑑定を求めることだって出来たんじゃないの？　結局アンタは、ハナから梶原さんは有罪だと思い込んで、無罪を主張するのは不可能だと判断して、弁護に手を抜いて、その結果、死刑判決が出ちゃったんじゃないの？　そうじゃないの？」

「き、き、き、貴様っ！　勝手に私の事務所に入ってきて、好き勝手暴言を吐きやがって！　家宅不法侵入で訴えてやるっ！　今すぐ、出てけ！　出ていけっ！」

そう叫んだ葛城は、口から泡を吹き、白目を剝《む》いた次の瞬間、昏倒《こんとう》した。

「いかん！　救急車だ！　お前はこいつの気道を確保しろ」

佐脇はデスクの上の電話を取り上げて119番通報した。

「気道確保って、どうすんのよ！」

「口に手を突っ込んで、喉に指を突っ込めばなんとかなる！」

大騒ぎしているところに、秘書のような事務員のような助手のような中年の女性が、コンビニ袋を提《さ》げて入ってきた。

「まあ、先生！」

その後ろから救急隊員がどやどやと入ってきて、葛城は担架に乗せられて運び出されてゆく。

「あなた方、先生にいったい何をしたんですかっ！」

その女性はミニキッチンから塩を持ってくると、二人に投げつけるように撒き散らした。

「出ていってください！　警察を呼びますよ！」

「いや私が警察……」

女性は佐脇と美知佳を追い出し、ドアに鍵をかけると、救急隊を追って階段を駆け下りて行った。ビルの窓から、彼女が救急車に同乗するのが見えた。

電子サイレンを鳴らしながら走って行く救急車を見送った二人は、顔を見合わせた。

「バカ野郎。お前がいきなりヒートアップして、あの冴《さ》えないオッサンを追い込んだからだぞ。何も訊けなかったじゃないか！」

「だったらとめてよ。あたしが暴走するの判ってるんだから、とめなきゃダメじゃん！」

そう言いながら、美知佳も興奮していた。

佐脇は、近くの自動販売機で冷たいジュースを買うと、美知佳に押しつけた。

「ところでさっき言ってた、『秩序型と無秩序型の犯人の違い』って、何だ？　おれが知らないって事は、どうせ外国のエライ人が言ってることなんだろ」

「エライ人ってより、現場の経験から捜査官が編《あ》み出したものだね。秩序型と無秩序型は、ＦＢＩのプロファイリングで使われる基本的な分類でね。秩序型の犯人は知能が高くて犯行は計画的で、犯行後も巧妙に犯罪を隠蔽《いんぺい》しようとする。逆に、無秩序型の犯人は知能・収入・社会的地位の全部が低くて、子供が被害者となる場合は誤って殺してしまうことがあり、犯行は衝動的で行き当たりばったり、死体の遺棄の仕方も杜撰《ずさん》。また、死体が何かで覆われているのは、身内による犯行を示す指標だったりするんだって」

美知佳は、すらすらと説明した。

「で、第二の事件……三崎君子ちゃんの事件だけど、こっちは、無秩序型の特徴がはっきり現れていると思うんだ。っていうより、殺人ですらなくて、うっかりというか成り行きで殺してしまったか、死なせてしまったんじゃないかと……過失致死って言うの？」

「殺意がなくて結果的に死んでしまったんなら、過失致死だな」

「顔に布が掛けられていたってことは、君子ちゃんを知ってる身近な誰かの犯行かもしれないって思うんだけど。梶原さんじゃなくて。使った睡眠薬も違うわけだし」

「しかし、君子ちゃんの遺体からも梶原のＤＮＡが出てきたんだろ？」

「この倉島事件の場合、DNA鑑定はまったくアテにならないと考えた方が合理的だと思うけど」

美知佳は首を傾げて言った。これは彼女が考えをまとめながら喋っているときの特徴だ。

「ねえ師匠。『倉島事件』の第一の事件って、どこまで報道されてたんだっけ？　現場の様子とか遺体の状態とか」

「さあ。昨日から裁判記録とか捜査概要とか、まとめサイトとか昔の新聞記事とか、あんまりたくさんの文字を読み過ぎたから、どれに何が書いてあったかなんて覚えてねえな」

「あたし思うんだけど、第二の事件って、第一の事件のズサンな模倣犯じゃないかって。師匠はそう思わない？」

「さあな。だが現場の者として言わせてもらえば、こういう事件では普通、あまり詳しいことは発表しない。決め手になるのが『犯人しか知り得ない情報』だからだ。いわゆる『秘密の暴露』ってやつだ」

「だったらそれで筋が通るよ。ニュースを見て、小さな女の子が殺された、イコール変態の仕業、とか適当に考えた第二の事件の犯人が、君子ちゃんの遺体に偽装を施《ほどこ》したんだよ。君子ちゃんのスカートをめくりあげたりパンツ下ろしたりして。シロウトのあたしでさえこの程度のことは思いつくのに、あんたら警察ってマジで、何考えて仕事してんの？」

怒りが治まらない様子の美知佳は、佐脇にまで矛先を向ける。

「おいおい、あんたら、とか言っておれと、ここのダメ県警やダメ弁護士を一括《ひとくく》りにするなよ」

ちょっと間を置こうと、佐脇はタバコに火をつけて、一服吸った。

「まあ、言い訳にしかならねえが、この筋で行こうと検察が決めたら、警察としてはそれに従うしかない。おれたちが集めた証拠から検察はよりどりみどりで、検察側に都合のいいものだけを選んで裁判に持って行く。あるいはその逆で、警察が決め打ちで捜査した筋読みに検察がそのまま乗っかったのかもしれない。二件とも死体から睡眠薬が出て、二件とも死体の周りに花が置かれてれば、両方とも梶原にかぶせちまえってことになったのかもな。加えてDNA鑑定の結果が同じ方向を指してれば、もう決定的だ」

佐脇はタバコを吸い、美知佳のジュースと一緒に買ってきた缶コーヒーを飲んだ。

「自転車窃盗の少年を一人捕まえたら、同じ地域の、未解決の自転車窃盗数十件もそいつがやったことにして、供述とって調書作って滞貨一掃《たいかいっそう》、検挙率一気に上昇みたいなことを、どこの県警もやってる。おれもやったことがある。おれは何でも屋だから。それに、自転車泥棒《どろぼう》ってのは絶対に余罪があるというか、累犯《るいはん》なんだ。繰り返すんだ。だからこっちも全然気が咎《とが》めたりはしないんだけどな」

「だけど、チャリをパクるのと殺人じゃ、全然違うじゃん」

美知佳はまだ怒っている。

「そりゃそうだ。そりゃそうなんだが、長年やってると絶対コイツには余罪がある、と判断できる場合が多いんだ。同じ地域でやってて手口が同じなら、ほぼアタリだな。だいたい、犯罪者ってのは頭が悪いから、ワンパターン犯罪を繰り返してもバレないと思い込んでる。そう言うときは、ちょっと脅したり殴ればゲロする。犯罪者に人権なんてないだろ?」

「それには異論があるだろうけど、あたしも反対はしない。けどそれが冤罪だったらどうすんのよ? 取り調べで殴られて、やってもいないことを吐けとか言われたら」

「だから、おれはそういうことやらないから。コイツは絶対ホンボシだと思ったヤツだけにやるんだから」

佐脇はしれっとした顔で言った。

「おれがしくじったことがあるか?」

「そりゃ何度もあると思うけど」

美知佳も負けてはいない。

「……しかしなあ、このままだと、手ぶらで帰ることになるな。裁判記録と捜査概要を手に入れることが出来たとは言え」

「そんなことない。弁護士が打たれ弱くてすぐ卒倒するヤツだと判ったのも収穫だよ。ついでに、現場を自分の目で見て帰るのもいいんじゃないの?」

それもそうだということで、二人は第一の事件の被害者、坂本佑衣ちゃん誘拐の現場となった小学校の下校路に足を運び、次に佑衣ちゃんと君子ちゃん両方の遺体が発見された、郊外にある小高い山の中腹にも行ってみた。

登山道というほどでもない、ハイキングコースから少し外れたところに坂本佑衣ちゃんの遺体は置かれていた。普通にハイキングコースを歩いているだけなら、地形が窪《くぼ》んでいるので気がつかないのだが、発見者はキノコ狩りをしていて偶然見つけたと証言した、と捜査概要には書かれている。

二件目の三崎君子ちゃんの遺体も同じ山で見つかったのだが、場所は少し離れており、山頂近くの見晴台のような、ベンチが置かれている場所のすぐ近くだ。

「ほら、来てみれば判るでしょ。距離的には近くても、遺体の置かれた場所の特徴が、まるで違ってる。同じ犯人の仕業とは思えないでしょ」

「そうか。おれには、どっちも同じ山道のように思えるがな」

「坂本佑衣ちゃんとは違って、三崎君子ちゃんの遺体は、見つけやすいところに置かれている。ここに遺体を置いた人は、早く見つけて欲しかったんだよ」

ＦＢＩ流のプロファイリングでは、これもまた被害者に近しい人物の犯行であることを示す指標だと美知佳は言った。

「しかし単に犯人が行き当たりばったりの性格で、一件目は何も考えずに場所を選んだのかもしれんぞ。気まぐれで、一件目は手の込んだ遣り方をしたが、二件目となると飽《あ》きて、あらゆる面で適当になったとか」

「あのね、これが連続殺人、それも快楽殺人だとすると、犯人はそういう適当な遣り方はしないんだって。凄いこだわりのあるヤツらしいよ、連続殺人鬼ってのは」

二人は車に戻って、捜査概要を読み直してみた。

第一の事件の坂本佑衣ちゃんの両親は会社員とパート主婦で、とりたてて特記するべきところもない、ごく普通の市民、と書かれていた。両親への恨みが動機で佑衣ちゃんが殺されたわけではない、と当時の捜査陣は判断したのだろう。

しかし、第二の事件の被害者である、三崎君子ちゃんの周辺については、いろいろと興味深い記述があった。

「へぇえ、事件当時、母親の玲子《れいこ》さんは十九歳だって！　君子ちゃんは四歳だったから、つまり十五の時に産んだって事だよね」

捜査概要はワープロで打った文書をコピーして作ったもので、現場見取り図なども添付されているが、写真に関しては不鮮明だ。しかしそれでも、三崎玲子がなかなかの美人であることは判った。

目付きと口許が男好きのする艶《つや》っぽい感じで、事件後に撮られた写真のせいか、ひどくやつれている表情が逆に色気を醸《かも》し出している。性的に早熟な少女がそのまま熟女になった、という感じがむんむんするのだ。

「『幼な妻』か。こういうのをテレビで見た事があるけどな。中学生の時に子どもを産ませた女が十六になるのを待って結婚したとか……まあ、人それぞれであって、出産や結婚の年齢は単なる事実。それ以上でもないしそれ以下でもないな……ダンナは何やってるヤツ？」

佐脇はわざと興味がないフリをした。もちろん、美知佳に対するポーズだ。

「ええと、夫の三崎禎造《ていぞう》は資産家の息子で、十五歳年上で、貯金が趣味の人みたい。近所や親戚の評判ではね。使うときにはぱーっとカネを使うらしいけど」

「そんなオッサンに中学生の時にやられて……十四で孕《はら》んじまったってことだよな」

一体どこで知り合ったものか。二十一年前なら既にテレクラは存在していたから、早熟な美少女と、金に不自由のない男が新しいメディアを通じて知り合い、結婚に至ったのかもしれない。

「君子ちゃんの母親の……玲子ってヒトは、結婚後はお金には不自由しなかったから、君子ちゃんをいろんな習い事に通わせていたんだって……」

美知佳は捜査概要を、穴が開くんじゃないかと思うほどに凝視《ぎょうし》している。

「まだ四歳なのにピアノとか踊りとか英語を……自分が中卒なんでコンプレックスがあっ

たのかな？　でも、教室に子供を預けたらすっといなくなって、迎えに来るのも遅れがちだったとか。あと、買い物をする時にも、ショッピングセンターに君子ちゃんを放流したままにしてたとか」

「なんだその『放流』ってのは」

「だから手を引いて一緒に見て回るわけじゃなくて、子供には好きなように歩き回らせておいて、自分も自由に買い物をして、済んだら子供を探して回収してたんだよ」

「勝手にどこかに行ったりする危険性は考えなかったのか？　それどころかパチンコ屋で親が似たようなことをしていて、その間に子供が誘拐された事件だってあったぞ」

「だから君子ちゃんも誘拐されて死体で見つかったんだけど」

ちょっと貸してみろ、と佐脇は捜査概要を美知佳から奪い、関係するところを読んだ。

「子供をショッピングセンターに放置した玲子は、何度か警備員とトラブってたんだな。そりゃショッピングセンターとしては迷惑だろうよ。要するに我が子をワザと迷子にさせてるわけだろ」

こういう生の情報が知りたいので、おれは捜査メモを見たかったんだ、と佐脇は思った。

「けどこの書き方では、肝心なことが判らん。母親には私生活で問題が大アリだと、捜査員が思っていたらしいことは判る。だが、何がどう大アリなのかがスッポリ抜けてる」

「まあ、『放流』については、あたしも経験無いこともないんだけど……」

美知佳は自分が幼い頃の思い出を喋った。

「ウチはホラ、兄貴が王様であたしは味噌《みそ》っかすだったから、母親が兄貴のものをあれこれ一緒に買ってる間、あたしは適当に遊んでなさいって、デパートやモールで放置されてたのよ。警備の人に見つかって迷子認定されたら館内放送されるけど、二時間くらい無視されたこともあったなあ。警備の人に見つからないときは、適当に館内を一人で探検して歩き回ってた。外にさえ出ないで、知らない人に付いていかなければ安全だって、子供ながらに判ってたし」

ふ～ん、と佐脇は眉根を寄せた。

「どっちにしろ、そういう親はろくでもないダメ親というか毒親だろ。だいたい三崎玲子は本当に買い物をしていたのか？　そのへんは裏を取ったのか。調べたけど捜査概要には入れなかったのか、ハナから調べてなかったのか……」

「じゃあさあ、それをあたしが調べようか？」

美知佳は素人の怖い物知らずで、大胆な事を言い出した。

「ここに、母親の交友関係がリストになってるでしょ。ヘンだと思わない？」

普通こういう場合は、ママ友がずらっと並ぶものだが、奇妙なことに一人もいない。三崎玲子は孤立していたのか？

その代わりに、小児科医の船井健太郎《ふないけんたろう》という名前があった。倉島市にある『船井病院』の院長で、年齢は玲子と九つ違いの現在四十九歳。

「君子ちゃんの主治医だったんだろうな」

「でも、主治医は主治医であって、交友関係リストには載らないんじゃないの？　医者と患者の母親以上のものがあったから、リストアップしてるんじゃ？　名前を載せることで、モロに書けない事を伝えてるんじゃないの？」

「不倫相手だとか？」

これだけの情報でそう決めつけることは出来ない。だが三崎玲子が、年上の夫に不満を持ち、自分の色っぽさを持て余している性的にユルい女だとしたら？　もちろん玲子がそういう女だという仮定は、今のところは憶測《おくそく》に過ぎないが。

「師匠はこの奥さんから話を聞いてよ。そういう聞き込みならお手の物でしょ。国見《くにみ》病院の事件の時だって、あの医者の奥さんともカンタンに出来ちゃってたしね」

美知佳は、佐脇の弱味にさらりと触れた。

「女は子宮で考えるって言うけど、師匠の場合は金玉で考えてるんだよね」

「嫁入り前の娘が金玉などという言葉を口にするな！」

佐脇は一応怒って見せたが、言い訳出来ない以上、怒るしかない。

「ま、あたしはその医者の方を調べてみる」

「判ってますよ。地元の学生が、ミニコミ作ってるんでヨロシクみたいなノリで、ちょっと接触してみるから。師匠はその色っぽい熟女と、ディープな接触するんでしょ?」

「バカかお前は。いくらなんでも、初めて出会ったその日にそうなるほど、おれはイケメンでもセクシーでもないわい。今日のところはまず、君子ちゃんが誘拐されたというショッピングセンターを調べてみる」

倉島市に戻り、佐脇はバルケッタを美知佳に渡して自分はタクシーで、郊外にあるショッピングセンターに向かった。

大手資本が全国に展開している大型商業施設が、倉島市の郊外にもあった。外観も、入居しているテナントの名前も、売られている品々も、T県にもある同一資本のモールとほぼ同じで、どこが違うのか判らない。初めての場所という気がまったくしない。

佐脇は、結構広い店内をブラブラと歩いた。

低層の郊外型大規模商業施設で、同じく低層の駐車場が付属していて、広い敷地に広く取ったフロアがとりとめもなく広がっている。日本というよりアメリカ的な感じで、平日だというのに結構な客が集まっている。倉島市には現在、他に大きな店がない。昔からのデパートは潰れてしまったし、商店街はシャッターを閉じるかマンションに建て替わった。電気製品も扱っていたスーパーも規模を縮小して食品専門になってしまったので、ちょっとした買い物をするには隣県に行く、あるいは全国同じ品揃えの、まるで金太郎飴《あめ》のような、この郊外型ショッピングモールに来るかしか選択肢がないのだ。

地方都市はどこも同じ状況とは言え、地元の特色を完全に塗《ぬ》りつぶしてしまうこの景観はどうかと思う。在来種を圧倒して繁殖《はんしょく》するタイワンリスやアライグマやハクビシンのようなパワーを感じる。

まあしかし、しがない他県の一警察官がそこまで心配してやる必要もない。鳴海には、こんなショッピングモールすらないのだ。

美知佳がいれば、いろいろ喋り倒していただろうが、佐脇はむっつりと不愉快そうな顔をして歩くだけだ。

が……。

佐脇の不快感を一瞬にして吹き飛ばすようなモノが出現した。

向こうから、なんとも眼福な光景が近づいてきたのだ。

熟し切って枝から落ちる寸前の熟女が、色っぽい格好で歩いてくる。

スレンダーというには肉がついているが、いかにも抱き心地が良さそうな女体からは、エロティックなオーラがむんむんと立ちのぼっている。たわわなバストからぐっと引き締まったウェスト、暴力的に張り出したヒップまでの曲線を見せつけるような、躰にピッタリ貼りつくドレスを着ている。バブル全盛時代の、いわゆるボディコンドレスというやつだ。ぴっちりした白い超ミニで、生地も薄い。下着姿か、ある意味、全裸よりももっと刺激的だ。

佐脇がドキッとしたのは、その女がブラをしていないからだ。自然にゆれる乳房の形がはっきりと判り、ツンと突き出たその頂点にぽつんと乗っている乳首も、そのままくっきりと浮き出している。

年相応のたるみは一切無く、引き締まってくびれた腰に、超ミニがぴったりとまとわりついている。白いミニスカートは女の、すらりと形のいい脚を、それこそ太ももの付け根までさらけ出している。年格好を考えれば正気の沙汰ではないが、熟し切った女体を、法に触れるギリギリの限界まで、これでもか、と見せつけている感じが、なんとも腹立たしくなるほどのいやらしさを醸《かも》し出している。

たとえて言えば昔のヒット曲を回顧《かいこ》する番組に呼ばれた往年のアイドルが、熟しきった躰に、華奢《きゃしゃ》な美少女だったころの衣裳《いしょう》を無理やり着せられた、羞恥《しゅうち》プレイのような格好だ。

羞恥プレイ……。

思わず浮かんだ言葉を反芻《はんすう》しつつ、佐脇はその女をじっくりと見た。

ショッピングモールの中は空調が効いていて、暑くもなく寒くもない適温だが、下着も同然の極薄のドレス姿では寒いはずだ。そのせいか、薄物を突き上げるように、女の乳首は硬く勃《た》っている。大きな乳房の先端で、大粒の乳首がくりくりと揺れているのは、公然猥褻《わいせつ》で検挙されても文句は言えない。

薄布をツンと突き上げる豊かな双丘と、勃った乳首。

乳房はただ大きいだけの巨乳ではない。整ったかたちの、美しいフォルムを描く、きれいなバストだ。腰のくびれも、思わず手を差し伸べ、撫であげたくなるような魅惑《みわく》の曲線を描いている。丈の短かな超ミニがようやく隠している、股間の秘部も悩ましい。そしてヒップから腿《もも》に向かう、なだらかなラインのしどけなさと言ったら。

まさに、セックスのために磨き上げられた素晴らしいボディ、と言いたくなる。

もちろん、摘発などしない。眺めているだけでも楽しいので、佐脇はニヤニヤして黙って観察を続けた。

すると、佐脇と同じようにニヤニヤした中年男が数人、その女を眺めていた。男なら自然な反応だ。その中の一人、小太りの男などは佐脇と目が合うと、いっそうニヤリとした。「アンタも好きね」と言っているようだ。

その女は、好色な目で見られているのを判っているのだろう。首筋までを赤く火照《ほて》らせている。それは羞恥のゆえか。それとも、こういう露出プレイのような真似をして欲情しているのか。視姦されている状態か。

顔は、羞恥に苛《さいな》まれて疲れたような、やつれたような、あるいはこみあげる欲情を抑えようとしてか、懸命に無表情を装っているような、そのなんともいえない切迫した感じが、また劣情をそそる。

目の焦点が合っていない。心ここにあらずなような、ボンヤリと潤んだ女の瞳を見ると、即座に襲いかかって、その場に押し倒したいと思わない男はいないだろう。

もしや一世を風靡《ふうび》した有名AV嬢では、と思うほどの色香を発散している。あ。

その時、ようやく佐脇は、擦れ違った熟女の顔に目をとめた。

まさか……三崎玲子？

捜査概要に添付されていた顔写真と似ている。二十年ほど前のものだから、当然若い女の写真だが、崩れた感じが色気を醸し出しているところが似ている。しかし……この女が玲子だとしたら、こんな姿で……まるで男を誘う娼婦《しょうふ》みたいな格好で、何をしてるんだ？

佐脇は彼女の後を尾《つ》けた。

背後から見る彼女は、腰を左右に振って歩く姿がセクシーこの上ない。腰が揺れると背中もくねる。全身の曲線が、熟した躰を持て余すようにうねっている。このカラダをなんとかして！　今すぐに！　という叫びが今にも聞こえてきそうな歩き方だ。

若い女の、スレンダーで均整がとれて見映《みば》えがいいだけの裸身とはひと味も二味も違う。女の肉体の柔らかさや、むっちりした感触が見ただけで伝わってくるような、熟しきって男をその気にさせ、激しく欲望を掻き立てる、淫靡《いんび》で妖艶《ようえん》な見事な肉体だ。

昼日中だからまだしも、夜にこんな格好で歩いていたら、すぐに値段を訊かれるか、イヤその前に無理やり押し倒されて、そのまま犯されてしまうんじゃないか？

実はそれが目的で、三崎玲子は、男を誘っているのか？

捜査概要にはハッキリ書かれていないが、ローティーンの頃からおそらく性的に奔放《ほんぽう》だった彼女は年の離れた夫一人だけでは我慢が出来ず、熟女になった今、その性欲はますます高まって……。

佐脇は、自分でも苦笑するほどに、ありがちな想像をしてしまった。

まあ、露出狂がみんな淫乱で色情狂というわけでもない。目の色を変えて自分の肉体を凝視《ぎようし》する男を見て、女としての魅力を確認して満足するタイプの女もいる。見せるだけで満足してしまう女もいる。

あるいは付き合っている男に羞恥プレイを強要されているケースだってある。

佐脇は、様々な可能性を想定しつつ、彼女の後を追った。

女は連絡通路に向かい、別棟の駐車場のほうに歩いてゆく。

自分の車に乗って帰るのだろうと思ったがそうではなく、薄暗い駐車場を、人気のないほうに進んでゆく。車が駐《と》まっていないから人の出入りもない辺りだ。

何を考えているのだ？　まさか、わざと襲われるように仕向けているのか？

距離を置いて後をつけ、佐脇が見守るうちに、案の定というべきか、まるで待ち伏せをしていたように、柱の陰から男が一人出てきた。ブルゾンにジーンズ姿の、外見は普通の中年だが、獲物をロックオンしたような目つきは据わり、欲情にぎらついている。

「な、あんた。男を誘ってるんだろ」

「え？」

振り返った玲子は、ぎょっとしたような顔だ。霞《かすみ》がかかったように潤んでいた眼差《まなざ》しも、急に焦点が合ったように見える。

「わざとらしく驚くなよ……判ってるんだから。小遣いならやるよ。幾らほしい？」

「そ、そんなんじゃありません！」

彼女の声には恐怖の響きがあった。

「じゃあ、どういうつもりなんだ？　そんな裸も同然のイヤらしい格好をして、わざわざ人気の無い場所にきて……どう考えたって、男とヤリたいんだろ？」

「だから、違うんです！」

「どう違うんだよ」

男はそう言うといきなり彼女を羽交《はが》い締めにした。叫ぼうとする口に手を当て、もう片方の手はスカートの下に潜《もぐ》り込ませて、パンティを脱がそうとしている。

だが彼女は必死に抵抗して逃れようとし、口に押し当てられた手を退《ど》かして叫んだ。

「助けてっ！」

「そっちから誘っといて、何が助けてだ。おれがもっとイケメンならそのまま抱かれたのにってか？」

男は彼女の下半身からパンティを剝がそうと必死になっている。それを玲子は全力で拒んでいる。

「お前、変態だろ。犯されるのが好きなんだろ。犯《や》られてるトコ、誰かに見せたいんだろ」

「違います。そんなんじゃないっ！」

彼女の顔にははっきりと恐怖と絶望の色が浮かんでいる。

なんとか男の手から逃れようともがくが、振り解《ほど》けない。そうしている間にも、男の指は、パンティの中に入りこもうとしている。くちゅくちゅと淫らな水音が響いた。

「ひっ……あうっ」

「おいおい、お前のオマンコはグチョグチョじゃないか。こんなに気分出してるくせに、一人前に恥ずかしがるな。なにもったいぶってるんだよ！」

躰の反応はともかく、三崎玲子はあきらかに嫌がっている。これはもう、暴漢が女をレイプしようとしている以外の何ものでもない。それが何より証拠には、男はジーンズを膝まで下ろして、勃起したペニスを突き出している。

佐脇は前に出た。

「そこまでだ！　ヤメロ！」

佐脇を見た男は、顔を歪めた。

「おこぼれ頂戴か？」

「バカ。おれは警察だ」

佐脇は水戸黄門の印籠《いんろう》のように、芝居がかった手つきで警察手帳を見せた。

男の喉からひゅう、という音がした。次の瞬間、彼女を押さえていた手を離し、慌ててジーンズを引っ張り上げ、走り出そうとした。

が、膝から上に上がらないジーンズが足にまとわりつき、男は無様にひっくり返ってしまった。

「強制猥褻ならびに強姦未遂の現行犯で逮捕する！」

男はひいひいと悲鳴を上げながら立ち上がり、何度も転んでは這って起き上がりながら逃げていった。

「……大丈夫ですか」

彼女はのろのろとパンティをたくし上げ、超ミニの裾《すそ》の乱れを直している。

「出て来るタイミングが遅かったかもしれませんね。でも、こういう事は、早すぎても」

弁解のようなことを言う佐脇に、いきなり玲子の柔らかく熱い躰が押しつけられた。

首に両腕を回され、濃厚なキスが唇を塞いだ。

ノーブラの巨乳が、激しく擦《こす》りつけられている。

唇を離し、喘《あえ》ぐように玲子は訴えた。

「助かりました……有り難うございます。でも、あの……女の口からは言いにくいのですけど」

彼女は身悶《みもだ》えするように全身をくねらせて佐脇に密着してきた。これは……何を求めているのか察するな、というほうが無理だ。

「……あの男では嫌だったんです。でも、あなたならきちんとした方のようだし」

警察手帳が効いたのかもしれない。

彼女はもじもじと太腿を擦り合わせ、トイレを我慢しているような、そんな仕草をした。

「それは……警官ですから、怪しい者ではありませんが」

「それなら……もしもお嫌でなかったら」

ちょっと崩れた美貌。その目が上目遣いに佐脇を見あげ、懇願《こんがん》している。欲情に潤んだ瞳が、強烈に色っぽい。

その瞳に引き込まれるように、佐脇は頷いていた。

その時、視界の隅でちらりと何かが動いたような気がした。柱の陰にさっと引っ込む人影と、きらりと光るレンズのようなものを見たような気がしたが、まあ、これだけの被写体が歩いている以上、さっきの好色そうなニヤニヤ笑っていた男同様、こっそり撮影しようとする男がいても不思議はない。

「こちらです」

彼女は先に立って歩きだし、駐車場の端にとめてあったルノー・メガーヌのドアを開けた。

「乗って」

勢いよく発進したルノーでホテル街を目指すのかと思ったが、玲子は住宅街に向かって車を走らせた。

「女の家でやるのは嫌？」

「いや。大好きだ」

佐脇はニヤッとした。

「間男感覚が堪えられない」

玲子の家は、小ぎれいな住宅街の端にあった。建て売りらしく、同じようなデザインの家が建ち並ぶ、その一画を過ぎたあたりの、周囲より二回りほど大きい注文住宅だ。

車庫に車が入ると、扉が自動で閉まった。これなら、佐脇が同乗していたことも人目につかないだろう。

「さ、来て……」

車庫から家の中に招き入れられ、そのまま二階の寝室に直行した。

玲子は佐脇のズボンのベルトを外し、いきなりペニスを口に含んだ。

根元まで口に入れ、先端に舌を這わせてくる。亀頭を包みこまれ、ウラ筋をチロチロと嬲《なぶ》るように触れられ舌を這わされるうちに、それはすぐに逞《たくま》しくなった。

佐脇は手を伸ばし、ドレスの薄い生地越しに玲子のたわわな乳房を揉み、硬く勃った乳首を摘んでくりくりと抉《ねじ》った。

「あ、ン……」

悩ましい喘《あえ》ぎ声に、佐脇はペニスの硬度をより高めた。そして、熱く柔らかく包み込んでくる玲子の舌や唇の感触に陶然とした。

濡れて柔らかな口内の粘膜がペニスに密着し、豊かな弾力を持った唇がサオをしごいていく。軟体動物のような舌が縦横無尽に動いて、彼の敏感すぎる先端部分をねろねろと這い回る。

そして奉仕する美女は、全裸以上に刺激的な格好で佐脇の前にしゃがみ込み、懸命に口を使っているのだ。

玲子の首の動きがバストに伝わって、豊乳がぷるぷると揺れている。そして、背中から下には、曲線も悩ましくきゅっとくびれた腰と、大きなヒップがあり、左右にうねうねとくねっている。

佐脇は自分のモノを玲子の口から引き抜き、手を彼女の股間に伸ばした。

彼の人差指と中指が、秘腔に入り込んだ。そこは熱く濡れていたが……。

「ん？　なんだこれは？」

中にタンポンのような異物があった。指に触れたコードを引き抜いてみると……それは、ピンクローターだった。

「うっ……はあああん」

抜き出すときに、玲子は激しく身悶えした。

「こんなモノ入れて……あんた、何やってたんだ？」

「私の……私の趣味ではないんです。私がしたくてしてる訳じゃなくて」

「じゃあ、誰かに指示されてってことか？　あんたのオトコがそういう趣味なのか？」

「オトコって……私は結婚してるのよ」

「じゃあ、ダンナの趣味か？」

「違うわ」

佐脇にこれ以上何か言わせないようにか、彼女はさっきと同じようにキスをしてきた。舌を絡ませられれば、まあそういうことはどうでもいいか、という気持ちになる。

玲子は佐脇のペニスをしごきながら、熱いディープキスを続けた。

佐脇の手は、自然と彼女の双丘に襲いかかる。

伸縮性のあるドレスは、硬く勃った乳首をくっきりと浮き立たせている。それを着衣のまま、嬲るように揉みしだくのは、凌辱《りょうじょく》しているようで背徳の喜悦がある。

「ね？　後ろからして」

「そう言うのが好きなのか？」

「そうすれば、胸も弄ってもらえるでしょ？」

どうやら玲子は乳房が性感帯らしい。

玲子は寝室の壁に両手を突き、自分からヒップを突きだした。その尻からパンティを剝がし、膝までずるりと下ろした佐脇は、後ろから肉棒を挿し入れた。

「う。ううん……」

ぬる、と肉棒は深く彼女の中に入りこんだ。

そのまま、玲子のくびれた腰を摑んで、抽送《ちゅうそう》を開始する。

そこには、円熟した肉襞の締まりがあった。若い女のただ硬い締まりではなく、熟してペニスを包み込むような感触が、何とも心地いい。時折突き上げてやると、きゅっと締まる、その緩急の反応もいい。

こんな名器を持っていれば、年上の亭主だけじゃ物足りなくなって当然だろう。それにこの女は少なくとも、十四の頃からセックスに親しんでいるのだし……。

佐脇は、肉襞に逆らうように、ぐいぐいと突き上げた。彼女はそれに反応して、くねりくねりと腰を左右に振る。

腰から手を離して、両手で乳房を包み込むように揉み上げてやる。

乳首を摘んでくりくりしてやると、腰だけではなく肩までも激しくうねらせて、玲子は全身で喜悦を表現した。

まさに佳境に入ったとき、ぴろろと携帯が鳴った。官給品の、佐脇の警察専用携帯だ。

「鳴ってるけど」

「いいんだ。ほっとけ」

佐脇は無視して行為を続けた。

邪魔が入って気が散った分を補《おぎな》おうと、がんがんと強烈に突き上げた。肉棒の先端が玲子の肉壁を押し開いていき、さらに奥に突き進んだ。突然、先端に温かい、お湯のような感触があった。淫液が奥底からシャワーのように噴き出してきて、彼の亀頭に注いだのだ。

「最近、『潮吹き』って話題にならなくなったが……アンタ今、潮吹いたよな？」

思わず訊いたが、玲子も絶頂の寸前なのか、言葉にならない喘ぎを洩らすばかりだ。

どうもこの女はよく判らない。元から変態で色情狂なのか。それとも変態のオトコに調教された結果、心ならずもそういうプレイに馴染《なじ》んでしまったのか。

オマンコにローターを入れたまま人前を歩かされていたということは、そういうプレイをしていたと言うことだ。その上に……この女はクスリをやっているような感じもある。

ぴちぴちの超ミニドレスを脱がないのは、もしかすると注射の痕を見られたくないからか？

まあそういうことは、コトが済んでからゆっくり聞き出そう。

佐脇は、セックスに集中した。

片手を胸から下ろして、自分の肉棒でぱっくり口の開いた秘部の前のほうに指を這わすと、こりっとした肉芽を摘み上げて、ころころとよじってやった。

「ひっ。は、はあああ！」

秘核を剝《む》いて転がすのだから、大抵の女は参ってしまう。その上、秘腔には硬いモノがきっちりと収まり、元気に抽送を続けているのだ。

「う。は、はあっ！」

玲子の肌は汗ばんで、全身が桜色に染まった。カッと熱くなった媚肉も、ふくらみきった肉芽も、弄ればいじるほどにびんびんと反応して、玲子はがくがく背中を反らせる。

「はあああああっ！」

玲子はついに絶頂寸前の声を上げた。

佐脇が抽送をさらに激しくし、肉がぶつかるパンパンという音を派手に立て続けると、玲子は「あ！」という絶命するような声を上げ、脚から力が抜けて崩れ落ちた。

そんな彼女をひっくり返して、フィニッシュは正常位でキメた。

熱い滴りを玲子の中に注ぎ込むと、佐脇もぐったりとした。

「……凄かったわ。正直言うと、こんな激しいのは久しぶりなの……」

玲子は熱にうかされたような目で、佐脇を見つめた。

「アナタは、いつもこうなの？」

「さあ？　あんたが服を着たままってのが刺激になったのかもな」

情事の後の一服は美味い。タバコを取り出すついでに携帯電話をチェックすると、日下部からの留守電が入っていた。どうやら無断出張がバレたらしい。日下部は怒り狂っているはずだ。

そんな留守電など、すぐに聞く気にはなれない。

タバコを吸いつつ、下半身を剝き出しにしたまま余韻《よいん》にひたっている玲子を眺めているうちに、この女はただの色情狂ではないな、と思えてきた。いろいろ込み入った事情がありそうだ。どこからどう持っていけば口を開くだろうか？

思案していると、ぴんぽーんとドアチャイムが鳴った。

横たわっていた玲子がはじかれたように飛び起きて、寝室の窓から外を見た。

窓からは玄関と、下の街路が見下ろせる。

「帰ってきた！」

玲子は真っ青になっていた。

「帰ってきたって？」

「主人が。明日まで留守のはずだったのに」

ぴんぽーんとチャイムが再度鳴った。

「早く出なきゃ。私がドアを開けることになっていて、主人は鍵を持って出ないの。私をできるだけ外出させないためよ」

どうやら本物の間男になってしまった。

吸っていたタバコを消してポケット灰皿に仕舞うと、佐脇はものすごい速さで服を着た。

「下に行って、ドアを開けるんだ。ダンナが中に入るのと入れ違いに、おれはこの窓から外に出て、失敬する。いいな？」

玲子は青い顔で頷いた。

「それと、あんた、その格好じゃ不味いんじゃないか？」

そうね、と彼女はナイトガウンを羽織った。寝ていたことにするのだろう。

「あ、それと、何かあったらおれに連絡してくれ」

佐脇は名刺を渡した。警察の名刺だから見つかっても別に問題にはならないだろう。

ドアチャイムの三度目が鳴った。

「早く。もう行かなきゃマズいだろ！」

そうね、と玲子は階段を下りていった。

佐脇は窓の下を見た。

玄関先にはスーツケースを提げた初老の男が立っていた。四度目のチャイムが鳴ったところでドアの開く音がして、玲子の声がした。

「ごめんね。寝てたから」

「どうした？　調子でも悪いのか？」

「うん……ちょっとね」

そんな会話が聞こえ、亭主は中に入り、ドアが閉まった。

佐脇はそれと入れ違いに窓を開け、玄関庇《ひさし》の上に出た。

その時、靴がないことに気づいた。ガレージから屋内に通じる入り口に脱ぎっぱなしにしてしまった。亭主は間男の靴に気がつくだろうか？　それとも気づかずスルーするだろうか？　明日まで留守、といいつつ突然帰ってくる亭主は、女房の浮気を警戒しているだろう。ならば、靴のチェックは必須ではないか？　いや、ガレージの入り口なら見逃す可能性が高いか。

玄関庇から屋根に出て、敷地内に着地した。大きな窓があり、ちょうど夫婦が玄関ホールからリビングに入ってくるのが見えた。

佐脇は壁際に身を潜めた。

家の中で話し声がした。やれやれ、とか声がして、亭主がリビングのソファに座り込んだ様子だ。

家の周りを、隣家との塀が囲んでいる。塀と家の壁の間に、やっと人が通れる程度の隙《すき》間《ま》があった。そこを通って、リビングを避けてぐるっと家の周囲を廻り込むことにした。最悪、靴がなくても玄関に回って逃げるしかない。

そっと歩き出したとき、またしてもぴろろ、と警察携帯が鳴った。

慌ててマナーモードに切り替える。

玄関に近づくと、有り難いことに、佐脇の靴が出してあった。玲子が亭主の隙を見て出してくれたのだろう。

細心とはいえない間男は靴を履き、ほうほうの体で逃げ出した。

『バカ野郎！　今どこにいるんだ！』

　かけ直すなり携帯からは日下部の怒鳴り声が響いた。

『お前にはいろいろ伝えることがあるが、一番大事なことを先に言っておく。お前はこの捜査から外れろ。特捜本部から出て行けと言うことだ。とりあえず大至急戻ってこい』

　この命令を無視したら懲罰《ちょうばつ》にかかって、最悪、懲戒免職だ。美知佳を回収して鳴海に戻るしかない。本当は、岡山に残って調べたいことが山ほどあるのだが。

　美知佳に電話すると、弟子はちょうど問題の小児科医との面会が終わったところだった。

『で、師匠は人妻としっぽりやったの？』

「それについてはノーコメントだが、いよいよ話を聞き出そうとしたところで亭主が帰って来やがった。おまけに、県警の日下部にもバレて帰還命令だ。すぐ鳴海に戻るぞ！」

　美知佳はすぐに迎えに来て、バルケッタは一路、鳴海に向かった。

　助手席にふんぞり返った佐脇は、ふたたび携帯電話を取り出しながら訊いた。

「で、お前の方はどうだった？」

「うん。地域のミニコミを作ってる学生って事で会ったんだけど……まあ、二枚目で人あたりはイイけど、顔色の悪いヒトだったよ。地域医療のために、子供を持つお母さんが安心する医療に努《つと》めてますっていう、タテマエの話ばっかりで」

そうか、と佐脇はタバコを取り出した。

「要するに、収穫はなかったって事だな」

「狭いんだから、車の中でタバコは止めてよ。酸欠になる！」

美知佳は抗議したが、佐脇は無視して火をつけ、水野に電話を入れた。

「ああおれだ。いま鳴海に向かってるから」

『佐脇さん。いろいろ大変なことになってますよ。刑事部長が手ぐすね引いていて』

「まあ、そうだろうな。勝手な行動を取ったわけだからな」

水野の報告を佐脇が遮った。上司があれこれ言うのはいつものことで、もう慣れっこだ。

「それより、その後はどうだ？　ジイサンの家に犯人から連絡はあったか？」

佐脇は美知佳の存在に気を遣って小声で訊いた。藤堂真菜ちゃんの誘拐事件は報道されていないので、完全に部外秘なのだ。とは言っても、美知佳の耳にはかなりなことが聞こえてしまっているだろうが。

『いえ、ふっつりと途絶《とだ》えています。しかし、どうも藤堂栄一郎が奇妙な動きをしています。ウチの、藤堂家に詰めているヤツからの話なんですが、藤堂栄一郎があちこちに電話しているんです。相手は法務省のかなり上のほうの官僚とか、警察庁の、こちらもかなりエライ人のようですね、もちろん、藤堂栄一郎は電話がモニターされていることを知ってますから、特に何ということを話してるわけでもないんですが……はい。要するに、ご機嫌伺いの世間話以上のものではありません』

「久住からの報告はどうなってる？」

公安の久住には、佐脇から個人的に藤堂の携帯とメールの監視を依頼している。

『はい。そちらでも繰り返し、電話と同様の複数の相手に、「あの件は大丈夫だろうな？」「司法の権威は断じて守らねばならん」という念押しのようなメッセージを繰り返し送信、もしくは通話で確認しているようです』

「それに対する返事は？」

『ご心配なく、と先方からは返ってきてるようです』

ふーん、と佐脇は短くなったタバコを吸いきって、車の灰皿に捨てた。

「当然、久住は、その相手が具体的に誰なのかも掴んでるんだろうな？」

『はい。藤堂と司法修習が同期、もしくは後輩の、法務省刑事局や大臣官房にいる法務官僚です。彼らの人脈は警察庁や最高裁、最高検察庁にも広がっています』

その辺のことは、もっと詳しい男に聞いた方が確実だろう。

佐脇は水野に礼を言って電話を切ると、東京にいる『ある人物』に電話を入れようとして、美知佳を見た。

「お気遣いなく。捜査上の秘密は守るから。って、もう結構知ってるんだけどね」

下手に秘密を守る工作をするより、美知佳に釘を刺す方が早い。

「岡山で見聞きしたこと、これからおれが掛ける電話、モロモロすべてはおれとお前の秘密だ。いいな。この誓《ちか》いを破ったら、おれはお前に今後一切協力できなくなるぞ」

「了解してますって」

美知佳は軽い口調で返事をした。このコムスメも馬鹿ではないから、目先の情報に飛びついて、佐脇との信頼関係を台無しにするような真似はしない。

佐脇は携帯のボタンを押した。相手は、かつて警察庁から鳴海に送り込まれてきた高級官僚で、佐脇を潰そうとして果たせなかったのちはずっと休戦協定を結んでいる、警察庁の入江だ。

この男とは、昨年の、鳴海での暴力団壊滅作戦の幕引きの際に（立場上仕方のないこととはいえ）警察庁が振りかざす建前にのみ忠実で、鳴海の現実を一切見ようとしない官僚の正体を見せつけられて、しばらくは声を聞くのも嫌だったのだが、背に腹は代えられない。

『やあ、佐脇さん。その後如何《いかが》です？』

何事もなかったような声だ。以前と同じく、佐脇と皮肉の応酬《おうしゅう》をして楽しむ時のような快活な口調だ。

『なんですか、聞くところによれば、近頃は問題も起こさず、県警本部とも協調して捜査に邁進《まいしん》されているとか』

入江の地獄耳は相変わらずだ。誘拐事件で、鳴海署と県警の合同捜査本部が立ったことをすでに知っている。

「いやいや、権力の中枢《ちゅうすう》で、大臣や大物議員を相手にしている入江サンとはスケールが違いますよ」

電話の向こうの警察庁刑事局刑事企画課課長・入江雅俊は、乾いた声で笑った。

「で、さっそく用件に入るが、あんた、『倉島事件』って知ってるか？　連続女児誘拐殺人死体遺棄事件だ。犯人は捕まって死刑が確定、しかし一部では冤罪ではないかと言われている」

厳しい階級社会である警察で、佐脇はどっちが上なのか判らない口の利き方をする。

『ええ。だいたいのことは』

「あんたらとしては、あくまでも冤罪の可能性は否定するんだろ？　たとえ無実の人が死刑になるとしても、自分たちの間違いを認めようとしないのが、役人だよな」

『必ずしも、そういう人間ばかりではないですよ』

入江は静かな口調で言った。

『すでに確定した判決についての評価は控えますが、仮に誤審だった場合、死刑が執行されてしまったら、取り返しがつきません。少なくとも私はそう考えています』

「そんなことぐらい百も承知だ。だから、地元の弁護士会で再審請求の準備が進んでるんじゃないか」

『佐脇さん。私は正直言って驚いていますよ。こうして「倉島事件」の話を持ち出しておきながら、どうやらその最新の状況については少しもご存じではないらしい。何時《いつ》からそんなに鈍くなってしまったんですか。お友達の、ヤクザの若頭が姿を消してから、脳味噌の半分が溶《と》けてしまったのでは?』

佐脇は驚いた。入江にこんなことを言われる覚えはない。「最新の状況」とは何だ?

『再審請求の準備ですか? 何を悠長《ゆうちょう》なことを。私の知る限りでは、倉島事件の確定死刑囚・梶原勉氏に残された時間は、それほど長くはない』

「それは……どういうことだ?」

『梶原勉の死刑執行の準備が進んでいるということですよ』

「なんだって!」

佐脇は思わず大きな声を出した。ハンドルを握る美知佳が怪訝《けげん》な顔で佐脇を見た。

「おい、こっちを見ないで前を見ろ! イヤこっちの話」

佐脇は入江と話を続けようとしたが、美知佳が割り込んできた。

「ねえちょっと。倉島事件の再審請求がどうしたって?」

「イヤだから、梶原勉の死刑執行の段取りが進んでるらしいって……後から話してやる」

佐脇は電話に戻った。

「ちょっと失敬。広島高裁で梶原勉に死刑判決を下した藤堂栄一郎が、法務省のお偉いサンにいろいろ電話してる事は判ってたんだが……藤堂があちこちに電話してるその用件は、なんと……梶原の死刑の件だったのか！」

『藤堂という人は、高裁長官まで務めた人物ですから、それなりに人脈があります。いまや、その人脈をフルに使って、梶原の死刑執行を迫っているようです。ご承知の通り、死刑を執行するには慎重な手続きが必要です。検察から来た「死刑確定者に関する上申書」は法務省刑事局に回され、同時に裁判の確定記録も運ばれます。また確定死刑囚について裁判に提出されなかった証拠記録も送付され、刑事局担当の検事が記録を審査して「死刑執行起案書」を作成します。これが「第四の判決」と陰で呼ばれるものです。これが関係部署の決裁を受けて大臣官房に送られ、官房長の決裁を経て、法務大臣の最終判断を求めます』

「ンなこたぁ、知ってるよ。おれをトーシロー扱いするな」

長々しい入江の説明に、佐脇は焦《じ》れてきた。

「その先が問題なんだろ！」

『問題は、この過程で、官僚の裁量権のなかに主観的判断が介在するといわれていることです。本来は健康状態や冤罪の可能性について、再度、慎重な確認作業がなされるのですが、この段階で、不可思議な力が働く可能性があります。担当する官僚の主観的な「裁量」が絡んでくるからです。だいたいの場合は、慎重を期して執行先送りの方向に振れるのですが、今回はなぜか、その真逆に向かっているようです』

佐脇の背筋に冷たいものが走った。

今まさに、冤罪による死刑が執行されかけている。そして、自分はその事実を知ってしまった。

「しかし再審請求は……」

『再審請求が現実にまだ出されていないのですから、準備中というのは意味がありません。たとえ棄却されても、死刑を執行させないためには、再審請求を出すことが必要なのです』

「おい入江サン。あんた、そういうことを知りながら、傍観《ぼうかん》してるのか」

『手続きが整っていれば、文句は言えません。それが官僚機構というものです。しかも、私は、死刑執行に関する手続き一切にはまったく関与できませんし』

「しかし!」

『佐脇さん、それは無理なんです。私が警察庁から法務省に出向して、刑事局、あるいは大臣官房など幹部にでもなれば話は別ですが、法務省の専管事項に、警察の人間は何も言えませんよ』

佐脇は唸《うな》り声を上げるしかなかった。

「どうすりゃいいんだ、おれは！」

『どうすればいいんでしょうね。さしあたり、ご自分が関わった事件ではないと思って割り切るか、さもなければ、なんとかして真犯人を挙げるしかないでしょう』

「それなんだよ。今鳴海で起きている幼女死体遺棄事件と誘拐事件は、倉島事件の真犯人が活動を再開してやってるとしか思えないんだ」

『じゃあ、その犯人を捕まえるしかないじゃないですか』

入江の声は冷たいし、その口調も突き放している。だが、そのまま電話を切らないところが、入江の食えないところでもある。

『佐脇さん、いいですか。「死刑執行起案書」が提出されてしまうと、その日のうちに全ての決裁が終わって執行命令が出るんです。起案を書くまでは慎重ですが、決裁の段階になると事務的に、容赦《ようしゃ》なく事態が進行してしまいます。大臣に至っては言われるままにハンコを押すだけでしょう。で、一度執行命令が出てしまうと、二日から四日の間に死刑は執行されてしまいます。だから、悠長な事を、と申し上げたのです』

佐脇はもう一本のタバコに火をつけてスパスパと吹かした。

「で、今はどの段階なんだ？　まさかもう起案書が出来ているってことは」

『私の知る限り、まだです。担当検事が起案書を書こうとしているところでしょう』

それにしても、時間的にギリギリな状況であることは間違いない。
しかし……どうして死刑を急がせる？

「だが入江サンよ。おれはどうしても判らないんだが……藤堂栄一郎が、冤罪の可能性のある死刑執行を急がせてる理由は何だ？　普通なら影響力を行使してでも死刑執行を遅らせるはずじゃないか。そうすれば取り返しのつかない間違いは防げる。誤審をした責めは負《お》うにしても、無実の人を死刑にして殺すというトンデモない事は防げる。法の番人としてはそうあるべきだろ」

『そうあるべき、と思うのは佐脇さんですよね。藤堂栄一郎はそう思っていないって事じゃないですか？　自分の判決は絶対だ、最高裁でもそれは認められた……というより、万が一にでも冤罪だということになれば、日本の裁判制度に対する信頼が揺らぎます。それを危惧《きぐ》しているのでしょう。死刑にしてしまえば自動的に決着も付くし、騒ぐのも一部の人権派弁護士やリベラルな市民団体だけであれば、無視できる人数です。え？　マスコミですか？　検察発表を鵜《う》呑《の》みにして、梶原勉のことを極悪非道の変態で死刑になって当然、のように煽《あお》ったマスコミが、今さら騒ぎますか？　彼らも同罪です。だったらろくに報道もされずに冤罪死刑の疑惑は消えていくだろうと。藤堂氏は、そう踏んだんじゃないでしょうか』

電話を切った佐脇の全身から、冷たい汗が噴き出してきた。

この事実に気づいているのは、この日本に何人居るんだ？　いや、知っていても、事の重大さを真剣に理解しているヤツは何人いる？

司法という機械の歯車に挟まった小石。粉砕し、抹殺すべき異物ではなく、一人の、生きている人間としての梶原勉を認識しているやつが、おれのほかに、いったい何人居るんだ？

もしかして自分は、梶原勉が死刑執行されてしまうのを座視するしかないのか？　入江が手を出せないというのに、スーパーマンじゃないおれに何が出来る？

いやしかし、知ってしまった以上、何もしないわけにはいかないじゃないか。知らん顔をするのはおれの性分に合わない。いや、人間としてマズいだろ。

それに、梶原が死刑になった場合、誘拐されている藤堂真菜ちゃんの命も危ない。今回の最初の犠牲者・原田沙希ちゃんが、倉島事件について藤堂が今に至っても謝罪しないという理由で殺されたとすれば、梶原勉が死刑執行されたあと、藤堂真菜ちゃんも死体で見つかる公算が高い。

こういう展開が予測できる以上、警察官として、絶対になんとかしなければならないではないか！

「美知佳！　鳴海までぶっ飛ばせ！」

佐脇は命令した。

*

藤堂家では、栄一郎の苛立ちが募《つの》っていた。何かというと嫁の春奈に当たり散らす。お茶が熱いぬるいに始まって、料理の味や立ち居振る舞い、あげくに教えてやってるのに不貞腐れていると、一挙手一投足をあげつらわれる。

大阪から休日を使って遊びに来ている麻弓も、とっくに休みは終わったはずなのに、藤堂家の一大事というわけなのか、鳴海の実家に居座って帰る気配がない。始終癇癪《かんしやく》を起こす父親と一緒になって春奈を攻撃してくる。もともと春奈には当たりのきつい姑は言うまでもない。三人がかりで長男の嫁を責め立てる。

春奈の夫・浩紀は、こんな時でも地裁に休まず出勤するので、浩一郎が登校した後は、家にいるのは彼女の敵ばかりだ。それ以上に真菜が誘拐された心労は耐えがたく、春奈は憔悴《しょうすい》しきっていた。だが、いたわってくれる人はいない。

さらに孫娘が誘拐されているというのに、そしてそれは藤堂栄一郎のせいだと犯人がはっきり言っているのに、舅は孫を取り戻すのに指一本動かす気は無いらしい。それどころか、他にもっと心配なことがあって心ここにあらず、というような態度が露骨だ。春奈は、お舅《とう》様、お願いです、犯人の言うとおりにしてください、と何度も口に出しかけては、その言葉を呑み込んだ。

この家で今一番地位の低い、嫁の自分がそんなことを頼んでも無駄なことは、痛いほど判っている。あのプライドの高い舅が、犯人の要求どおりテレビに出演して過去の誤審について謝罪など絶対にするわけがないのだ。でも……それにしたって。

せめて栄一郎が誘拐された孫・真菜の安否を、世間並みの祖父のように気遣っているのなら、春奈もここまで絶望はしない。だが、栄一郎は始終ひそひそと誰かに電話をかけ、麻弓とも頻繁《ひんぱん》に内密の話をしている。今までに見かけたことのない、もう一台の携帯を手にしていることもある。そして、そういう怪しい行動は真菜を無事取り戻すこととは、どうやらまったく関係がないようだ。

「……大臣官房の連中の動きが鈍くて堪らんのだ。連中はいつからあんな愚鈍《ぐどん》になったんだ？」

「法務省の大臣官房？　最近は昔と違って世論を無視できないから、慎重になっているのよ」

「嘆《なげ》かわしいことだ。だから裁判員などという言語道断な制度が導入される。素人が司法に口を出すなどとは……とにかく、例の件については法律で明確に規定されているのだぞ。刑事訴訟法第四七五条第二項に、執行命令は判決確定の日から六ヶ月以内にこれをしなければならないと、ハッキリ書かれてるじゃないか！」

「そうは言っても、それが守られていないことは誰よりもお父様が一番ご存じでしょう？……私のほうからも、いろんな筋に当たってみるけど」

「女のお前に何が出来る、と言いたいところだが、浩紀があれじゃあ、お前の方がよっぽど役に立つ。まあなんとか頼む。これはわしだけのことじゃないんだ。藤堂家の家名のため、いや法曹界全体の名誉に関わることなんだからな」

栄一郎の書斎で麻弓と話し込む声がドア外に漏れてくる。お茶をもってこいと言われるから、その前後の会話はイヤでも聞こえてしまう。

最初は、真菜を助け出すための方策を練っているのかと思ったが、真菜のまの字も出て来ない。

二人は、真菜のことはまったく頭になくて、違うことを心配して相談しているのだ。

誘拐犯からの電話も手紙も、あれからまったく来ない。真菜が生きているのか死んでいるのか、まったく判らない。

栄一郎は、自宅に詰めている鳴海署の刑事にまで嫌味を言うようになった。

「きみたちは良い身分だな。こんなところで無駄飯食って居眠りしてるヒマがあったら、もっと他にやることがあるだろう！」

などという暴言を平気で吐くのだ。

真菜がどうなってもいいんですか！　と春奈は叫び出したいのを必死に堪えるしかなか

った。

＊

「佐脇、お前は特捜から外れろ！」

佐脇が特捜本部に飛び込むと同時に、待ち構えていた日下部が怒鳴りつけた。

「理由は、無断で県外出張したことと、捜査方針を無視した行動で統制を乱したことだ」

「イヤ刑事部長、それについては」

佐脇は説明しようとしたが日下部は聞く耳を持たず、さらにとんでもないことを言い出した。

「まだあるぞ。こっちの方が重要だ。お前を、未成年淫行条例違反の容疑で、逮捕する」

日下部は、机の上にあった逮捕状を突き出した。

「T県青少年保護健全育成条例第一八条違反だ。横山美知佳の両親がお前を告発した。鳴海署はそれを受理して、お前の立ち回り先などを捜査して、犯行を確認した」

「横山美知佳？　笑わせるな！　犯行って、おれが何をした？　誰が何を証言したんだ？」

「うるさい。直ちにお前の身柄を拘束《こうそく》する。おい光田、そして水野！」

日下部は佐脇の質問を無視して命令を下した。

佐脇は、光田と水野に両側から挟まれて、手錠を掛けられてしまった。

「お前は十八歳の未成年少女と昨夜、倉島市のビジネスホテルに宿泊したそうだな。現役警察官としては絶対に許されない、破廉恥《はれんち》極まる淫行を働いたということだ。ほら、コイツをさっさと勾留《こうりゅう》しろ」

「おい待て。こっちの言い分も聞け！　つーか、弁護士を呼べ！　これは冤罪だぞ！」

騒ぎ立てる佐脇に、耳元で光田が囁いた。

「どうせ形だけだ。ここで無駄なエネルギー使うのは損だぞ。まあ一晩ゆっくりしていけや」

「なんでお前までそんなこと言うんだ！」

「それはいろいろあってな……一口じゃ説明出来ないから、また明日だ。酒以外、何でも差し入れしてやるから」

「ちょっと待て。おれにはやることが山ほどあるんだ！」

「まあまあ……ここは従っておいた方が良い。あとからおれたちがフォローするから」

佐脇は、光田と水野に連行され、鳴海署の留置場に放り込まれてしまった。

第四章　口封じ

財布もケータイもネクタイもベルトも取り上げられた状態で留置場に放り込まれた。

本来は尻の穴まで身体検査されるところだが、現職刑事ということで免除されたようだ。

「おいバカ野郎！　誰かいないのか？　こんなところでブラブラしてる場合じゃねえんだよおれは！　早く出せ！　違法逮捕だこの野郎！」

叫びまくったが、誰も相手にしてくれない。

佐脇以外、留置場には他の「お客さん」もいなかった。鳴海のような田舎の警察署では、留置場に誰も収容されていない日もよくあるのだ。

監視係の警官は、佐脇がどれだけ大声を出しても黙ったまま無視している。そうしろと言われているのだろう。

あまりの空《むな》しさに咳《せき》をしても一人、という有名な俳句を思い出した。

仕方がない。怒鳴っても暴れても、事態は好転しない。

佐脇は必死に考えた。

とにかく一刻も早くここから出なければ。梶原勉の死刑執行を早めるという、藤堂の目《もく》論《ろ》みを、なんとしても阻止《そし》しなければならない。

この「淫行条例違反容疑の逮捕」は、明らかに便宜《べんぎ》的なものだ。このおれの動きを封じるための「奴らの苦肉の策」なのだ。

こんなことになったのは、捜査を勝手に離脱して許可なく他県に調べ物に行ったからか？　しかし正式な手続きを踏んだとしても、許可が下りたとは思えない。県警から来た日下部と神野はどういうわけか、一九九二年の「倉島事件」と、目下の「原田沙希ちゃん死体遺棄事件」を関連づけることをひどく嫌っている。それが県警上層部（あるいはもっと上）の意向なのだろう。理由は不明だ。

しかし今、時を隔《へだ》てて起こった二つの連続誘拐殺人事件は相互に関係していると、佐脇は確信していた。原田沙希ちゃんを殺害した真犯人を逮捕し、藤堂真菜ちゃんを無事に取り戻すカギは「倉島事件」にあるのだ。

第一に「倉島事件」の坂本佑衣ちゃんと、鳴海での原田沙希ちゃんの遺体発見の状況が酷似している。

さらに藤堂栄一郎の判決が誤審だと弾劾《だんがい》する、あの手紙がある。明記されてはいなかったが、藤堂栄一郎が裁判長を務め、梶原勉の死刑が最終的に確定した「倉島事件」の判決を指していることは明白だ。

しかも、その藤堂栄一郎は、自分が死刑判決を下した梶原勉の死刑執行を、今になって急がせ始めた。誤審だとすれば、それを正す機会を自ら永遠に封じるような、不可解な動きは何故なのか。

いずれにしても、藤堂真菜ちゃんが誘拐された理由は、祖父である藤堂栄一郎にある。

元判事に誤審を謝罪しろと迫り、「倉島事件」の現場を鳴海で再現した犯人は何者か？ 冤罪をアピールするための模倣犯、という可能性もなくはないが、やはり「倉島事件」が冤罪であることを「知っている」人物……考えるだにムカムカするが、今まで野放しになっていた真犯人が二十一年の時を経て、犯行を再開したのではないか？

「だとしたら、やっぱりそいつは許せねえ」

怒りのあまり口走っていた。無事に逃げおおせていたのであれば、いまさらそんなことを始める理由が判らない。しかも取り逃がした真犯人が犯行を重ね、死ななくても済んだ命が失われるという事態は、すべての警察関係者の悪夢なのだ。

「しかし、これで梶原勉の冤罪がハッキリして死刑がナシになれば、人一人の命が救えるわけか……いや、ダメだ。原田沙希ちゃんが死んでいるから、差し引きゼロだ」

犯人の動機は「梶原勉の救済」などではないだろう。そんな仏心があるのなら、自首すればいい。

「どこのどいつか知らねえが、てめえはよ、自分が目立ちたいだけの最低最悪のクソヤローだ。藤堂のジジイもろとも、地獄の最下層に落ちやがれ！」

留置場担当の警官がわざとらしい咳払いをした。どうやら目の前にいるわけでもない「真犯人」に向かって、声に出して罵倒を浴びせていたらしい。そこでようやく、ひどく腹が減っていることに気がついた。

「おい、メシを出せ。倉島からトンボ返りしてから、何も食ってないんだぞ！」

鉄格子《てつごうし》を摑み、ガタガタと激しく揺さぶりながら思いっきり怒鳴る。

びくっとして飛び上がりそうになった留置場担当は、震える声で言った。

「すみません。メシの時間は過ぎちゃいました。佐脇さんのお口には合わないと思いますが、こんなもので良かったら」

済まなそうに言いながらも、夕食を出してくれた。刑務所と違って留置場の食事は弁当形式だ。

「済まないな。ついでにもうひとつ頼みだ。光田か水野を呼んでくれよ」

弁当を食べながらその警官に頼んでいるところに、その二人がやって来た。

「いや遅くなってスマン。捜査会議がなかなか終わらなくてな」

光田は言い訳をした。

「しかし、エライ人の神経逆撫《さかな》でにかけては佐脇、お前はまさに天才だな。情報を絶対洩らすなと今回あれだけクギを刺されて、なぜこういうことをするかねえ」

「おれが何をした？　リークなんてしてない。関係ない事件の裁判記録を閲覧しただけだ」

「『関係ない事件』か。本当のところ、お前、そうは思ってないよな？　とにかくお前が他県に行って、その『関係ない事件』とやらをこれ見よがしに調べていれば、カンのいい奴なら気づくかもしれない。鳴海でおれたちが現在、厄介なヤマを抱えていて、それが『関係ない』昔の事件と、どうやら関係ありそうだと。おかげで上の方はカンカンだ」

それを聞いて、佐脇はカッとした。

「上がカンカンになってるのは、語るに落ちたってやつだ。隠したいことがあるのを手前からゲロしてるようなもんだ。サッチョウや法務省の顔色をうかがってる連中のことはどうでもいい。一刻を争う重大事がある。おれはここでウダウダしてられないんだ！」

どんな虎の尾を踏んだのか知らないが、と、光田は渋い顔で続けた。

「県警上層部はそもそも最初からお前を特捜には入れたくなかった。ウチにチョウバが立った以上、お前が入らないのは逆に波風が立つと考えて仕方なく入れたんだろう。しかし今となっては特捜から外すだけでは足りない、県警、いや警察全体から、お前を徹底的に排除しよう、という流れになっているぞ」

「で、未成年との淫行をでっちあげて、まず物理的に隔離したあげく、刑事としてのおれを葬《ほうむ》り去ろうとしてるってことか？」

「そういうことだ。連中は、この際、お前を刑務所に放り込んで、鳴海署、いやT県警積年の問題を一気に解決してしまおうと画策してるぞ」

それを聞いた佐脇は笑いだした。

「そうかそうか。連中のいいなりに、あの横山美知佳もさぞや喜んで証言してくれることだろうよ。そういや、美知佳はどうしてる？　無事に帰ったか？」

「佐脇さんが戻ってこないので、彼女が鳴海署に様子を見に来たんです。淫行の容疑で佐脇さんが捕まったと言ったら大爆笑してましたよ」

水野は真剣な目で付け加えた。

「あの……僕も光田係長も、佐脇さんが彼女と淫行をしたとは思ってませんから」

「当たり前だ。馬鹿野郎」

美知佳とは一度だけそういう関係になったことがある……より正確には彼女が処女を棄てる時に利用されているから、完全に潔白、と言い切ってしまうには心苦しいところもあるが、今回の疑惑については完全なデッチアゲだ。

「淫行相手とされた当人が否定してるのに逮捕かよ。そんな陰謀の餌食《えじき》になるほどの、おれは重要人物か？」

「両親の告発があった以上、当事者がそうじゃないと言っても、通らないんだ」

光田は、以前、福岡で起きた事件の例を引いた。警察は告発を一度受理すると、告発者本人が取り下げを申し出てもなかなか応じないのだ。

「警察が事件性を認めて受理した以上、そうそう『なかったこと』には出来ないんだよ」

面倒な事になったと佐脇のイライラは募った。

「まあ彼女、その……横山クンには」

と光田は微妙な呼び方をした。

「お前の愛車には書類がいろいろあって、それは押収しろと上からは言われたが、おれは横山クンに車にはこのまま乗って帰れ、書類は隠せと言った。ひととおり話を聞いた彼女は自分のアパートに帰ると『クソうそつきな』両親が来るかもしれないから、お前のアパートに行くと言ってた」

佐脇の住処《すみか》は田ん圃《たぼ》の中にぽつんと建つ、取り壊し寸前の、他の住人のいないアパートだ。契約は一室だが、大家との交渉で、どの部屋を使ってもいいことになっている。その中のどれかに美知佳は身を隠したのだろう。

「そうか。いろいろすまん。あと一つだけ頼まれてくれないか。弁護士に連絡してくれ。地元のヘボじゃダメだ。どうせなら……この前、伊草《いぐさ》の弁護をやった如月《きさらぎ》。あいつに頼んでくれ」

「如月って、今は旧鳴龍会の弁護をやってますけど、その前は、あの南西《なんせい》ケミカルの顧問弁護士だったヒトでしょう？　カネになるなら産廃不法投棄の悪徳企業だろうが、マル暴だろうが、誰の弁護でもする金ぴか弁護士じゃないですか！」

　水野は憤然としている。

「それがどうかしたか？　弁護士ってのは、クライアントの弁護をするのが仕事なんだから、何も問題ない。腕が立てばそれなりの報酬も当然だ。おれはワイロを貯金してあるからカネはある。如月に頼んでくれ。とにかくおれは一刻も早くここを出たいんだ！」

「どうして？　誘拐事件の捜査ならおれたちも全力でやってるぞ」

「『倉島事件』だ！」

「だからその事件は知ってるし、お前がその事件と目下のヤマとの関連にこだわってるのも判ってるが」

「こだわってるのは関連が『ある』からだ！」

　佐脇はそう断言して、光田を睨み付けた。

「早くここから出ないと……取り返しのつかないことになっちまうんだ！」

　梶原勉という名前と、死刑執行への手続きが加速されつつある件を口に出すべきかどうか、佐脇は迷った。下手に口に出して藪蛇《やぶへび》になるのはマズい。

　ここは慎重を期さなければ。

「真剣に聴いてくれ。人の命が掛かっている。しかも二人だ」

梶原勉の余命も、藤堂真菜ちゃんの命も、まさに風前の灯火《ともしび》だ。

「おれが調べてきた『倉島事件』のことなんだが、あれは、冤罪かも知れないんだ」

佐脇が言葉を選んで光田と水野に話しかけたとき、日下部と神野がやって来て、鳴海署に勤務する三人をじろりと睨んだ。

「あの……我々は事務的なことなどを少々。佐脇さんから引き継ぎを受けていて」

「必要ない。そもそもこの男は大した成果を上げていなかった」

光田と水野は追い返されるようにして留置場から出て行った。

「なんだ？　これから取り調べか？　こんな夜中にやるのは法律に違反するんじゃねえのか？　弁護士と話をするまで、お前らには何も話さんぞ！　黙秘権を行使する！」

佐脇はそう言って腕組みをすると、にやりとした。

「なんてな。ところで、お前さんたちは、おれを出来るだけ長い間、このブタ箱に入れとくつもりか？　それともさっさとムショにブチ込みたいか？　ムショ送りにする気なら、まず裁判をやらないとなあ。一審で負けてもおれは控訴するから、最高裁で決着が付くまで延々長丁場の、泥沼の闘いになるぜ。もちろん、おれは負けるつもりはないがな」

「泥沼の闘いはこっちも遠慮したい。だがそんなもの、こっちがその気になればどうにでもなるんだ。そんなことくらい、お前だって充分に判ってるだろう？」

日下部の傍らにいる神野が、口を歪めた。

「容疑者が留置場で自殺。容疑者は犯行をほのめかして深く後悔していた……てな結末の事件もあるんだぜ。良心の呵責《かしやく》から自殺というパターンだ」

実際つい最近、永年にわたり何人もの被害者を死に追いやったのではないか、との疑惑がある某重大事件の被疑者が留置場の中で「自殺」したことがあった。警察にとってまずい事実が逮捕により露見するのを怖れるあまり、早めに「始末した」んじゃないかという噂がネットでは根強く囁かれていた。密命を帯《お》びて送り込まれた同房者が……との疑惑も、あながち荒唐無稽《こうとうむけい》な妄想《もうそう》とばかりは言えない。同じような噂は、佐脇が警官になってからの短くはない年月のあいだに、何度となく耳にしたことがあるのだ。

「それで脅してるつもりか？　何が言いたいのかは判るが、そいつは難しいだろうな。ここは鳴海署で、いわばおれのホームだ。県警から来たお前らにはアウェーだって事、判ってないだろ？　しかも淫行疑惑で反省して自殺とはね。おれがそんなタマじゃねえって事はローカルどころか中央のマスコミまでが知ってる。疑惑追及キャンペーン張られたって知らねえぞ」

佐脇は鉄格子の中で吠えた。

「それと、お前らがダシに使った横山美知佳。あれもその辺のおバカな女子大生だと舐《な》めてかかるとエラい目に遭うぞ。お前らオッサンが手玉に取ろうとしても、逆にキンタマ抜かれるかもな」

日下部と神野は顔を見合わせて、ヒソヒソと密談してから佐脇に向き直った。

「お前を逮捕した事実はまだ公表していない。話によっては無かったことにしてもいい。この件に関して県警の方針に一切逆らわないと誓うなら、今、ここで出してやる。どうだ？」

「どうだ？　って、なんだよ。おれはお前らの自由にならないって言ってる以上、選択の余地はないんじゃないか？　そもそもおれが鳴海で起きてる二件の誘拐と、二十一年前の『倉島事件』について関連性を見つけ出した事自体が許せないんだろ？」

そう言って、佐脇は県警から来た二人の回答を待つべく、言葉を切った。

「お前……自分でそんなに追い込んでどうするんだ？　おれたちに何をさせたいんだ？　お前はここで始末されたいのか？」

「ほほう。始末ときたね。神野サン、あんたの言う、留置場で自殺というパターンもあるってのは、やっぱりその意味だったか。前にもやったことあるのか？　いろいろゲロされちゃ困るヤツを無理やり逮捕して『始末』しちまったとか」

「黙れ！　口をつつしめ！」

神野は声を荒らげた。

「刑事部長。どうもこいつはまるで素直じゃないようです。頭を冷やす時間が必要なんじゃないですか」

神野の言葉に、日下部は「そうだな」と応じて、そのまま留置場から出て行こうとした。

「待てよ！　せっかく来たのなら取り調べをしていけ！　ちょっと調べればおれがシロだって事はすぐ判る。さっさと調べてここから出せ！」

「だってお前は、弁護士と話をするまでなにも喋らないと言ったじゃないか」

うんざりしたように神野が言い返す。

「お前らの勝手な段取りに易々《やすやす》とは乗らないという意味だ！　早く取り調べろ！」

「コロコロ言うことを変えるヤツには付き合ってらンねえな」

県警の二人は、佐脇の怒号を無視して、そのまま出て行ってしまった。

騒いでも無駄だと悟《さと》った佐脇は、留置場の畳に転がって不貞寝するしかなかった。

数分後。

バタバタと複数の足音がして、また神野の声がした。

「……罪で勾留する。あのバカと一緒に入れとけ」

新入りが来たのだ。

神野は留置場の担当警官に、新入りの男の身柄を引き渡しただけで戻っていった。

「おい。今夜はガラ空きなんだから別室にしてくれよ！」

大声で要求したが、当然のように無視されて、新入りの男は佐脇と同室になった。

「担当さん。どうも」

留置場の係の警官にペコリと頭を下げた男は、いかにも場慣れしている。何かの常習者か。しかし鳴海署管内では見た事はない。四十前の薄っぺらな男で、痩せている。酒ばかり喰らってメシを食わないタイプだ。顔色が青白くて濃いめの無精髭《ぶしようひげ》が黒く浮いているし、目も濁《にご》っている。ヤク中かもしれない。

安物のスーツに白いシャツという服装だが、どうみてもサラリーマンには見えない。ヤクザの集金人、といったところか。

「どうも。夜分にすいません」

檻《おり》の中に入ってきた男は、先住者の佐脇にも頭を下げた。

「担当さんに聞いたんだけど、あんた警官なんだって？　悪徳警官ってやつか？」

「無実の罪でパクられた熱血刑事だよ」

佐脇の言葉に、男はふふん、と鼻で笑った。

「知ってるんだぜ。アンタ未成年淫行だろ？　まあ、スケってのは若い方がいいやな。女子高生なんてもうダメだね。かと言って小学生はガキ過ぎて入るモンも入らねえ。胸がちょっと膨らんだ中学生、十三か十四ってのが一番だよな？」

「知らんな。おれは熟女専門だ。ションベンくせえガキは願い下げだ」

ふふん、と男はまたも鼻を鳴らした。

「隠すなよ。なあ、十三くらいの処女をヤルのが一番だと思わねえか？　痛がるところを無理やり押さえつけて貫通するのが醍醐味《だいごみ》ってもんだろ」

「……お前、なんでパクられたんだ？」

「おれは、猥褻文書等頒布《はんぷ》罪だ。今どき笑わせるだろ？　ネット観りゃノーカットの、そのものズバリがただで拝めるご時世に、猥褻文書だとよ」

「刑法百七十五条か」

「さすがエロ警官。おれは八柱《やばしら》ってもんだ」

男は佐脇に握手を求めてきた。撥《は》ねつけても良かったが、この狭い空間で最初から角突き合わせるのもストレスだ。

握手に応じると、八柱と名乗る男の掌は汗でべとべとだった。

「おれは佐脇。八柱サンか。あんた、この辺のモンじゃねえな？」

「まあな。エロものの行商みたいなもんだ。鳴海じゃガキと遊べるという話を聞いてな」

もうずいぶん前に佐脇が壊滅させた児童売春組織のことを言っているのだろうか？　あれは小遣い銭ほしさに母親が自分の娘を組織的に売春させていたという、実に世も末な事件だった。

「それはもうねえな。おれが潰した」

「なんだよ兄弟。いくら熟女好きだからって冷たいな。男にはいろんな趣味があるんだぜ」

「ガキだけは止めとけ。捕まったら一生棒に振る」

「もう振ってるけどな。この病は一生モンだよ。だけど、蛇《じゃ》の道は蛇《へび》って言うだろ？　ガキと遊べるルートは絶対あるはずなんだよ。あんた、ほんとは知ってるだろ？」

「鳴海にはもうねえんだよ。おれが知らないって事は、裏でも表でも存在しないって事だ」

旧鳴龍会は、オトナの娼婦は扱っていたが、未成年、特に小中学生については、組として厳しく御法度《ごはっと》にしていた。それは若頭だった伊草の方針でもあった。

「そうなの？　佐脇さんよ、あんた、ホントはロリコンで、一番の遊び場を隠してるんじゃねえのか？」

八柱の目の色は変わっていた。

「なあ。教えてくれよ。おれ、普通の女じゃ勃たねえんだよ。ガキに一生懸命フェラさせて、華奢《きやしや》な腰をこう捕まえて押さえつけて、ぐいっとやらなきゃダメなんだよ」

八柱は懇願した。

「頼むよ。教えてくれよ。ガキだってうまくやってやりゃ気持ちよさそうな顔するんだぜ。お前も実のところは好きなんだろ？　え？」

この男はこういう誘い水をかけて、おれに何を喋らせようとしてるのか？　どうせこの男は神野が送り込んだ密告屋《たれこみや》だろう。連中はそれだけ本気だということだ。無理やりパクって留置して既成事実をつくり、刑事生命を絶とうとしているのだ。

……しかし、何のために？　そこまでしておれを抹殺《まっさつ》しなきゃならんのか？

「なに黙りこくってんだよ。そうか、お前のレコのことを反芻《はんすう》してんのか？　え？」

この八柱が密告屋なら、こうして同房にいるだけで危険が発生する。調書に検察側の証人として登場し、おれは変態ロリコンの幼児性愛者に仕立て上げられる。日下部や神野がでっち上げた供述調書にこいつが署名して、それを元に検察調書が出来て、裁判でも証拠採用されて……それをマスコミがど派手に報道して……。そうなったら、おれはもうおしまいだ。冤罪だと叫んでももう遅い。だが八柱はしつこい。

「なあおい、教えてくれよ。鳴海でガキと遊べるのはどこだ？　情報を独り占めするなよ」

危険と思いつつ、真性のロリコンとおぼしき八柱にムカついたので、つい言い返した。

「バカかお前。鳴海にはもうコドモを抱けるところはねえんだ。お前みたいなド変態が来るところじゃなくなってるんだよ！」

「マジかよ……じゃあ、アイツはどうして鳴海に来てるんだろうな？」

八柱が首を傾げている表情は、真剣だった。

「アイツって？」

ああ、と八柱は思い出しながら言っている。

「おれの知り合いなんだがな。まあ、同好の士って感じかな。ちょっと路線は違うんだけどな。おれは実践派だけど、アイツはロマン派っていうか夢見る夢男君というか」

「ゴチャゴチャした前置きはいいから、核心を話せ核心を」

つい、取り調べ口調になってしまう。

「そいつはやっぱりガキが好きで、カネには不自由していない。実家が……不動産業だかイベント会社だかをやってるんだが、大して仕事もせず遊んでいられる結構なご身分だ。けどな、スゲエ変わってるんだ。カネがあるくせに、女の子に何かをする、というんじゃないんだ。おれみたいに手を出してチンポも出すタイプじゃない。そうじゃなくて、女の子はただもう清らかなものだ、この世の中で穢《けが》れのないものは小さな女の子だけだって思い込んでいて……ほとんど崇《あが》め奉《たてまつ》っていたな」

おれにそれだけのカネがあればなあ、と八柱は残念そうだ。

「おれに言わせりゃ、女なんて年齢《とし》に関係なく拗《す》ねたり甘えたり、いろいろ手管《てくだ》を使ったり、意地悪だったりして、小学生のガキだって幼稚園児だって、結構したたかなオンナなんだけどな。まあそういうオンナの部分に付け込んで、おれたちはお菓子や可愛い雑貨やキャラクターグッズで釣って写真撮ったり弄ったり、いろいろなことをするわけなんだが」

八柱は目を輝かせて、変態談義を始めた。こういう話になると、止まらなくなるようだ。変態の血が燃えるというヤツだ。

「けどそいつは、たとえば小さな女の子に綺麗なドレスを着せて、綺麗な花を持たせるとか、そういうメルヘンな写真を撮るのが趣味なんだと。キモチワルイだろ！　だがそいつに言わせると、これが純正ロリコンなんだと。本物のロリコンは、相手に手を出しちゃ、絶対にイカンのだと。ま、変態の言うことだからウソかホントか判らないけどな」

その手の変態には興味がない佐脇は、八柱の話を上の空で聞いていた。

今、佐脇の頭が考えているのは、八柱のポジションというか、真の目的についてだ。

こいつが神野に送り込まれた密告屋なのは間違いない。こんなにタイミング良く、エロ系の犯罪者と同房になる確率は低い。いかにもデカのやりそうなことだ。

というのは、佐脇自身も同じ手を使って、密告屋を留置場に送り込んだ事が何度もあるからだ。たとえば物証はないが明らかにクロで、しかものらりくらりと取り調べをはぐらかしていた強盗犯を、この手を使って検察送りにしたことがある。佐脇が使った密告屋は口がうまく、「やった」という言葉だけではなく、物証につながる情報まで引き出してくれた。強欲なヤツには儲け話を、女狂いのヤツにはエロ話を仕掛けると、面白いほど簡単に乗ってきて口を割る、とその密告屋は言っていた。知能犯は例外として、粗暴犯系の悪党は基本的に単純バカだから、そういう話には実に簡単に乗ってくるのだ。

しかも、今はもっとヤバい状況だ。佐脇は、これまでに密告屋を使って被疑者から情報を聞き出す以上のことはしていないが、もっと悪どいことをやる刑事や検察官がいる。つまり、同房に送り込んだ密告屋を検察側の証人に仕立て上げ、被告が言ってもいないことを証言させて検察側の証拠として採用させるのだ。この男が、おれが言ったこととしてウソ八百をでっち上げてしまうかもしれない。

それに……神野はさっき、「お前はここで始末されたいのか?」などと口走っていた。この八柱がいつ殺人鬼に豹変《ひょうへん》するか判ったものではない。どこかに凶器を隠し持っている可能性は否定できない。どうせ身体検査なんてしていないのだろう。

ならば、どうするか。

佐脇は追い込まれた。

＊

そのちょっと前。佐脇が未成年淫行容疑で拘束《こうそく》されて身動きが取れないと知った美知佳は、行動を開始した。

田んぼのど真ん中の、佐脇一人が住んでいるボロアパートの、カラオケルームとして使われている一室に岡山で仕入れた資料を仕舞い込んでから、彼女の独断で東京の如月弁護士に連絡を入れた。

『ああ、鳴海の佐脇さんの代理の方ね。その節はお世話様』

商売人の如月は如才なく挨拶してきた。

『で、こんな時間にどんなご用件です？』

「時間がないので手短に言います。佐脇が警察に捕まりました。不当逮捕です。冤罪です。警察上層部が口封じのために無理やり捕まえたんです。けど、いろいろ差し迫った事情があって、留置場で無駄な時間を過ごしている場合じゃないんです」

『即時の釈放を希望ということですね？　お安い御用です。いえ、お安いというのは簡単だという意味であって、私が動くと大変ですよ。お金が』

如月はからからと豪傑笑いをした。金がうなる音が聞こえるような、良く透る声だ。

「そっちは大丈夫です。悪徳刑事の役得で各方面から吸い上げたワイロ、じゃなくて協賛金がたんまりとあります。こんな田舎じゃ使い切れないくらいに。お金ってこういう時に使うものでしょう？」

電話を通して如月の顔を札束で張った美知佳は、豪腕の弁護士にすぐ動いてくれと頼み込むと、バルケッタに飛び乗って、ふたたび倉島に向かった。

倉島から鳴海に戻った時も相当無茶な運転をしたが、今は深夜で交通量も少ないのをいい事に、バルケッタの性能の限界に挑戦するスピードを出した。

丑《うし》三つ時に倉島に着いた美知佳は、佐脇と宿泊したビジネスホテルのフロントマンと、彼女が立ち寄ったネットカフェの受付の男をすぐに探し出した。そして有無を言わさず供述を取った。と言っても、素人の彼女が警察の書式で供述書を書いても無効だから、ビデオを回して証言させたのだ。

『はい。一昨夜、たしかに佐脇様と横山様は当ホテルに宿泊されましたが、食事以外はお部屋で調べ物をなさって、その間、何度もフロントに来られて、当ホテルのプリンターを用紙がなくなるほど使っておいででした。途中、横山様は近くのコンビニとネットカフェの場所をおたずねになり、何度もホテルを出入りされてました。当ホテルの自販機には「ロクなものがない」とのことでした。深夜になってついにプリンターの用紙がなくなり、横山様はまた外出して、明け方まで戻りませんでした』

『平成鳴海国際大学一回生の横山美知佳さんなら、一昨夜から今朝にかけて、たしかにウチのネットカフェを利用してます。学生証で本人確認をしました。何度も出入りして、最後は朝までずっといました。途中、お友達らしい若い男性も合流され、親しそうに言葉を交わしたり、ゲームをされたりもしていました。以上、間違いありません』

さらに美知佳は、自分が映っているネットカフェの防犯ビデオの画像もコピーさせて入手した。証拠を確保したのち、美知佳は鳴海にとって返した。

明け方、高級住宅街『鳴海ハイツ』の静けさをバルケッタの爆音が破った。

ここには、美知佳の実家がある。

東の空が明るくなり始めるかどうかの朝まだき、静まりかえった住宅街にイタ車の派手なエンジン音は隣近所一帯を叩き起こすのに十分なインパクトがある。いくつもの窓に次々と明かりが灯る中、美知佳はわざとアクセルを踏み込み、エンジンをブオンブオンと何度か空吹《からぶ》かしして駐めた。

住宅会社のカタログに出てきそうな、モダンなデザインの家の前だ。元はいい家だったのだろうが、荒廃《こうはい》の気配があるのは、手入れがされていないせいか。玄関のドアが開き、地味な中年の女が転がるように飛び出してきた。

「ちょっと……あなた、こんな時間に、ご近所の迷惑じゃありませんか！　一体何を考えて……」

深紅のイタ車から降り立った美知佳は、実母に向かって言い放った。

「オバサン、前も同じ事言ったよね。この家と同じで、あれから変化がないみたいね」

絶句して言葉が継げない母親を横目に、美知佳は家の中に入ろうとする。

「ところで、オッサンは居るの？　あの使い物にならない、核廃棄物みたいな『ヒデ君』はどうでもいい。オッサンに用があるんだけど？」

「自分の父親をオッサンだなんて……」

実母は怒りで言葉が続かない。

「あなたが家を出たっきり帰って来ないものだから……」

「だから警察に泣きついたって？　自分のうちの恥を世間様に晒《さら》してどうすんのよ？　まあ、もう充分晒してるけどさ。家の中で話す？　それともここで喋っちゃう？」

父親がT県にある大病院の内科部長兼理事で、それなりに名も通っている横山家は、藤堂家同様にプライドが高く世間体を気にする。そこに付け込んで美知佳はするり、と家の中に入った。

「あのさ。誰に焚《た》きつけられたのか知らないけど、今すぐ、意味不明の告発を取り下げてくれる？　あたしが淫行されたとか、バカじゃないの、あんたら」

「だって、未成年のあなたがオトナの男と外泊するのは……」

「だから泊まっただけ。眠ってもいないのに。当の本人が違うと言ってるんだから。それに、実際には別々だったって証言してくれる人も居るんだからね！」

美知佳は母親にビデオカメラを突きつけ、倉島で撮ってきた『証言映像』を見せた。

「さあ、今すぐバカな告発を取り下げて！　ほら、固定電話はそこだよ」

「でも、だって……」

実母はオロオロした。

「だって、お父さまが」

「あのオッサン、家にいるの？」

美知佳が靴も脱がずに家に上がり込んだのを、母親が必死に追いかけた。

「駄目よ！　お父さまは今、大事な論文を書いているの。徹夜なのに、邪魔しては駄目！」

美知佳は構わずどたどたと階段を上がり、父親の書斎のドアを叩きつけるように開けた。

「なんだ、騒々しい」

徹夜で仕事をしていたのは本当のようだ。下の騒ぎも無視する気だったのだろうが、美知佳に押し入られてはそうもならず、父親は、デスクから半身をこちらに向けた。我が娘を見るその顔は、腐ったものの臭いを嗅いだように不快そのものだ。

「今すぐ、意味不明の告発を取り下げな！　あんたはもしかしてバカなんじゃないかと前から疑ってはいたけれど、どうやら本物みたいだね」

兄だけを溺愛《できあい》する母親に、美知佳は幼い頃から心身両面の暴力を受けて育った。兄も成長するにつれ美知佳にひどい暴力を振るうようになり、それが性的暴力に及んだ時に、美知佳は家を出た。家族の惨状にずっと見て見ぬフリをしてきた男、としか美知佳は父親のことを認識していない。

「ナニを言ってるんだ。親として当然のことをしたまでだ。私はお前の父親なんだぞ」

「って、あたしに興味も関心も全然無いくせによく言うよ。告発の件は誰に入れ知恵されたの？　警察に弱みでも握られてるの？　研究費を不正にプールしてたとか？　医療過誤をやらかした？　ナースに手を出して脅されてるとか？　あんた、一体何やったの？」

「バカな事を言うもんじゃない！」

威厳に満ちているはずの、この地域では高名な医師である横山美知佳の父・泰造《たいぞう》の顔は、今や真っ赤で、鬼瓦《おにがわら》さながらだ。

「だから誰がこんなガキの工作みたいなバカな事を考えたのよ？　言ってみなよ！」

「そんなことは知らん。私はここ数日、ずっと学会で発表する論文を書いているんだ。お前みたいな半端者のために使う時間は一秒もないんだ！　とっとと帰れ！」

明け方の親子の怒鳴りあいに、廊下を挟んだ向かいの部屋から野獣のような唸り声が聞こえてきた。医学部受験に失敗し続けてノイローゼになり、今や廃人同然となった兄の「ヒデくん」だった。

「まったく……どいつもこいつも、出来損ないばっかりだ！　いいか、訴えを取り下げる気はないからな！　あの悪徳刑事とお前がつるんでいるのを、親として座視できない。これが理由だ。以上！」

きっぱりと言いきってデスクに向き直ろうとする父親に、美知佳は笑い声を上げた。

「何をエラそうに。そう言えば済むとでも思ってるの？」

「なんだと？」

父親は美知佳を見た。

「そっちがその気なら、あたしにも考えがあるよ」

美知佳はスマートフォンを取り出すと、父親の目の前で、素早くいくつかの操作をした。

ほどなく、デスク上の泰造のパソコンが、ビーというビープ音を発し始めた。

慌ててパソコンのモニターを振り返った泰造の目に飛び込んできたのは、画面上の文字がみるみる融《と》け崩れて、どろどろの画像に変化してゆく不気味な光景だ。

「なんだこれは！　私の大事な原稿に一体何をしたっ！」

泰造はキーを連打して必死に食い止めようとしたが、画面には、導火線に点火した爆弾マークや増殖していくドクロなど、神経を逆なでする画像ばかりが次々と出現する。

「お前の仕業か！」

「そうだよ。こういう事もあるかと思って、ウィルスを仕込んでおいたんだ。あんた、いいトシしてエロサイトとか見てるだろ。あんまり怪しいサイトは見ない方がいいよ。特に、仕事で使うパソコンではね」

「馬鹿者っ！」

父親は、憑《つ》かれたようにキーボードを連打したが、画面上ではドクロが、さらに無限に増殖していく。

「臨床《りんしょう》のデータは……データはどうなった？　ああデータベースのファイルが開けない……何年もかかって構築した貴重なデータがっ！」

父親のパニックをよそに、灰色になった画面上には「fatal error」「致命的なエラーが発生しました。データをすべて破棄し強制的にプログラムを終了しますか？」という無機質なメッセージだけが表示され、パソコンはまったく反応しなくなった。

「お前は何をした！　おれの医者としての、研究者としてのキャリアをふっ飛ばす気か！」

「そんなに大切なもんだったの。へ～え」

美知佳は不敵に笑った。

「今ならまだ間に合うよ。訴えをすぐに取り下げな。ウィルスは脅してるだけで、実際にはまだデータは残ってる。アンタの力量じゃ復元出来ないけどね」

「どど……どうすれば」

父親は床に膝をついた。

「頼む。頼むから、元に戻してくれ」

手もついて、土下座状態になった。

美知佳は、父親のこんな姿を見たことがなかった。

「データの方が子供より大事なんだね……」

「……なんとでも言え。反論するつもりはない……」

「だったら、私は虚偽《きょぎ》の告発をしました、私は虚偽告訴罪で逆に訴えられても仕方がありませんと、今すぐ、鳴海署に電話しな！」

さもなければ、と美知佳の顔には冷酷な笑みが浮かんだ。

「取り下げなければ、あんたのその貴重なデータとやらが吹っ飛ぶよ。完全にね。どうせアンタはバックアップなんか取ってないんでしょ」

もはや娘の美知佳は親を恐れていない。しかし親は何をしでかすか判らない娘を恐れている。

「こっちには告発が嘘だという証拠があるんだよ。チマチマ下らないことをしてると、赤っ恥かくのはアンタらなんだよ！」

廊下を挟んだ向かい側の部屋から「うるせ～！」という怒鳴り声が聞こえ、美知佳は肩をすくめた。

「アンタらも大変だね。あたしのことは今までどおり、放っといてくれればいいから。どうせ警察の誰かにそそのかされたんでしょ？　交換条件がなんなのか知らないし、知りたくもないけど」

美知佳の父親は力なく立ち上がり、デスクにある電話を取った。

＊

「佐脇さん、淫行容疑は晴れました」

眠れぬ夜が明けた。

佐脇は攻撃に備えて、一晩中まんじりともせず、八柱の寝息にまで注意を払い続けた。監視があるとはいえ、「担当さん」までが神野とグルだとしたら安心などできない。

が、なんとか無事に一夜は切り抜けたようだ。

佐脇と八柱が出された朝飯を食べているところに、朝一番に水野がやってきたのだ。

「佐脇さん、朗報です。あれ、一人じゃなかったんですか？」

水野は、八柱を見とがめた。

「たぶん、神野差し回しのチクリ屋だ。だが、おれはヤツには事件に関してナニも話してない」

佐脇が小声で告げると、水野は頷いて囁いた。

「横山美知佳の両親が告発を取り下げました」

「そうか。美知佳が動いてくれたか。さすがはおれの弟子だ。じゃあおれは釈放だな？　おれにはこんなとこでノンビリしてるヒマはねえんだ。それに、ああいうヤツがいると、ヤバい」

顎で同じ房の隅にいる八柱を指し示す。

「一刻も早くここから出してくれ」

だが水野は浮かない顔だ。

「それがただちに、とは行かないんです。ご承知のように警察としては告発を受理して逮捕してしまった以上、取り下げられたからといってすんなりその犯罪がなかったことにも出来ないわけで。それに、日下部刑事部長は、佐脇さんを指揮に従わなかったカドで謹慎《きんしん》処分にして懲罰に掛けるつもりです」

「いやいや、それなら自宅謹慎で充分だろ？　ブタ箱に入ってるのはおかしいだろ。人権蹂躙《じゅうりん》だし、違法拘束だろ！　おれを訴えた美知佳の両親を、虚偽告訴罪で逆に訴えてやろうか」

お怒りはもっともです、と水野は頷いた。

「しかし上が、佐脇さんの釈放を許可しないんです。何か理由をつけて拘束し続けたいとしか」

「そうか。県警上層部が渋ってるのか。それじゃいよいよ弁護士に頼むしかない。如月には連絡してくれたか？」

「はい。それも、私より先に横山くんが手配していました。如月先生は用事が済み次第、鳴海に向かう、遅くとも今日明日中には、とのことです」

「そうか。待つしかないか。で、おれが淫行したって言う絵を描いたのは誰なんだ?」

「それが……」

水野は声を潜めた。

「どうも、県警の神野らしいんです。美知佳くんのお父さんと以前に繋がりがあって、それで頼み込んだということらしいとしか……神野当人には確かめられないので」

それはそうだろう。しかし、神野が美知佳の親の弱みにつけ込んだということも大いに考えられる。どんな人間でも、警察が叩けば多少の埃《ほこり》は出るだろう。

「神野のやつ、どれだけおれを嫌ってるんだ?」

八柱のようなヤツを送り込んでくるのだから、神野は完全に敵だが、個人的に怨《うら》まれる覚えはない。これにはやはり県警上層部、あるいはもっと上の意志が働いているのだろう。

「何故だ? やっぱりおれが『倉島事件』のことを嗅ぎ回ったからか?」

ずばり聞かれた水野は一瞬答えを躊躇《ちゅうちょ》したが、腹を決めてハッキリと言った。

「そうとしか思えません。『倉島事件』に触れられたくないのは、おそらく警察、いや司法の総意かもしれません。冤罪であることが証明されてしまう可能性があるからでしょうか。死刑判決が確定した受刑者が冤罪で、真犯人が野放しとなると、これは大問題です。

しかもその真犯人が新たな事件を起こしているかもしれないとなると、これは、ほぼ前例のない警察・検察・裁判所を巻き込んだ大不祥事です。これまで起きた冤罪事件では、捕まらないままの真犯人はナリを潜めたままなのに、今回はまた同じ事件を起こしたわけですから！」

佐脇は若い相棒の顔を覗き込んだ。

「水野。お前もやっぱり、鳴海で藤堂真菜ちゃんを誘拐したヤツが『倉島事件』の真犯人じゃないかと思っているのか？」

「はい。特捜本部では口が裂けても言えませんが……それに誰ひとり、口にする勇気はありませんが、二つのつながりに薄々気づいている人間は、私だけじゃないと思いますよ」

「タバコくれ」

佐脇は動物園のゴリラのように鉄格子の向こうから手を伸ばした。

水野は、「担当さん」をちらっと見てから佐脇の私物のタバコから一本抜き取って火をつけてやった。

一服美味そうに吸うと、佐脇は口を開いた。

「広島高裁の判決、あれの裁判長は藤堂栄一郎だって、知ってるよな？」

水野は、頷いた。

「ええ。確認しました。『倉島事件』の被告は岡山地裁では無罪、広島高裁で逆転死刑。

最高裁で上告棄却されて広島高裁の死刑判決が確定したのですが、その判決を書いた裁判長は藤堂栄一郎でした」

佐脇は水野に、タバコ臭い息を吹きかけるように顔を近づけた。

「凄いことを教えてやる。藤堂の家に脅迫状を投げ込んだ犯人は、藤堂のジジイに誤審を謝れと言ったよな。だがジジイは無視している。いや、それどころか、藤堂栄一郎が、あちこちに手を回して、『倉島事件』の死刑執行《しっこう》を早めようと画策していると言ったら?」

「まさか……」

水野は信じられない、という表情になった。

「じゃあ、藤堂がしきりに電話をかけているのは、そういう……」

「そうだ。警察庁の確かな筋から聞いた話だ。死刑が執行されちまえば判決に文句をつけるやつもいなくなるし、再審請求も出ないと踏んでいるんだろう。だとしたら、アイツは判事の風上にもおけねえ。冤罪で死刑判決を書いただけでもヤバいのに、死刑執行を加速させて、取り返しのつかないことをしようとしてるんだ!」

水野は困り果てた顔になった。警察庁の入江のことは水野も知っているから、そこから出た情報だということは察しているだろう。

「でも……我々としては、どうすれば?」

「だからおれを今すぐ釈放することだ!　早くおれを出せ!」

佐脇は吠えた。

「とにかく今のままでは藤堂のジジイは絶対に誤りを認めない。県警もあの脅迫状……というより告発状だな。過去の誤審を謝罪しろ、という犯人からの手紙は意味不明というフリを続けている。つまり藤堂と県警がグルになって、冤罪を隠蔽《いんぺい》するカタチになってる……。いやいや、お前らにそのつもりが無いことは判ってる。だが不本意でもカタチの上ではそうなってるんだ。つまり藤堂の誤審を侮笑《あざわら》ってる真犯人からすれば、そう見えている」

佐脇は、吸い殻を鉄格子の向こうに捨てた。

「このままでは藤堂真菜ちゃんは戻って来ない。それどころかT県警ぐるみで間違った死刑執行を推進してるとも言えるんだぞ」

「判ります。でも、私の力では佐脇さんをここから出せませんし……」

「つー事は、しばらくおれは、ここでまんじりともせず考えるしかないってことか。アームチェア探偵とか寝たきり探偵ってのは知ってるが、監獄探偵ってのは新しいよな」

「いえ監獄から事件を解決するのなら、レクター博士ってのがもう……」

「ウチの事件はどうなってる？　その後、動きはあったのか？」

「いえ……死体遺棄事件についても犯人に結びつく物証がなく、誘拐事件のほうも、あれっきり藤堂家に電話も入らないし手紙も来ないので、どうしようもなくて」

「真菜ちゃんの足取りのセンは？」

水野は手帳を広げて確認した。

「藤堂家の周辺は、夕方に人通りが途絶える時間帯がありまして、真菜ちゃんを目撃した人が少ないんです。いくつかある目撃情報は、家の周辺を一人でとぼとぼ歩いていた、というものだけで、誘拐犯に結びつくものはありません」

佐脇は歯ぎしりした。こんなところでウダウダしているヒマはまったくない。

「あまりに手掛かりがないので、真菜ちゃん誘拐事件の報道協定を停止して、失踪事件ということにして、一般からの情報も募っているのですが……」

まだ全然何も、と水野は首を横に振った。

「だから、おれを早くここから出せと言ってるんだ！」

「申し訳ありません……なにか、佐脇さんの代わりに出来ることはないでしょうか」

「おれのアパートに行って、美知佳に頼んで『倉島事件』の資料を見せてもらえ。ウチの事件の犯人は十中八九、あの事件の真犯人だ。それと、梶原勉の死刑を中止させる方法が何かないか、無理だとは思うが、そいつも考えてみてくれ」

「判りました。出来るだけのことはします」

頭を下げた水野が立ち去ってから、佐脇は無駄と知りつつ騒いだ。

「おい！　出せ！　早くここから出せ！」

声を限りに叫び続けたが、監視役の警官が申し訳なさそうに頭を下げるだけだ。

日下部たちは、留置場にまったく顔を出さないし、取り調べが始まる様子もない。

「まあまあ佐脇さん。そんなにいきり立っても仕方ないでしょう」

様子を見ていた八柱がなれなれしく声を掛けてきた。

「あんた、さっきタバコ吸ってたでしょ？　お裾分けないの？」

「ねえよそんなモン」

そうスカ、とガッカリして見せたが、凝《こ》りもせずにまた話しかけてきた。

「さっきあんた、淫行容疑の疑いは晴れたとか言われてたけど」

ニヤニヤして顔を寄せてきた。口臭がひどい。

「ああやって罪を逃れるのか？　お巡り同士、庇い合いの精神か？」

「うるせえ！　今おれは虫の居所が悪いんだ。怪我したくなかったらそばに寄るな！」

「カッコつけんなよ、不良警官が」

反射的に佐脇の拳が動いた。が、瞬時に八柱も上体を反らした。

なかなか出来る。少なくとも油断ならない野郎だ。

ただのロリコンではない。八柱に対する警戒レベルが一段階アップした。

一瞬鋭い目つきになっていた八柱は、即座にニヤニヤ顔に戻った。

「やめようや……こんなところで。仲よくやろうじゃないの」

「断る。お前は向こう向いてマスでもかいてな」
おれを放置しておく理由は判る。ここに閉じ込めて、足止めすることだけが目的だから
だ。しかし八柱が全然取り調べを受けないのはどういうわけだ？
その疑問を口に出してみた。
「そんな事知るかよ。刑事の都合なんかおれは知らない」
それはそうだ。だが、佐脇の発言は担当官にも聞こえたはずだ。それを気にしたのか、
八柱は取り調べのため、と称して留置場から出された。
やれやれ、と佐脇は横になった。昼寝などしていられないのが本当のところだが、八柱
を警戒して一睡もしていないのだ。
ちょっと寝たと思ったら、昼飯の時間になった。
「担当さん」に起こされて、簡単な弁当が出た。
それを食っていると、ふたたび留置場に水野が顔を出した。
「佐脇さんのアパートに寄って、資料をざっと読んでみましたよ。岡山地方検察庁から、
倉島事件の裁判記録が届いていました。で、倉島中央署が作成した捜査概要も読みまし
た。模倣犯でないとすれば、これはもう、ウチの事件と同一犯でキマリですね。少なくと
も一件目の、『坂本佑衣ちゃん誘拐殺人ならびに死体遺棄事件』については」
「だろ」

佐脇は頷いた。

「心証としては、だ。だが、この真犯人の身元すら判らないんだ……ウラを取って、裁判を維持するに足る証拠も必要だ」

その物証も、こんなところに居ては手に入らない。出来っこない。無駄な時間ばかりが過ぎていく。だが水野は別のことを考えている様子だ。

「で、資料を読んで思ったんですが、私も横山くんの言うとおり、倉島事件の一件目と二件目は、それぞれ別の犯人による犯行ではないかと感じました。梶原勉の死刑執行を阻止《そし》するなら、そこが突破口になるんじゃないでしょうか」

「なるほど。二件ともやってない、じゃなくても、少なくとも一件はやってない、という切り口でも、冤罪の証明にはなるな」

「で、二件目が、梶原勉ではなくて……これも横山くんの受け売りで恐縮ですが、殺された女の子に近しい人物によるものなら、その犯人を見つけるのは、そう難しくないと思うんです。敷鑑捜査をやり直せばいいわけですから」

「だから?」

「ですからそっちの犯人を見つけて自白させれば、梶原勉さんの死刑執行は、さしあたり中止せざるを得ないのでは?」

「だからこそおれがここを出なければいかんのだ。水野、お前には、今特捜本部を抜けて、海を渡って倉島に行くなんてことはできねえだろうが？」

水野は頭を垂れた。

「すみません。お役に立てなくて」

せめて、今夜の捜査会議で、藤堂元判事に誤判を公《おおやけ》に認めさせるよう提案してみる、と水野は言った。

「形だけのことですから、と藤堂氏を説得すれば……そして『倉島事件』という固有名を出さず、真菜ちゃんの命を守るため、という理由があれば、県警上層部も納得するかと」

「無理だな」

にべもなく言い切った佐脇だが、水野の暗い顔を見て仕方なくフォローした。

「いやすまん。言ってみるだけは言ってみればいい。何の罪もない女の子の命より、メンツと保身が大切な腐れ外道どもとはいえ、何かの拍子に心を動かすかもしれない」

肩を落として水野が去り、午後の時間がのろのろと過ぎ、やがて夕食の弁当を出された。また無為《むい》な一晩を空費しなければならないのかと思うと、閉所恐怖症のような気持が佐脇に襲いかかった。仕方なく、ふたたび叫んでみることにした。

「おい、出せ！　こんなところで無駄に弁当を食ってる場合じゃないんだ！　人の命が掛かってるんだぞ！」

それも二人の命が。

二階の刑事課や最上階の講堂にまで響き渡るように、鉄格子をガタガタ揺さぶった。

こんな事しか出来ないのが情けない。

手が疲れ、喉が嗄《か》れて、佐脇は床にへたり込んだ。

そこへ、取り調べを終えた八柱が戻ってきた。

神妙に房に戻り、静かに隅っこに座っている八柱の雰囲気は、明らかに違っていた。

午後からずっと取り調べを受けていたのか？　もしかして、日下部にハッパをかけられていたんじゃないのか？　アイツをやっちまえ、という……。

佐脇は、全身をアンテナにして八柱の気配をキャッチしようとした。

「どうかしたのか？　長い取り調べだったな。絞られたのかよ？」

声を掛けて、八柱を見た。

相手は横目でちらりと佐脇を盗み見した。思い詰めた表情をしていた。

佐脇は、「担当さん」を見やった。が、留置場の監視をする定位置に、警官の姿はなかった。

「！」

ヤバいと思った、その瞬間。呼吸が合って立ち合いが始まったかのように、八柱が飛びかかってきた。

おいでなすった、と佐脇もいきなり相手の顔に肘打《ひじう》ちをかました。

「うは」

八柱の鼻からは血が噴き出した。

自分の血を見て、このチンピラは逆上した。

「うおおおおお」

叫びながら改めてつかみかかってきた。手にはナイフがある。

前蹴りを繰り出して、八柱の脇腹を思い切りキックした。よろけたところをすかさず後頭部に肘打ちをかます。

倒れかかってくるところを、次にみぞおちに蹴りを入れた。八柱は吹っ飛び、鉄格子に叩きつけられた。がしゃーんともの凄い音が留置場内に響きわたる。

脳震盪《のうしんとう》でも起こしたか、そのまま崩れ落ちた八柱の襟《えり》を摑んで立たせると、顔といい腹といいみぞおちといい、急所を手当たり次第乱打しまくった。

鼻血は止まらず、それに口の中を切った鮮血が混じった。

「げふ」

よろけた足を払ってやると、八柱は再度、鉄格子に激突して激しい音を立てた。

留置場の「担当さん」がすっ飛んできた。

「やっと戻って来たか。なぜ持ち場を離れた？　服務規程違反だぞ！」

「やめてくださいよ佐脇さん！　何の抵抗もしない相手に、なぜそんなひどいことを」

一応佐脇の方がエライので、担当さんもつい敬語を使ってしまう。

「バカ野郎！　何の抵抗もしない相手が聞いて呆れる。この八柱って野郎がおれに襲いかかってきたんだ！　お前らはコイツが凶器を隠し持ってたのを見逃したんだぞ！」

八柱は鉄格子の前に崩れ落ちている。

佐脇は、その手を足で踏みつけた。ナイフが握られている。

「言っとくが、ナイフにおれの指紋はない。触ってないからな」

八柱は死んだように動かない。

「こんなヤバいヤツと同房にするなんて、留置管理課の連中はナニ考えてるんだ！　訴えてやるぞ！」

佐脇の怒鳴り声に、署内にいたほかの警官たちもどやどやと集まってきた。

日下部と神野も息せき切って駆けつけてきた。

留置場の惨状を見た瞬間、この二人の顔から表情が飛んだのを佐脇は見逃さなかった。

「おい刑事部長！　なにびびってるんだ！」

「いや……」

「残念だったな。お前ら、おれを始末しろとかアイツを煽ったんだろ？」

日下部と神野は言葉を失っている。

そこに、ゆっくりと階段を下りてくる人影があった。

顔が映りそうなほど磨かれた、イタリア製らしい靴。生地も仕立ても最高と判る、ダブルのスーツ。ネイビーブルーのズボンには定規のような折り目がついている。濃い目のピンクのシャツに、シルバーグレイの絹のネクタイ。殺風景な留置場におよそ似合わない派手な伊達《だて》男は、金ピカ弁護士の如月和孝《かずたか》だった。

「田舎芝居みたいな登場の仕方だな、おい」

「いやいやいや、遅くなってどうも申し訳ないです。貧乏暇なしでもう」

如月は、コロンの香りをまき散らしつつ、悪態をついた佐脇に近づいた。

「ようやく用件が片付いたので、飛行機に飛び乗ってやって来ました。もう大丈夫です。そもそも淫行の一方の当事者とされた人物がその事実を否定しているし、それを裏付ける証言まで集めてくれていたので、簡単な仕事でしたよ」

なるほど。こいつらがおれの「始末」を急いだのは、これが理由か。

「佐脇巡査長、釈放だ」

日下部は、これ以上はないという苦り切った表情で、監視係の警官に合図をした。

「おい。釈放は有り難いが、この落とし前はどうつける？　おれはツイ今し方、ここであの男に襲われたんだぞ。真っ青な顔してナイフを握りしめてたが、いつから鳴海署は留置場に凶器の持ち込みが自由になったんだ？」

「……怪我がなくて良かった」

日下部の声は掠《かす》れていた。神野に至っては、顔も上げられない。

「……いいですかな？」

如月が割り込んだ。

「佐脇さん。あなたを即時釈放する代わりに、あなたも横山夫妻の虚偽告訴については訴えない、という条件で話をまとめました。特別捜査本部から外れてしばらく謹慎処分を受ける、という当初の条件はそのままです。それでいいですね？」

「いやだめだ。状況が変わった。あれを見ろ」

満身創痍《そうい》で呻《うめ》いている八柱を見て如月の顔が輝いた。

「今度は何です？　暴行傷害であなたを弁護しろと？　大丈夫ですよ。いささか無理がありそうですが、過剰防衛と見なされないように、なんとか不起訴まで持って行きましょう」

弁護料のメーターが上がってゆく音が聞こえてきそうな満面の笑顔だが、佐脇は日下部と神野に向かって言い放った。

「そうじゃない。ここで今起きたことについて、その詳細をおれが一切口外しない、という条件で、おれを特捜本部に戻せ。そして今後のおれの行動に、県警として一切口を挟むな。事件が解決するまでだ。立ち会い人は、如月先生、あんただ」

「なるほど。依頼人である佐脇さんから私が本当の事情を聴く。それを文書にして、万

一、依頼人に不利益な事態が今後出来《しゅったい》した場合は、それを公にする、とそのような理解でよろしいですかな」
豪腕弁護士ならではの呑み込みの速さに、佐脇は満足の意を表明した。

「結構。おい、お前ら」

日下部と神野に佐脇は引導を渡した。

「ナイフを持ち込んだのがおれだとか、おれがこの密告屋を襲ったとか、どうせあることないこと裏で言い広めるつもりだろうが、それは構わん。おれを捜査に戻した後で何とでも言え。ただし表沙汰にすれば、お前らも無傷では済まん。転勤じゃなくて懲戒免職になるんじゃねえか？　それだけは覚えておけ」

留置場に集まっていた警官たちがざわついた。彼らも大体のことは察しているのだろう。神野は、耳まで真っ赤になって、項垂《うなだ》れている。その様子がすべてを物語っていた。

「じゃあおれはここから出て行く。やらなきゃならんことが山ほどあるからな」

「おい佐脇、これで済むと思うな。いつか必ず、正式に懲罰に掛けて馘《くび》にしてやる」

日下部が怒鳴った。はいはい負け犬の遠吠えご苦労さん、と言い返したくなるのは我慢して、佐脇は留置場を後にした。

鳴海署の外に出ると、美知佳がバルケッタで迎えに来ていた。

「親分、お勤めご苦労さんでゴザンス」

「バカ野郎」

見よう見真似で仁義を切るポーズは、古い任侠《にんきょう》映画でも見て覚えたものか。

「おれは懲役《ちょうえき》を食らったわけじゃねえ」

「まあまあ。ウチのどうしようもない親はボコボコにしといたから」

冗談《じょうだん》に聞こえないのが怖ろしい。

そこに如月も出てきた。

「センセイ。助かりましたよ。この辺のヘボ弁護士じゃ睨みが利かなくて、おれはまだ留置場にいたでしょう」

佐脇が頭を下げると、如月は鷹揚《おうよう》に頷いた。

「ま、淫行の件は私はナニもしていない。この美知佳くんが一人で動いて解決したような結果ですけどね。ま、出張費ともども、たっぷり請求させて戴きます」

「ところで、センセイは、今夜はお泊まりはどちらです？　一献献上させて戴こうかと」

「イヤイヤ、この足で東京に戻ります。まだ最終に間に合う」

「自家用機で来たんじゃないんですか」

佐脇の軽口に、如月はそこまでは、と手を振った。

「……ところで佐脇さん。アナタのお友達は今どうしてるんです？」

「伊草のことですか？」

もう半年以上も前の事になるが、鳴海港を破壊する勢いで暴れまくったあと、ふっつり姿を消した、元鳴龍会の若頭の行方は、まったく判らない。

地元の弱小暴力団だった鳴龍会はこの事件を機に解散して、二条《にじょう》町で風俗店や飲み屋を経営したり、いくつかの不動産を管理する数社に分裂して衣替えした。中身はほとんど変わっていないのだが、それまで組を束ねていた伊草が忽然と消え、また暴力団排除条例がT県でも施行されたことから、小さな民間会社にバラバラになるしかなかったのだ。

「電話くらいしてきてもいいと思うんですが、まったく音信不通なんです。まあ、あの男のことだから、どこかでしぶとく暮らしてると思いますがね。その土地で一番の女を手に入れて」

「あやかりたいもんですな。伊草氏が小林旭《こばやしあきら》なら、さしずめ私は金子信雄《かねこのぶお》だ」

意味不明な言葉を残して、如月はタクシーに乗り込んで走り去った。

「じゃあおれは宍戸錠《ししどじょう》か？」

これまた意味不明なことを言っている佐脇に、美知佳がバルケッタのドアを開けた。

「さあどうぞ、親分」

「バカかお前は。せめて師匠と言え！」

「あのさ、アパートに美人が来て、師匠の帰りを待ってるよ」

「誰だ？　美人と言われても歴代の女が山ほどいるんでな」

「つい最近の新人さんだよ」

そう言われると、該当者は一人しか居ない……はずだ。

「三崎君子ちゃんのお母さんか？」

「そう。師匠がヤルだけヤッて肝心なことを聞き出さずに逃げてきた、そのお相手」

美知佳は不機嫌に言った。

「どういう風の吹き回しだ？　わざわざ鳴海に来るなんて」

「それは師匠のナニが良かったからなんじゃないの？」

美知佳は敵意剝き出しだ。

「お邪魔だったら消えてるけど」

何言ってるんだお前は、と佐脇は呆れた。

「ガキのくせに妙な気を回すな。っつーか、アレか？　お前、妬《や》いてたりするのか？」

美知佳は返事の代わりにバルケッタのアクセルを思いっきり踏み込んだ。イタ車は加速の良さをいかんなく発揮して急発進した。

「おれはそういう相手じゃないと言ったのはお前だろ」

「イイエ違います。先に言ったのは師匠です」

まあそんなことはどうでもいい。

「あのアパートは部屋が幾つも余ってるんだ。何処かにいればいいだろ」

田んぼの真ん中にある殺風景な取り壊し寸前のアパートを、佐脇はタダ同然の家賃で三部屋使っている。

「ま、嫌ならバルケッタでどこかに行ってろ」

まずは娑婆《しゃば》のメシを食いたかったが、そうもいかねえか、と佐脇は大人しくアパートに向かった。

道中、国道に面した洋風建築の尖塔が不気味に聳《そび》え立っているのがまたしても目についた。そういえばここから霊柩車が出て来るのを何度か見たことがあるのを思い出した。

アパートに戻ると、一番メインに使っている部屋に、三崎玲子が座っていた。この前のような煽情《せんじょう》的な格好ではなく、ごく普通の、お出かけ着のような地味なツーピースを着ている。しかし、顔色がひどく悪い。

佐脇と美知佳が入っていくと、玲子はいきなり床に手をつき、頭を下げた。

「突然、申し訳ありません。もう、どうしていいか判らなくなって……」

「何だろ。ダンナにバレたとか？」

小声で訊く美知佳を蹴飛ばして別の部屋に追いやって、佐脇は玲子に相対した。

「私、もう限界です。どうしたらいいのか、もう……」

そう言って泣き崩れる玲子は、なぜか怯え、追い詰められている様子だ。

「私を、ヘンな女だと思ってるでしょう？　色狂いの変態だって……」

たしかに最初の出会いが露出プレイも同然のあられもない格好で歩く姿だったのだから、その印象は否定出来ない。その上、出会ってすぐセックスまでしてしまったのだから。

「私、脅されてるんです。脅迫されていて」

すがるように佐脇を見上げるその顔は蒼白《あおざ》め、声も震えている。

「言うことを聞かないと破滅させるって……」

「どういうことでしょう。詳しく話して貰わないと」

『倉島事件』について、玲子にはいろいろ訊きたいことがある。しかし、いきなり脅迫されているという話が出るとは思ってもいなかった。

「もしや、あなたが倉島のショッピングセンターで、ああいう……羞恥プレイのような事をしていたのも、脅迫されていたからだということですか？」

玲子は涙ながらにうなずいた。

「誰に脅迫されてるんです？」

「それは……あの、正体不明の、よく判らないひとから……」

口ごもり、曖昧に答える。

「何時からのことなんです？　もうずっと前から？」

「はい……もう半年以上になります。去年の夏ごろから」

「脅しの内容は？　言うことをきかなければ、どうやってあなたを破滅させると」

「あの……それは、ちょっと言えなくて」

玲子は言い淀んだ。

「ねえ、手掛かりがないと、どうにも出来ないんですよ。脅迫は電話ですか？　メールとか手紙ですか？」

「主に、メールです。最近は電話も」

「メールは保存してありますか？」

「いえ……残しておくのも嫌なので、全部消してしまいました」

そう言った玲子は自分を正当化するように言いつのった。

「だって、要求がどんどんひどくなってくるんです。恥ずかしい格好をするのも、自分で自分を慰《なぐさ》めてみせるのも、最初は家の中だけで、窓だけ開ければよかったのに。そのうちに家の外でやるように命令されて、次には人がたくさんいるところまで行かされて……。近所の人たちの見る目が冷たいんです。イロキチガイって噂されてるのも知ってます。もう、近所に買い物に行くこともできないんですよ！」

「電話はどうです？　最近は録音できる機能もありますが」

「録音なんて……聞きたくも無いものをわざわざとったりしません。……あ、でも、もしかしたら、留守電に……」

思いついたように携帯電話を操作し始めると、不意にスピーカーから音声が再生された。

『死んだ娘に比べて、お前は汚れている。穢《けが》れている。最低のクズだ』

抑揚《よくよう》のない、棒読みのような、感情に乏《とぼ》しいような声。甲高《かんだか》くてなんらかの異常者のようにも聞こえるが、それは先入観が邪魔してるのか？

「嫌っ……」

再生された音声を聞いた玲子は、感電したようにビクッとして、震え始めた。

「今のが、脅迫犯の声ですね？」

玲子は頷きながら、また泣き崩れた。

「……それにしても、アナタが脅迫に応じたと言うことは、相手はなにかアナタの弱みを握ってるわけですよね？　それは何なんです？」

的外れな脅迫なら無視するか、さっさと警察に行けばいい。なのに、それに応じてしまうと言うことは、玲子には隠しておきたい秘密があるのだ。

だが、玲子は答えなかった。さめざめと泣くばかりで、具体的な事は何も喋らない。

佐脇はタバコを取り出して火をつけた。

こういう時、タバコというのは間合いを取る便利な小道具になる。黙っていると圧迫感を相手に与えるが、タバコを吸っていると、そうでもなくなる。

佐脇も考える時間が出来て、玲子を前にして、あれこれと考えた。

わざわざ鳴海までやってきた理由は……倉島には相談できる相手がいないのか。それとも、セックスをした相手だから、話がしやすいということなのだろうか？

佐脇は、自分が彼女に近づいた、本当の理由をここで話しておくべきだと判断した。

「奥さん。私は、暴漢に襲われそうになったアナタを助けて、その流れでアナタを抱いたわけじゃないんです。実は、アナタに伺いたいことがあって、はるばる倉島まで行ったんですよ」

思わず玲子は顔を上げて佐脇を見た。さっき以上に顔色は悪くなっている。

「……『倉島事件』についてなんですが」

ああ、と玲子は声を上げてふたたび泣き始めた。

「ちょっと調べただけでも、いろいろと腑《ふ》に落ちないことが出てきましてね。あの事件は、坂本佑衣ちゃんと、アナタのお子さんの君子ちゃんが同じ犯人の手にかかって犠牲になったとされていますが、実はこれ、どうも別々の事件だったんじゃないかと思えるんです」

それを聞いた玲子は固まった。

「事件のことは思い出すとお辛いかもしれませんが、この『倉島事件』は、今ここ、鳴海で起きていて進行中の事件に、手口がとても似ているんです。それで……過去の事件について詳しい事を伺えればと思ったのです」

「……どういうことでしょう?」

玲子は絞り出すような声音で訊いた。

「坂本佑衣ちゃんの事件と、あなたの娘さんが誘拐された事件は、どちらも遺体が山中に捨てられて花を飾られていた、という点は共通していますが、細部が違います。怨恨《えんこん》や金目当てではない異常者の犯行だとすれば、そういう人間は病的に細部にこだわるものだと言われています。だから、その意味で、犯人は別なんじゃないかと思うんです」

「はい……」

玲子は顔を伏せたままだ。

「で、もしかすると、なんですが……これは穿《うが》った見方かもしれないけど、アナタを脅迫している人間もそのことを知っているのではないかと。真実が明らかにされていないことに、怒りを感じているのではないかと」

しかし、だからと言って被害者の遺族を脅迫して、性的な嫌がらせをするのはおかしい。論理の飛躍《ひやく》がある。いかに犯人が異常者でも、理屈がまるで立たないではないか。

犯人が何を考えているのか、それがさっぱり判らない……。

その時、遠慮がちにドアがノックされた。こんな時に来るのは、美知佳か? しびれを切らし、好奇心に駆られて様子を見にきたか。

ドアを開けると、立っていたのは水野だった。

「お取り込み中でしたか？」

「相手が未成年じゃなければ構わないだろ？」

「今からやるんですか？」

「バカかお前」

と言ってみた佐脇だが、これから成り行きがどうなるかは判らない。なんせ三崎玲子は、なかなかのカラダとアソコの持ち主なのだ。

「で、何の用だ？　おれの監視か？」

「そういうわけでもないですが」

「その後の進展は？　真菜ちゃんの安否も判らないのか？」

佐脇の問いに、水野は顔を曇らせた。

「こういう犯罪は、ホシが動いてくれないと尻尾が摑めねえからな……」

「なんとか、おびき出す方法はないものでしょうか？」

「それなんだよなあ……」

そう言いかけた佐脇は、ずっと引っかかっていることを口にした。

「おれは、今回の二件と『倉島事件』には同じ人間が絡んでいると思ってる。だが、犯人が同じだとして、どうしてそいつは二十一年も間を置いて、また犯行を再開したんだ？　海外にいたか？　それともずっと入院していたとか？　別件でムショに入っていたとか？」

「時効が完成するのを待っていた、とか」

「それなら時効完成の二〇〇七年に犯行を再開してもいいだろ。どうして今なんだ？　それがどうしても判らねえ」

「ナリを潜めていた真犯人を刺激することがあったから、じゃない？」

いつの間にか、美知佳が立っていて口を出してきた。

「真犯人を刺激することって、何だよ？」

「一番可能性があるのは、『倉島事件』の二つともが自分の犯行とされてしまった犯人がプライドを傷つけられたこと」

「だったら、どうして九二年の段階で怒らなかったんだよ？」

「それは、そこで真相を暴露しても何の得にもならないもん。梶原勉さんが逮捕されて、二件とも梶原さんの犯行ということになりそうだったから、犯人は黙って様子を見ていたんだよ」

「それでも、今になっての犯行再開の説明にはならないだろ」

美知佳は、ドアの隙間から部屋の中を覗き込んだ。

「ねえねえ、もうセックスしたの、あのヒトと？」

「お前、どうしてそう、表現がストレートなんだ」

佐脇はうんざりした。

「あんまり長話してると彼女が不審がる。凄く怯えてるからな」

佐脇のその言葉に反撥《はんぱつ》したのか、美知佳はぷいといなくなった。勝手に自分の部屋にしてしまったカラオケルームに戻ったのだろう。

「じゃあまあ、私もこれで。夜も遅いですから」

水野も立ち去ろうとした。

「待てよ水野」

佐脇は呼び止めた。

「捜査会議で提案してみたのか？　藤堂のジイサンに、形だけ公《おおやけ》に謝罪させるって案は」

「駄目でした。刑事部長が即座に却下《きやっか》しました」

「時間がないな。もたもたしているうちに梶原勉の死刑が執行されちまう。やっぱり、真犯人を捕まえるしかないか」

「ええ」

水野も真顔で答える。

「捕まえて自供させて、梶原の無実を証明する。そうすれば十中八九、いや、たぶん間違いなく、こっちの事件の解決にも繋がる。みんな同じヤツの犯行だ」

「どうすればいいか、それが判れば……」

そこへ、ニヤニヤしながら美知佳が戻ってきた。

「なんだこのませガキ。なんか言いたいことでもあるのか?」

美知佳は頷いた。

「いい事教えてあげようか?」

「おう。この際、なんでもいいから言ってみろ」

美知佳は、iPadを差し出した。

「三崎玲子さんは、婦人雑誌に手記を発表してるの。『あの子を奪われて二十年目の夏に』って題名の。地味な、あんまり名の通ってない雑誌だから、読んでる人も少ないと思うけど」

iPadの画面には、その雑誌『婦人百景』の表紙が表示されている。拡大してみると、たしかに「独占手記〜あの子を奪われて二十年目の夏に」という文字もあった。「八月号」という文字もあった。

「これは、去年の八月号ってことか?」

「そうだよ」

なるほど、と佐脇は金田一《きんだいち》シリーズの加藤武《かとうたけし》のように手を打った。

「これでつながった。三崎玲子は、脅迫が始まったのは半年前とか口走ってたな……」

「なんのこと?」

美知佳が首を傾げているのを尻目に、佐脇の頭は猛烈に回転した。

「水野！　名案を思いついた。真犯人をおびき出す名案だ」

＊

翌朝。

うず潮テレビのスタジオに、三崎玲子の姿があった。

『おはよううず潮』今朝のトピックは、県内で現在大きな不安をもたらしている大事件、『原田沙希ちゃん遺体遺棄事件』と『藤堂真菜ちゃん誘拐事件』に関連して、愛するお子さんを誘拐されたご遺族の苦しみについてお伝えしたいと思います」

スタジオで仕切っているのは、磯部ひかるだった。ここのところずっと、沙希ちゃんの遺体発見現場や、報道協定が解除された昨日は、真菜ちゃんが忽然と姿を消した鳴海ハイランド・リゾート・レジデンスの一角からリポートしていたのだが、今朝はキャスターとしてスタジオにいる。

「一九九二年、平成四年に、岡山県倉島市で起きた連続幼女誘拐死体遺棄事件、通称『倉島事件』を覚えておいでの視聴者のみなさんも多いと思います」

いつもより地味な衣裳《いしょう》の磯部ひかるは、厳《おごそ》かな口調で切り出した。

「『藤堂真菜ちゃん誘拐事件』については昨日、報道協定が解除されてみなさんにお伝えすることになりましたが、連続して起きる凶悪事件に、お子さんを持つ方々は不安でイッパイだと思います」

カメラが引いて、ひかるの横に座っている三崎玲子を映し出した。

「今朝は、『倉島事件』の被害者のご遺族である三崎玲子さんに、特別にスタジオにお越し戴いて、今も癒《い》える事のないお気持ちを伺おうと思います」

カメラに向かって口上を述べたひかるは、玲子に向き直った。

「三崎さん、よろしくお願いいたします。玲子さんは『倉島事件』でお嬢さんの君子ちゃんを亡くされました。君子ちゃんは誘拐され、山の中で見つかったんですよね？」

はい、と玲子は俯向いて頷いた。

「去年、三崎さんがお書きになった手記を、私も読ませていただきました。『婦人百景』に載った『あの子を奪われて二十年目の夏に』です」

去年の夏に出た雑誌を、ひかるは視聴者にも見えるように掲げて見せた。

「お辛いことだと思います。『倉島事件』については、犯人とされる人物が逮捕されて死刑判決が確定しているのですが……鳴海で起きた事件の犯人の足取りはまだ何も摑めておりません。犯人はもしかしてこの番組を観ているかもしれません。それで……お子さんを喪った母親として、三崎さんからその思いを話していただき、犯人に人間としての気持ちがあるのなら、一刻も早く誘拐している藤堂真菜ちゃんを解放して欲しい、そのように私どもは考えております」

スタジオの傍らには佐脇と美知佳が控えて、番組の進行を見守っていた。

この企画を昨夜のうちにひかるに持ち込んで、ひかるが番組のプロデューサーに捩《ね》じ込んだのだ。番組としても、現場からの中継や、被害者の家族や警察関係者へのインタビューだけではもうネタが持たなくなってきていたので、渡りに船だった。

そのご褒美《ほうび》もあって、いつもなら番組キャスターの局アナがインタビューするところを、特別に、ひかるに任せてくれたのだ。

「手記には、母親としての悲しみが溢れていて、私も泣きながら読んだのですが」

ひかるは最初から感情移入全開で、目は真っ赤だ。

「お辛かったと思います。どうして……何の罪もない幼いお子さんが、こんな目に」

「はい……子供を喪うのは、本当に辛いです。まさか自分の娘が、という思いは今もあって、もう二十年、いえ二十一年も経ってしまったのですが、今にもヒョイと娘が帰ってきそうで……」

佐脇はひかるに、「徹底的に俗っぽく、お涙頂戴《ちょうだい》でいけ」と指示を出しておいた。それは番組としても望む方向だったので、話のバックには悲しい音楽が静かに流れ始めた。

「今でも、あの子が元気に遊んでいる姿が目に浮かんでしまって……」

玲子は、「悲劇の母親」として、我が子を奪われた悲しみを切々と語った。

佐脇は、そんな玲子の様子をスタジオの隅から興味深く眺めている。

ひかるも口にしたが、犯人がこの番組を観ている可能性は高い。玲子をテレビに出して、現在のところ沈黙している犯人からの反応を引きだそうと佐脇は目論んだのだ。

真犯人が、何を考えているのかは判らない。しかし、遺体を丁寧に花で飾る、誤審に怒るなど、独自のこだわりを見せているところに佐脇は引っかかりを感じている。

それは、真犯人としての自己顕示欲、もしくは几帳面《きちようめん》さの表れではないのか？

『倉島事件』の二件が別々の犯人による犯行だとしたら、その間違いを犯人は正したいのではないのか？

玲子への脅迫が始まったのは、彼女が書いた手記が雑誌に載った、その直後だ。タイミングからして偶然ではないかもしれない、と佐脇のカンは告《つ》げていた。

玲子の手記の内容に真犯人が腹を立て、脅迫という行為で彼女への敵意を表現しているのだとしたら？

それは、自分という真犯人がいるのに、別人を犯人に仕立て上げて死刑を確定させてしまった怒りを藤堂栄一郎にぶつけているのと同じ図ではないのか？

歪んで狂った正義感だとしても、そこを刺激すれば、犯人は黙っていられなくなるかもしれない。ここは犯人をおびき出す唯一の可能性に賭けてみるべきではないか。

佐脇はそう考えたのだ。

三崎玲子の手記は、自己憐憫《れんびん》に溢れ、言い訳と、気味悪いほど美化された娘との思い出話に満ちていた。

仕事柄、犯罪被害者遺族の手記もけっこう読んでいる佐脇としては、玲子の手記には、不自然なものを感じていた。どこがどうとは言えないが、言葉を飾りすぎている。自分の苦しみを見つめるというよりは、読む人の視線を意識しているような、そういう感情の「浅さ」が透《す》けて見えるのだ。

そんなことを考えながらスタジオを眺めていると、ガラス窓の向こうの副調整室でわさわさと慌ただしい動きのあるのが目に入った。

もしや、と思った佐脇は、美知佳にお前はここにいろと囁いて、そっと副調整室、通称サブコンに回った。

二重のドアを抜けてサブコンに入ると、顔馴染みの番組のプロデューサーが駆け寄ってきた。

「ああ、佐脇さん。今呼びに行こうと思ってたんです。実は……」

彼が指さしたところには電話があって、スタッフが困惑した表情で応対していた。

「犯人です！　真菜ちゃんと沙希ちゃんを誘拐した犯人だと名乗ってます」

やった！　ヤツはまんまとハマッた！

策が的中した佐脇は内心、小躍りした。

悲劇のヒロインとなって涙ながらに語る三崎玲子を犯人が見れば、必ずや何らかの反応があると信じていたのだ。

電話を指さして、プロデューサーは声を潜めた。

「かなり怒ってます。あのバカ女を画面から消せ、デタラメばかり喋っている、と物凄い剣幕で」

電話に出てくれませんかと頼まれたが、佐脇は即答できなかった。

反応があると信じてはいたが、まさかうず潮テレビにいきなり電話してくるとは想定していなかった。てっきり藤堂の家に掛かってくると思い込んでいたのは迂闊《うかつ》だった。

向こうなら逆探知の準備をして手ぐすね引いて待っているのだが、うず潮テレビの電話逆探知は用意していなかった。

佐脇は舌打ちした。ここで電話を佐脇に代わると、警察関係者だと悟られ、警戒されてしまうかもしれない。しかし、犯人の言い分は聞きたい。

「こういう電話の録音は取らないんですか？」

佐脇は声を潜めて訊いた。

「交換台を通してますので、番組へのご意見ご希望苦情については、一応録音を取ることにしています。脅しみたいなクレームや抗議の電話も多いので」

逆探知はすぐには手配できない。

「電話を長引かせて、犯人に出来る限り長く、何でも喋らせてください」

それにはプロデューサーも頷いた。

「どうでしょう。この電話をスタジオに繋ぐってのは。犯人と、お子さんを誘拐されたお母さんを対決させたら、番組としては凄く盛りあがるんですけどね」

佐脇はとんでもない、と首を横に振った。

「刺激が強すぎるし、誘拐事件に悪影響が出ます。ダメです！」

「じゃあ番組の中で、犯人からたった今、電話があったと紹介して録音の一部を……」

プロデューサーは食い下がったが、それも佐脇は却下した。

「進行中の事件です。ここは慎重にいきたい。人の命がかかってるんです。報道機関として、協力してください」

ね、と佐脇は相手の腕をぎゅっと握った。

判った判った判りました、とプロデューサーは痛みに顔をしかめながら応じた。

「でも、犯人が電話に出てるってのに」

「犯人かどうか確かめられないでしょう？　偽者《にせもの》だったらどうするんです？　偽者だった場合、あんたらは馘になるかもしれませんよ」

そう言われた相手は、やっと諦めた。

「東京にもデカい顔が出来るネタなんだけどなあ……」

それを佐脇は完全に無視して、「交換台に行けばモニター出来るのか？」と小声で訊いた。

「ええ。録音も聞けます」

その返事を貰った佐脇は、うず潮テレビの一階にある電話交換台に向かいながら、水野に電話を入れた。

「うず潮テレビにいる」

『ええ。判ってます。みんな観てます。特に日下部さんの顔色が変わってます。そこに佐脇さんがいるのがばれたらヤバいですよ』

「そんなことはどうでもいいんだ。今、こっちに犯人から電話が入ってる。引き延ばせと言ってるんだが、逆探知は可能か？」

え？　と水野の声が変わった。

『すぐ、手配します。うず潮テレビの代表電話番号に掛かってるんですね？』

「ああ。交換台を経由してるから、そうだろう」

判りました！　と水野は電話を切った。

佐脇はそっと交換室のドアを開け、警察手帳を見せて交換機にあるモニター用のヘッドフォンを装着した。これを使えば通話を聞ける。

『……だから何度言ったら判るんだ。今映ってる三崎玲子って女はとんでもないうそつきだ。あの女は、自分が子供を死なせたのを、まるで無関係なおれのせいにしてるんだぜ！』

その声を聞いた瞬間、玲子の携帯の留守電に残っていた声と同じだと判った。

抑揚のない、棒読みのような、感情に乏しいような声。甲高くてマニアックにも聞こえる声。しかし、大胆不敵というか、テレビ局に電話してきているというのに、ボイスチェンジャーも使わずに地声で話しているようだ。これは、絶対につかまる筈《はず》がない、という真犯人の自信の表れだろうか？　それとも三崎玲子がテレビに現れて逆上し、怒りのあまりにそういう隠蔽工作をする余裕もなく電話してきたのだろうか？

『あんなうそつきの言い分を公共の電波に乗せて、恥ずかしくないのか、お前らは？』

『そう仰いましても、こちらとしては、あの方の生の声を伝えるという企画で』

『バカ野郎！　あの女は、おれのアートを台無しにしてくれた、鈍感でバカで、セックスだけが取り柄のどうしようもない淫乱なんだぜ！　おれの声もすぐ流せ。反論させろ』

『しかし、あなたがその、犯人……でいいんですね？　犯人であるという証拠が……と言うか、アナタはどの事件の犯人なんですか？』

『お前もバカだな！　全部がおれの作品だ。ただし、あの馬鹿女のガキは違う。とにかく……女の子たちは穢れのない存在だった。まさに純粋無垢《むく》の、穢れなき存在だ。だからおれがあの子たちにふさわしい場所に、きちんと送り届けてやったんだ。だが今、テレビに出てあることないことしゃべり散らしているあのオンナはなんだ？　色ボケの、男とヤリまくってけがれた、薄汚いただの雌犬《めすいぬ》じゃないか！』

あっ！　と叫びかけて、佐脇は自分の口を押さえた。

『穢れのない』『汚れていない』というフレーズをどこかで聞いたぞ……そうだそれは、留置場で八柱が言っていたことだ！

アイツは、なんて言ってたっけ……。

その時佐脇はどうやって留置場を出ようかと、それしか頭になかった。八柱が話しかけてきても、どうせ与太話《よたばなし》かエロ話だろうと右から左に聞き流していたのだ。

その時、電話の向こうで何か大きな物音と怒号のような声がした。

犯人は『ちっ』という声を漏らすと、通話を切ってしまった。

その後は、ツーという音しか聞こえてこない。

「警察ですが。今の通話は録音したんですよね？」

交換手の女性は、部屋の後方を示した。そこにはメモリー式のレコーダーがあった。

「交換台のボタンを押せば、通話が始まる三十秒前に遡《さかのぼ》って録音できます」

「証拠として押収します。絶対に消さないように！」

佐脇は叫ぶと、再度水野に電話を入れた。

『すみません。うず潮テレビでの逆探知は失敗しました』

「それは仕方ない。それより例の留置場でおれを襲った八柱、あいつはどうしてる？」

『前歯が折れて……肋骨《ろっこつ》にもヒビが入ってるとかで』

「じゃあ身柄は確保してるんだな？　絶対に釈放するな！　神野から管理を移せ。お前が八柱を担当しろ！　八柱のロリコン仲間について詳しく聞き出せ。ちょっと変わった奴だと八柱は言ってた。そいつが犯人に結びつく可能性がある」

水野との通話を切って、真犯人からの通話を改めて最初から聞いてると、交換台に美知佳とひかるが飛び込んできた。

「犯人からの電話が来たって？」

「おう」

通話の再生を一時停止させて、佐脇は親指を立ててみせた。

「こっちの思惑《おもわく》通りだぜ。ヤツはまんまと引っかかった」

「だけど、刺激が強すぎないかしら。誘拐されている真菜ちゃんの安全が……」

「それを言い始めたらキリがない。膠着《こうちゃく》状態が続くよりはマシだ」

心配するひかるに言い返し、佐脇は美知佳に訊いた。

「おい。お前が大好きな犯人のプロファイリングの真似事ではどうだ？　この犯人は誘拐した女の子をすぐには殺さないタイプなんじゃないのか？」

「そういうことになるね。『倉島事件』の坂本佑衣ちゃんも、鳴海で誘拐された原田沙希ちゃんも、しばらくのあいだ、大事に世話をされてたわけだし」

「手掛かりゼロだったのが、多少は前進したってわけだ！」

三人は、録音をもう一度頭からじっくりと聴き直し始めた。

第五章　閣下《かっか》の秘密

「テレビ出演ご苦労さまでした。しかし、そろそろ、本当のことを話して貰えませんか？」

うず潮テレビに生出演したあと、三崎玲子は佐脇のアパートに戻ってきていた。佐脇と美知佳が玲子に対峙《たいじ》し、美知佳が手にしているICレコーダーには、うず潮テレビに掛かってきた「犯人と称する人物からの電話」の一部始終の音声が入っている。

「どういう意味ですか？　本当のことって。私は、我が子を殺された被害者ですよ！　あなたもスタジオにいて、私が言ったことを聞いてたでしょ！」

玲子はヒステリックに捲し立てた。だが、その目は泳ぎ、指先も声も震えが隠せない。

佐脇と美知佳は、玲子が落ち着くのを黙って待った。こういう時は下手に反論しては逆効果だ。火に油を注いでしまう。

「なのに、近所の人たちも私のことを陰でひそひそと……地元で私がなんて言われてるかご存じ？　イロキチガイだの淫乱だの言われてるんですよ！　脅迫されて仕方なくやっていることなのに。夫には相談できないし、彼だって結局は逃げてしまった。全部私。全部私が悪くて、全部私が背負い込まされてるの。ナニもかも、全部私がっ！」

興奮して要領の得ない事を玲子は喚《わめ》き、そのうちに涙声になった。

田ん圃の中にぽつんと建つアパートで良かった。住人が佐脇以外、誰も住んでいないのも幸いだ。普通の部屋なら苦情が殺到していただろう。それほど玲子は激しく泣きわめいた。

「今頃になってどうして？　君子はもう二十一年も前に死んでしまったのに！　なのにどうして今ごろなの？　今になって急にいろんな人が動き出して嗅ぎ回って……おかしいでしょう！」

発作《ほっさ》のように叫び、号泣し、泣き崩れると、やがてぷつん、と電源が落ちたように大人しくなった。

佐脇はその様子を見ながら、慎重に言った。

「あなたを責めようと言うんじゃない。いや……仮に責められるべきことがあるとしても、もう二十一年も前のことです。殺人も死体遺棄もとうに時効は過ぎているから、何か落ち度があったとしても、あなたが法的に罪に問われることはない。それは判りますね？」

「そう……なんですか？」

玲子は弱々しく聞き返す。その瞳には、なぜかほっとしたような色がある。

「で、今、アナタは、『夫には相談できないし、彼だって逃げた』というようなことを口にしましたが……『彼』とは誰のことです？」

玲子は押し黙ってしまった。

「……言わなければいけませんか？」

その問いに、佐脇は頷いた。

「お願いします。あなたの口から言いにくければ、私から訊きましょうか？　あなたは、君子ちゃんが亡くなった二十一年前、ご主人以外の男性と関係があったのでは？　その相手が『彼』なのではないですか？」

玲子は、ふたたびしくしく泣き出したが、頷いたのか泣いているのか判らないほどの小さな動きで、こくん、と頭を縦に振った。

「その『彼』のことだけどさ」

一切空気を読まず、美知佳が割って入った。

「実は……あたし、船井健太郎ってお医者さんに会ってきたんだよね」

その名前を聞いた途端、玲子はさっと顔を上げて美知佳を睨みつけた。

「あの人に？　彼、なにか言ったの!?」

「い、いや別に……」

その激しい剣幕に、さすがの美知佳も驚いて引き気味だ。

「会っただけ。事件のことは何も話してない。ええと、船井先生って小児科のセンセイだよね？　内科もやってる。トシの割りにはハンサムで声が良くてカラオケが巧《うま》そうな……」

玲子は、耳まで真っ赤になった。

「あの人、日本にいたのね……逃げ出したと聞いていたのに」

悔しそうな絞り出すような、恨みのこもった声だ。

「『当分連絡を取らないことにしよう』って言ったくせに。だから私はずっと我慢して、もういいかしら、と思って電話をして……でも繋いでもらえなくて、メールを打っても梨のつぶてで。だから病院まで行ってみた。でもやっぱり会えなくて……それからすぐです。留学するって一家でアメリカに行ったって聞いたのは」

玲子は混乱しているらしく、時系列と人間関係がよく判らない。

「ええと、順番に伺えますか？　アメリカに行ったというのは、船井健太郎という小児科医と言うことでいいんですか？」

玲子は佐脇をじっと見て、やがて、ふっと視線をそらした。

「君子は……私たちが殺したようなものです」

「やっぱりそうなんだ……じゃあ」

美知佳がいそいそと身を乗り出したのを佐脇は制して、玲子に続けさせた。

「でも……事故だったんです。殺そうと思って殺したんじゃありません。それは、それだけは信じてください。母親が娘を殺せるはずがありません」

玲子は、不倫をしていた事実を認めた。

四歳の娘をお稽古事《けいこごと》に通わせる、という口実で外出し、船井との密会を重ねていたが、やがて、スーパーやショッピングモールの店内に娘を置き去りにするようになった。そのあいだ、近くのラブホテルで船井健太郎と密会していたのだ。二、三日に一度は会っていたが、その都度落ち合う場所を変え、利用するホテルも頻繁に変えていたために、お互いの家族にも周囲の人間にも、二人の関係が気づかれることはなかった。それぞれの車を乗り付け、店の駐車場で落ち合った二人は、どちらかの車でホテルに向かう習慣だった。

「最初は家に置いて外出していたんですが……それを知った夫に咎められてから、連れて出るようになりました。そんなある日のことでした……ショッピングモールにずっと一人でいることを不審に思った人がいて、警備に通報されて、娘が保護されてしまったんです。咄嗟《とっさ》に思ったのは、我が子が心配、ということではなくて、密会していることがバレる恐怖でした。それまで私はご近所にも幼稚園のお母さんたちにも、若いけれどよく出来た奥さん、優しいママに見られるように努力していたので、幼い娘を置き去りにして浮気を繰り返していた事がバレては絶対にいけないと思ったんです」

玲子は、ハンカチを目頭に当てた。

「私はとっさに娘を抱きしめて、『君子ちゃん！　無事でよかった！　ママは必死で捜したのよ！』と泣きました。涙はいくらでも自然に出てきました。泣いているうちに、本当に自分がいなくなった娘を捜して半狂乱になっていた母親であるような気になりました。娘は何も言いませんでした。でも、この方法は続けられなくなったと思いました」

その日以降、玲子は船井の提案に従うことにした。

「睡眠薬を飲ませて、車に寝かせておくことにしたんです。外国では、飛行機や長距離列車に乗る時に泣いたり暴れたりしないように、子供に睡眠薬を飲ませて眠らせてしまうのは普通の事だ、と船井に言われて……乗り合わせた他の客に迷惑をかけないためにです。安全で副作用も少ない新しい睡眠薬だから何の問題もない、と小児科の医者に言われたら納得するじゃないですか。実際、上手く行ってたんです。あの日までは」

その日は、二人の記念日だったので、いつもより長く会っていたかった。なので、君子に与えた睡眠薬の量をつい多めにしてしまった。そしてその日の君子は体調が悪そうだった。

密会を終えて車に戻った時、君子はぐったりし、その唇からは吐瀉物があふれていた。

「どうしよう、と私は半狂乱になりました。正直、君子が死んでしまった悲しみよりも、すべてがバレてしまうことの方が怖かったんです。『睡眠薬を飲ませろと言ったのはあなただ、警察にもそう言ってやる』って取り乱した私を、彼は必死でなだめました。彼も思いは同じでした。彼は地元で有名な船井病院の跡取りだし、家庭もあります。すべてがバレたら、私以上に困った事になるはずです。それで……思い浮かんだのが、坂本佑衣ちゃんの事件でした」

ちょうどその頃、同じ市内で起きて世間を騒がせていた坂本佑衣ちゃん誘拐・死体遺棄事件のことを、船井健太郎は思い出した。

「君子も、あの事件の犯人に誘拐されたことにすればいい。この子の死体を同じように山の中に置いておけば……あの犯人がやったことになる、と」

玲子と船井健太郎は、遺体発見現場として報道されていた山中に、君子の遺体を遺棄した。「遺体の周りには花が飾られていた」ことはニュースでも言っていたので、適当に買い集めた花を遺体の周囲に置いた。花の種類までは頭が回らなかったし、テレビも新聞も、その花が「純白の百合」だけだったことは報道していなかった。

県警は「坂本佑衣ちゃん事件」の犯人として逮捕した梶原勉の余罪を追及し、死体遺棄の状況が一見して似通っている「三崎君子ちゃん殺害・死体遺棄事件」も梶原勉の犯行であると決めつけ、連日の長時間にわたる取り調べで自白に追い込んだ。

三崎君子の死は二人が目論んだとおり「女児殺害死体遺棄犯・梶原勉の二件目の犯行」ということにされた。連続殺人ということでマスコミも色めき立ち、センセーショナルな報道は過熱した。捜査の筋を決めた警察が、その筋に沿《そ》った情報「だけ」をマスコミに流していた、ということは玲子には知るよしもない。

警察は早い段階で梶原勉に目をつけており、彼を極悪の変態ロリコンマニアとして印象づける捜査情報を、積極的に報道各社に流していたのだった。

また、若くて美人だった玲子が泣き崩れる様子はあまりにも絵になったので、実は我が子を放置して死なせた不倫妻とは誰一人、夢にも思わず、玲子はまんまと「悲劇の母親」になりおおせた。

「それでも心細くて……いつバレるかと……娘をなくした悲劇の母親、として誰もが気遣ってくれましたけれど、それがいつ『不倫に走り我が子を置き去りにして死なせた、鬼のような母親』としてバッシングを受けるのかと、それが怖くてたまりませんでした」

佐脇は仕事柄、どんなひどい話を聞いても平気だが、美知佳は明らかにムカついている。いつキレて玲子の告白を台無しにするかと、佐脇は気が気ではない。

「犯人だと言われている人の家が、逮捕される前から何度もテレビに映っていました。それを見るたびに私はホッとして、でもすぐまた不安になって……あの時は混乱して何も判らないままに、あの人の言う通りにしてしまったけれど、ずっと不安で恐ろしかったんです。こんなこと絶対うまく行くはずがない、いつかきっとバレるって」

眠れば悪夢にうなされ、目を醒《さ》ましては今日こそすべてが明るみに出るのでは、と怯える毎日だった、と玲子は告白した。

「で、船井健太郎はそのあとどうしてたんだ？　アンタはさっき、日本にいたの、とか言ってたが……まんまと逃げ切って、あんたをまったく助けてはくれなかったのか？」

「ですから……あのことの……君子の遺体を山の中に置いたあと、あの人は『当分連絡を取らないことにしよう。二人のために、いや、それがまわりのすべての人たちのためでもある』と言って……時期がくればまた逢《あ》おうみたいなことも……私、その時はそれを信じてしまって……でも、時が経つにつれて、だんだん判ってきました。あの人にそんな気持ちは無いんだって。それでも諦めきれなくて、思い切って病院にたずねて行ったんです。彼、曜日によっては小児科だけではなくて内科も診《み》てましたので、患者として……でも、診察室に私が入った途端に彼は顔色を変えて、そのまま出て行って、戻ってきませんでした。代わりのお医者さんが見えて、船井先生は急用が出来たので代診ですって……お父さんが経営する病院だから、そういう無理が通ったんだと思います」

その後、船井健太郎は「留学」の名目で、一家そろってアメリカに行ったと知らされた。そして、梶原勉の裁判が始まり、一審は無罪になったが、高裁で逆転して死刑の判決が下り、それが確定してしまった。

「信じられませんでした。うまく行ってしまったということが……それで、思ったんです。このまま黙っていよう。あの人のことも、もう忘れようって」

佐脇はついに黙っていられなくなって口を挟んだ。

「無実の梶原勉のことはどう思ったんだ？　あんたの娘を殺してもいないのに、二件の殺人で死刑を宣告された梶原のことは?」

三崎玲子は平手打ちを食らったような顔になった。今から二十一年前、ショッピングモールの駐車場で娘の死体を発見して以来、今に至るまで、そのことは一度も考えたことが無かったのだろう。

「……だって、その人は……」

「梶原勉、だ。ちゃんと名前のある一人の人間だ。あんたが保護責任者遺棄、業務上過失致死で刑務所に入るかわりに、幼女殺しの罪を背負わされ、世間とマスコミにあんたの代わりに叩かれ、捕まって以来ずっと牢屋に閉じ込められ、判決が確定してからは、朝が来るたびに死刑の恐怖に怯えている梶原勉だ」

「でも……その梶原とかいう人は、どうせ一人殺しているんでしょう? どうせ小さな女の子を殺して何とも思わない、血も涙もない人なんでしょう? だったら……」

自分の代わりに罪を被っても構わないと考えているのだろう、三崎玲子は。

いきなり美知佳が立ち上がった。

「ごめん。これ以上ここにいると、ひどい事言っちゃいそうだから、頭冷やしてくる」

そう言い残して出て行ったので、佐脇はほっとした。梶原勉が冤罪であることを、これから玲子に告げなくてはならない。

「最初に言ったように、この事件は時効になっています。だから、あなた方が罪に問われることはありません。しかし、あなた方の罪を被って死刑になろうとしている人がいます」

「だから、その人はほかにも、女の子を殺して……」

「しかしその殺人と死体遺棄事件も、ほぼ間違いなく、冤罪なんです。梶原勉は無実の罪で逮捕され、あなた方の罪までなすりつけられて死刑の判決を受けて、今まさに死刑が執行されようとしてるんです。それでもアナタは平気ですか？　平気でいられますか？」

「で、でも……でも」

玲子は蒼くなってオロオロし始めた。

「あの時、二十一年前は、新聞でもテレビでも、あの男が絶対やったんだ、あの男は悪いヤツだってみんな言ってたんです……だから」

「だから、そんな男に罪を着せても心は痛まない。そう言いたいんでしょう？　しかし、本当はそうじゃなかった。今が、二十一年前のその間違いを正せる時なんですよ！」

佐脇は、玲子の目を射貫《いぬ》くように力を込めて見据《みす》えた。

「そして、今を逃がすと、あなたは永久に罪を背負って……一人だけではなく、二人の命を奪った罪を背負い続けることになるんですよ」

「でも……」

玲子の目はさまよい続けている。

「……あなたは、罪を逃れて二十年以上が経《た》って、もう大丈夫だと気が緩《ゆる》んだのか、それとも罪をなすりつけるダメ押しをしたかったのか、雑誌の取材を受けた。悲劇の母親として、ね。それがパンドラの箱を開けてしまった。しかしそれが結果的に、モノゴトの間違いを正すキッカケになったわけです」

「そんな……でも私は……脅迫を受けて……」

玲子は理不尽《りふじん》な非難を受けている、と言わんばかりの表情だ。

「あなたを脅迫しているのは、おそらく坂本佑衣ちゃんを殺した真犯人です。そして今、その同じ犯人が、この鳴海でさらに二件の誘拐事件を起こしている。半年前、あなたが雑誌に『悲劇の母親』として登場したのが許せないんでしょう。真犯人は、他人に罪をなすりつけたあなたをどうしても許せなくて、怒りを抱いているんです」

「そんなの、おかしいです!」

玲子は悲鳴を上げた。

「だって、その真犯人は、罪を犯してるんでしょう? そんな人に、私を責める資格があるんですか? 私にイロキチガイみたいな真似をさせて、何かの罰を与えてる気になってると言うんですか? どうして私が、そんな悪者に脅迫されて、犠牲にならなければいけないんですか?」

玲子の顔は、完全に被害者のそれになっていた。

「奥さん……それはおかしいでしょう?」

佐脇は、静かに言った。

「あなたも罪を犯してるんだ。その意味では、真犯人と同じ立場なんですよ。しかもあなたには、どうしても隠しておきたいことがある。それを真犯人に知られてしまった。あなたもその事は判っている。だから脅迫を受けて、破廉恥《はれんち》極まりない事をさせられても、文句も言えない。娘さんを死なせてしまったこと、その罪を無実の梶原勉に着せて知らん顔をしてきたこと、不倫をしていたのに悲劇の母親を装っていること。それが絶対に隠し通したかったことなんでしょう?」

そこまで言われた玲子は、全身から力が抜けて、がっくりとうなだれた。

「お前もけっこう状況が読めるようになったな」

アパートの別室に籠ってげっそりしていた美知佳に、佐脇が声をかけた。

「お前がいつものように言いたいことを全部言ったら、あの奥さん、心が折れて何も話さなくなったかもしれない。席を外してくれて助かった」

「まあね。でもホントのこと言うと、なんかイヤになっちゃったんだよ。親の愛なんて、もともとあんまり信じてないんだけどね」

美知佳が育った家庭環境なら仕方ないだろう。

「馬鹿野郎。あの程度の毒に当てられて参ってるんじゃ、使い物にならねえ。シロウトが犯罪捜査に首を突っ込むもんじゃないってことだ」

そうは言いつつ、佐脇はジュースのペットボトルを投げてやった。

「ま、おれも新米の頃は参ったけどな。ひどいことをしておいて反省するどころか、信じられないほど身勝手なことをほざく悪党もいるからな。毒のてんこ盛りってやつだ」

美知佳は黙ってジュースを飲んでいる。

「あの女の言ったことのウラ取りは必要だが、これで『連続殺人事件』ではないことがハッキリした」

「ってことは……梶原勉が死刑になる要件は欠けたってことだよね。最悪でも、死刑になる理由が足りないってことになるよね？」

梶原勉の死刑確定は冤罪であって、再審を開いて全面無罪を勝ち取るべきだが、一〇〇%冤罪であることがただちに立証できなくても、少なくとも三崎君子ちゃん事件に関わっていない事は、これで立証できる。女の子を二人、連続して殺害したことが死刑判決の直接の理由である以上、当面確定している死刑は回避できる、という意味だ。

「死刑を差し止めて、それと並行して再審を実現させないとな。新事実が明らかになれば、再審請求の大きな理由になる」

佐脇は携帯電話を取り出した。

「おっと、倉島中央署に捩じ込んでやろうかと思ったが、そいつはダメだ。過去の事件を蒸し返したくないのが警察だ。再審に力を貸すわけがない。おれとしたことがミスを犯すところだったぜ」

向こうの警察に余計な動きをされれば逆に面倒なことになる。

佐脇は岡山の弁護士会に連絡を入れ、梶原勉の再審請求準備チームに最新情報を伝えた。

『本当ですか？　だとしたらまさに朗報です！　貴重な情報です！』

準備チームのリーダーと名乗る杉山《すぎやま》という弁護士は、電話の向こうで弾《はず》んだ声を上げた。

『三崎君子ちゃんの事件については、私たちも疑問を持っていました。これも、原判決の不当性を突く大きな材料になります！』

杉山弁護士は、三崎玲子について調べていて不審な証言が集まっていたのだと話した。

『三崎玲子が市内のショッピングモールに君子ちゃんをたびたび放置していたことについては、通報した女性と警備員の証言が取れています。普通は迷子になったら大泣きするはずなのに、あの子は全然泣いていなかったと。お母さんと再会出来たときも泣かずに、怯えた様子で固まっていて、お母さんの泣き方も大袈裟《おおげさ》で不自然な印象があったと。しかも、お母さんが警備室に迎えに来たのはかなり時間が経ってからで、同じ建物内にいたとは思えない、なにかイヤな感じがしたと、通報者も警備員も異口同音に言ってましたし……』

動きが鈍いとはいえ弁護側も、これまで何もしなかったわけではなかったようだ。

『三崎玲子は事件当時まだ十九歳でしたが、まあ、年若くして子供を作ったのにはいろいろと裏の事情もあったようで……いわゆる「できちゃった婚」で、夫の親族はもともと彼女との結婚には反対、年上の夫ともうまく行かず、その不満からか、彼女は出歩くことが多くて、近所の住人の話では、一度、娘を家に置き去りにして、そこに夫の母親が来て、大騒ぎになったことがあったそうです』

再審請求チームは、玲子に関する最近の証言も集めていた。その中には、ここ最近、玲子の様子がおかしくて、口で言うのも憚《はばか》られるような服装で街を歩いている、という目撃情報もあったという。

佐脇は、とにかくすぐにそちらに出向きますと言って通話を切った。

「美知佳！　おれはまた倉島に行くから、お前はあの奥さんを見張ってろ！」

「倉島に行って何するの？」

「玲子の不倫相手の船井健太郎に会ってくる。それに、玲子は精神が不安定になってる。逃げられないようにしてくれ。ヤバくなったら水野にすぐ来て貰え」

佐脇はアパートを飛び出すと、バルケッタを駆って一路倉島に向かった。

＊

スピード違反の連続で昼過ぎに岡山まで飛んできた佐脇は、杉山弁護士と落ち合った。

まだ四十代の、やる気が全身から発散しているような杉山には、「気鋭」という言葉がふさわしい。覇気がまったく感じられなかった葛城とは正反対だ。事務所で対面して名刺交換も早々に、本題に入った。

「とにかく、一刻も早く再審請求を出さないとマズい状況になっています。刑の執行を急がせる動きがあるんです。確定判決に重大な事実誤認があるということで、大至急、再審請求を出すわけにはいきませんか」

急がなくてはならない事情を説明する佐脇に、杉山は驚きを隠せない。

「信じられません……確定判決を出した裁判長が、そんな裏工作を。しかしいったいどうして？」

「まあ理由はいろいろ考えられますが。とにかく死刑執行を食い止めなければ！」

判りました、と杉山弁護士は頷いた。

「再審請求を出すべく準備を急ぎますが、今日明日というわけにもいきません。しかし、間に合うかどうか……」

杉山弁護士は蒼白になっている。

「警察も同じだと思いますが、組織というものは一度物事が動き出したら止めることはありません。止められないのです。法に基づいて、役所の慣習に基づいて物事が動き出してしまったら、非常に困難なことになります。差し止めるにはそれなりの確固とした理由付けが必要になるからです。しかも」

こわばった表情のまま杉山は続けた。

「法務省刑事局の担当検事が作った『死刑執行起案書』が関係部署の決裁を受けてしまうと『死刑執行命令書』となって、その同じ日に、ほぼ自動的に法務大臣が承認することになっています。そうなってしまったら、五日以内に刑は執行されてしまいます。これはもう止められません」

起案書が稟議《りんぎ》される前になんとかしなければならない。だが、法務省の中で、梶原勉の命運を左右する書類がどの段階にあるのか、すべて暗黒のベールに包まれている。地獄耳の入江ですら、ハッキリしたことは判《わか》らない。

「今の時点では、手持ちの材料を駆使《くし》するしかありません。再審請求は間に合わないかもしれない。真犯人についても手がかりすらない以上、使えるのは三崎君子ちゃんの事件が梶原勉の犯行ではなかったという一点です。これで判決の誤りを突くしかありません！」

佐脇と杉山弁護士は、船井病院に乗り込んだ。玲子の不倫相手である船井健太郎に会うためだ。

事務長と名乗る人物は、事情を知ってか知らずか、船井健太郎との面会には難色を示した。院長は多忙で会う時間がない、弁護士と会わなければならない理由がないなど、さまざまな理由をつけて佐脇たちを追い返そうとする。だが、病院に迷惑はかからない、少なくとも院長が法に問われるようなことにはならない、と佐脇が言い、杉山もそれを保証すると、それでは院長にそう伝えて来ますのでどうぞ、とようやく奥に通された。

船井病院の院長室で待っていると、無精髭を生やして顔色の悪い男がふらつきながら入ってきた。白衣は着ているが、医者と言うよりも患者という方が似合っている。

「どうも……船井です。今朝から体調を崩して伏せっておりまして」

本来は二枚目で表情豊かだったであろう顔は見る影もなく変貌し、目の下には隈《くま》が出来ている。青白い顔には無精髭が黒く浮いて生気が無く、その目は死んで濁っていた。

挨拶もそこそこに、佐脇が口火を切った。

「船井先生。三崎玲子さんが、すべてを話してくれました。そう言えばお判りですよね？」

船井は何も言わない。一見、無関心のように見えるが、能面のような表情の裏に激しい緊張と動揺があるのを、佐脇は見て取った。

「先生。そこでご相談なんですが、三崎君子ちゃんの死体遺棄、それだけでいいんです。認めて貰えませんか？　それで、ある人の命が救われるんです。ある人とは、いわゆる

『倉島事件』の犯人とされて死刑が確定してしまった、梶原勉さんです」

杉山も言葉を添えた。

「今ならまだ間に合います。あなたが今、すべてを告白すれば、梶原勉さんは死ななくても済むんです」

「いや、なんのことだか私には……」

だがこの期《ご》に及んで、船井はまだシラを切ろうとした。

「三崎玲子という人のことも、知りません」

「ねえ船井サン」

目も虚《うつ》ろな船井を、佐脇は見据えた。

「あんたはいわゆる倉島事件の一件目、坂本佑衣ちゃんが殺されたから、その同じ犯人に罪を着せてしまえと言ったらしいが、その一件目だって明らかに冤罪なんだ。あんたがここで口を噤《つぐ》めば罪のない人間がさらに一人、死ぬことになる。今なら死なせたのは三崎君子ちゃん一人だけ、それも過失だ。だが、ここで逃げれば二人になる。しかも今度は過失じゃ済まない。故意に見殺しにしたという良心の呵責《かしやく》から、あんたは一生逃れられなくなるぞ」

「いやいや……」

船井はフラフラと立ち上がると、マホガニーの立派なデスクの引き出しを開けて、何かを取り出した。それは、度数の強いウォッカだった。

佐脇の前にあるコーヒーカップから中身の液体を床にぶちまけるとウォッカをなみなみと注ぎ、ごきゅごきゅと音を立てて貪《むさぼ》るように飲み干《ほ》した。

「見ての通りです。私は……アルコール依存症です。もう、治す気もない。内臓がボロボロでね。アル中を治しても内臓のどれかが駄目になって、死にます」

薄ら笑いを浮かべた船井は、ウォッカのボトルを佐脇に突きつけた。

「何故私がこうなったかご存じか？　私だって普通の人間でね。いや、普通以上にイイヒトだと思っていた。だから、不幸そうで気の毒なあの女を見るに見かねて……いや、それは口実だな。彼女が若くて、カラダがよくてセックスが良かったから……だから三日にあげず逢ってヤラずにはいられなかった」

船井はもう一杯注ぎ、ウォッカを呑み干した。

「私は小児科医だ。子供の命を救うのが使命だと思ってた。その私が、罪もない幼児を死に至らしめて、その死骸《しがい》を放置して、他人のせいにしたことに、良心の呵責がなかったと思ってますか？　あの女はそうかもしれませんが、私はもう、ボロボロです」

「それもあって、日本から逃げ出したわけですか？」

「私には家族があるしこの病院もある。守るべきものがあるんです。あなた方が正義を追求するのは立派だが、私は……残念ながら」

協力することはできない、と船井は開き直った。目が据わっている。

「まあ聞いてください、船井先生。既にご存じだと思いますが、あなたの直接の罪状は死体遺棄です。しかしながら、これについては時効が完成しています。そして当日、あなたに会う前に、君子ちゃんに実際に睡眠薬を飲ませたのは三崎玲子です。そして睡眠薬は致死量ではなかった。君子ちゃんの死は吐瀉物が気管に詰まったため、つまり事故ですから、あなたは殺人の罪に問われることもありません。仮に睡眠薬の使用を勧めたことで殺人教唆《きょうさ》に問われたとしても、これについても時効は完成しています」

杉山は事務的に説明した。

「ですから、船井先生、あなたに対してはナンピトも、罪を問うことは出来ないのです」

長い沈黙のあと、船井健太郎はゆっくりと立ち上がって窓外を眺めた。

「……私は、どうすればいいんです？　あなた方が救いたい、という梶原勉のために、私はなにをすればいいんですか？」

＊

「藤堂氏に是非、ご面会を願いたい」

岡山からトンボ返りした佐脇は、三崎玲子と船井健太郎を引き連れて、まず藤堂家に乗り込んだ。その後ろには美知佳も控えている。

もう日は暮れていて、人を訪ねるには失礼にあたる時間だったが、そんなことに構っている場合ではない。

かつての不倫カップル、玲子と健太郎は長い時を経ての再会だったが、互いに交わす言葉もなく、ここに来るのも同じ車に乗るのを嫌がったので、車を二台用意したほどだった。

「まあ……いきなり大勢で。どういうことなんでございましょう?」

春奈を押しのけて応対に出てきた姑の絹枝は、聞こえよがしに困惑の声を上げた。

「事前に何の連絡もなく、こんな時間に。失礼じゃありませんこと?」

「失礼は承知です。人の生き死にが掛かってる重大なお話があります。礼儀に構ってるヒマはありません。ご在宅なんでしょう?」

佐脇が勝手に上がり込もうとするのを、絹枝は必死になって止めようとした。

「浩紀は裁判所からまだ帰っておりません。今日は審理がありましたので」

「いえ、至急お目に掛かりたいのは真菜ちゃんのお父さんではなく、藤堂栄一郎氏です。閣下と呼ばないといけませんか?」

「藤堂に何のご用件です」

佐脇は「失礼」と口では言いながら、絹枝を突っ転ばさない程度に乱暴に押しのけた。

「ま、なにをするんです！　家宅不法侵入じゃないですか！」

玄関先で起きた騒ぎに、藤堂邸に詰めている鳴海署の刑事が出てきた。

「おう。自宅待機ご苦労だな。いるんだろ？」

佐脇は二階を顎で示した。

「真菜ちゃんの件もひっくるめてこの際、一気に片を付けようと思ってな。『閣下』には犯人からの要求を呑んでもらう」

さ、あんたらも上がって、と勝手に玲子と船井も家に上げて二階に向かおうと、佐脇が階段に足を掛けた時。「いったい何の騒ぎだ！」と怒鳴り声が上から降ってきた。

「家内の言う通り、お前たちは家宅不法侵入だ。それに貴様、佐脇とか言ったな。お前は停職中の身の上ではなかったか？」

「正確には停職ではなく謹慎、ですがそれは解けました。それより藤堂さん。きょうは私の話に耳を傾けた方がいいですよ。過去の誤審のダメージを最小限にとどめ、おまけにアンタの名誉もそれほど傷つかないという、耳よりな話を持って来たんですがね」

「耳よりな話」が少なくとも警察からの感謝状などではないことは藤堂もすぐに察した。

「私は誤審などしておらん。孫の誘拐犯のみならず地方警察の一刑事にまで脅されるのか？」

栄一郎は憤慨して階段を下りてくる。

「お引き取り願おうか」

「お父様。そう言ったものでもないかもしれませんよ」

栄一郎の後ろから姿を見せたのは、娘で弁護士の麻弓だった。

「そっちは四人。でもこちらは法律の専門家が二人。圧倒的にこちらが有利です。まさか殴り込みに来たわけでもないでしょう？」

「まあ、言論的な殴り込みですけどね。それにしてもアンタ、いつまでここに居るんだ？」

平然と言い放った佐脇に麻弓はムッとした表情を見せたが、すぐに立ち直ると作り笑いを浮かべた。

「可愛い姪が誘拐されたのに、休みは終わったと帰るわけにはいきません。では、人数が多いので、リビングでお話を聞きましょう。お父様、そうなさって」

冷静な麻弓に仕切られて、栄一郎はそのまま階段を下りてリビングに入ろうとしたが、心配そうに立ちすくんでいる春奈と目が合った瞬間、「お茶だ！　一番安いヤツでいい！」と嫁を怒鳴りつけた。

ソファの上座にどんと座った栄一郎に、立ったままの佐脇は連れてきた二人を紹介した。

「あなたが広島高裁の裁判長時代に控訴審を担当した『倉島事件』ですが、こちらのお二人は、事件を構成する二件のうち第二の事件、すなわち『三崎君子ちゃん誘拐殺害死体遺棄事件』の関係者です。ご記憶にないかもしれませんが、君子ちゃんの母親・三崎玲子さんと、玲子さんの当時の不倫相手……つまり特殊関係人だった船井健太郎さんです」

栄一郎は、反射的に二人の顔を見上げた。

「そしてこの二人が、君子ちゃんを死に至らしめ遺体を遺棄したのは自分たちであると、つい先ほど、告白しました」

それを聞いた栄一郎には、表情にも身体にも、特に変化が無かった。まるで聞こえなかったかのようでもある。

「三崎玲子さん、そして船井健太郎さん。そのことに間違いはないですね？」

二人は無言のまま、しかし、はっきりとうなずいた。

「そしてこの二人の供述は、すでに明らかになっている物証とも矛盾《むじゅん》しません。君子ちゃんの体内から見つかった睡眠薬は、この船井先生の病院で使っていたもので、第一の事件の坂本佑衣ちゃんが与えられた薬剤とは異なっている。また、それぞれの遺体を飾っていた花の違いについても……詳しくはこちらにまとめてあるので、目を通してください」

佐脇は用意してきたプリントアウトを栄一郎に差し出した。美知佳が、二つの事件を比較対照し、相違点を一覧表にしたものだ。

栄一郎は読む気などないというように手で撥《は》ねつけたが、それを麻弓が横から奪い取り、食い入るように読み始めた。

「座っていいですかな？　これからちょっと時間がかかりますんで」

栄一郎が無視したので、佐脇は玲子と船井も座らせ、ついでに美知佳も「私の助手です」と紹介して座らせた。

「藤堂さん。聞こえましたか？　この二人は、三崎君子ちゃんを死亡させ、その死体を遺棄したのは自分たちだと言ってるんです。つまり、『倉島事件』の確定判決が誤審であることが明白になったわけです。岡山の弁護士会では再審請求を出すべく、その準備を大車輪で進めています」

麻弓が何か言おうとしたのを栄一郎は制止し、佐脇に指を突き付けて一喝した。

「この大馬鹿者が！　私にそんな言いがかりをつけている場合か？　ウチの孫娘が誘拐されて、その捜査も遅々《ちち》として進んでいないのだぞ？　そんな時に、二十年以上も前の事件、それもすでに判決が確定している事件を蒸し返して、きみは一体なにをやっとるんだ！　今は、孫娘を救い出す方が先だろうが！　そんな事も判らないで、よく刑事でございとウチの敷居をまたげるな！」

栄一郎は顔中を口にする勢いで怒鳴り上げた。その迫力に、玲子も健太郎も縮み上がったが、佐脇はまったく動じない。

「おい、じじい」

立ち上がって、今度は佐脇が栄一郎の目の前に指を突き付けた。

「このおれが、捜査と無関係な調べ物に首を突っ込んでいるとでも思ったのか？　お前は否定するだろうが、『倉島事件』の最初の一件、すなわち、坂本佑衣ちゃん殺害死体遺棄と、今回の原田沙希ちゃんの殺害死体遺棄、そしてトドメはあんたの孫娘を誘拐したのも、全部同じ犯人だ。同一人物が犯行を繰り返している。そしてあんたを脅迫してるのもそいつだ。なぜかって？　そいつが知っているからだよ。あんたが誤審をしでかしたことを」

一喝したのに怯《ひる》むどころかさらに大きな声で怒鳴り返した佐脇の剣幕に、栄一郎は気を呑まれ、呆然としている。

「脅迫状にハッキリと書かれてるだろ！　お前がやらかした誤審を広く世間に詫《わ》びろ、と。警察や検察は間違っていた事がバレたら、謝る。しかし裁判官は、自分が下した判決が間違っていても決して謝らない。考えが足りずに誤った判決を下してしまいました、私が間違っておりました悪うございましたと、お前ら裁判官は謝ったことがあるか？　一度もないだろ？　真犯人は、それをお前にやれと言ってるんだ。それが判らねえのか、このクソじじい！」

虎視眈々《こしたんたん》、理屈と法律的知識で佐脇を圧倒し、論破してやろうと爪《つめ》を研《と》いでいた麻弓も、佐脇の迫力に逆に圧倒されて息を呑んでいる。

「その上、さる筋からの情報によれば、お前は法務省のお偉方に影響力を行使してだ、お前がうっかり死刑判決を下した、梶原勉さんの死刑執行を急がせているそうじゃねえか。誤審だけでも恥さらしなのに、この上、取り返しのつかない恥の上塗りまでやろうとしてるのは、一体全体どういうことだ？」

栄一郎は、突然認知症を発症したかのようにボンヤリしている。つい数分前、佐脇に激高したのが嘘のようだ。

「ちょっと待ってください。死刑執行を急がせる、ですって？　お父様がそんな工作をしているという証拠でもあるんですか？」

ようやく麻弓が反撃を開始した。

「よう。大阪で外資の手先をしてる悪徳弁護士さんよ」

いきなり佐脇は麻弓を侮辱《ぶじょく》した。

「あんた、おれを田舎警察の田舎刑事だと思ってバカにしてンだろ。田舎警察の田舎刑事だからロクなやつがいなくて、ありきたりな事件ばかり扱って全員頭がナマってる、とか見下してそうだよな？　まあ頭の出来は悪いかもしれねえが、おれにだって相応の人脈ってモンがあるんだぜ。中央官庁にも、それなりの情報網を張り巡らせてるんだ。こんなど田舎にだって、覚醒剤《かくせいざい》も筋の悪いカネも企業ぐるみの汚職も、ひととおりのモノは揃ってるんだ。そういうモノを扱ってると、政治家の影がチラチラする。で、政治家をしょっ引こうとすると、それを庇おうとする役人が出て来る。だいたいが県庁方面の役人だが、政治家が大物で国会議員だったりすると、ナントカ省の高級官僚まで出てきたりする。その時に多少手心を加えて恩を売っておけば、それなりの情報網が自然に出来るって訳だ。あんたが梶原勉の死刑執行に介入しようとしてるって話は、その筋からの情報だよ」

「佐脇さん、あなたは日頃から個人的な人脈を利用して不正に得た情報をもとに、捜査を恣意《しい》的にねじ曲げているわけですね。いいでしょう。私はあなたを告発します！」

「どうぞご自由に。県警の幹部はみんな随喜《ずいき》の涙を流すでしょうな。なにしろ全員おれをクビにしたくてウズウズしてるんだから。でも、おれが不正をしてるって証拠はあるんですか？　まあ、梶原勉の死刑執行をそこのジジイが急がせてるって情報も、ウラは取れてない。だがまるっきりの事実無根とも言えない。とりあえず死刑執行の起案書が関係部署に回ってしまったら、もう手遅れだ。そしてあんたの父親が誤審を認めず、梶原勉の死刑が執行されたら、真犯人は間違いなく真菜ちゃんを殺して遺体をどこかに置いてデコレーションする。そして今回は犯行声明を出すだろう。過去の誤審も今回の事件も、何もかもひっくるめて、藤堂栄一郎をハッキリと糾弾《きゅうだん》する犯行声明をな」

立ち上がって怒鳴る佐脇に、だが麻弓は一歩も引かない。

「どうかお座りください！　喧嘩しに来たんじゃなくて話し合いに来たのなら、落ち着いて話しましょう」

「これが落ち着いてられるか！　いいか、梶原勉の死刑が執行されれば真菜ちゃんも殺される。死ななくてもいい命を二つも失って、しかも元判事殿の名誉は守られない。それが判っているのに、なぜ誤審を認めない？　バカには自分のバカさ加減が判らないってことか？　ああそうか。だって、バカだもんな！」

佐脇は捲し立てた。

「モノは相談だ。アンタのバカさ加減が世間に知れ渡る前に、先手を打って自分から誤りを認めるってのはどうだ？　引退後に過去の事件を精査してみたところ、あの判決は誤りであるとの結論に『独力で』到達した、ついては良心にかけてそれを謝罪したい、とアンタが自分から言うんだ。そうしたら何もかもうまく行く」

栄一郎と麻弓の表情が少し動いた。佐脇はここぞと押しまくる。

「もちろん再審請求は出すし、梶原勉の無実はいずれきちんと認めてもらう。だが誤審をした裁判官の責任が問われることはない。梶原は自由の身になり、アンタの懐も痛まない。賠償するのは国家だからな。アンタのミスを税金でカバーするんだ」

「責任が問われることはない」の部分に、栄一郎と麻弓がハッキリ反応した。

ツボを突いたと確信した佐脇は、さらに言葉を重ねた。

「三崎君子ちゃんの件については、警察も検察も『幼女連続誘拐殺人』という見方にこだわるあまり、それに反するような証拠は一切、裁判には出さなかった。都合のいい証拠だけを選んで採用させるのは、検察のいつもの遣り口だ。だが情報に欠けがあった以上、あんたが判断を誤ったのも仕方がない。坂本佑衣ちゃんの件では、DNA鑑定の結果を全面的に信じてしまった。あの当時のDNA鑑定は不正確で、同じ時期の鑑定がいくつもの冤罪を発生させているんだが、それも当時のあんたには知るよしもないことだ。そして、アンタが出した判決を、最高裁も認めた。そういう理由ならば、日本において一番冴えているはずの連中までが、間違えてしまったんだ。そういう理由ならば、あんた個人の能力が劣っていたとか、いい加減な判断をしてしまったということにはならないだろ。だって、みんな他のヤツが悪いんだから！」

栄一郎は沈思黙考している。感情はうかがいしれないが、その狷介《けんかい》な表情の裏では、損得勘定の天秤《てんびん》が激しく揺れているに違いない。無関心を装っていても、その目は宙を徘徊《さまよ》っている。心なしか、自信と傲岸《ごうがん》さが少し影をひそめたようだ。

で、本題なんだが、と佐脇はここで口調を改め、勝負に出た。

「真菜ちゃんが無事に戻るためには、藤堂さん、『あなたの』謝罪が必要だ。それもテレビなど公共のメディアを通じて謝る必要がある。そうしなければ犯人が納得しない」

ですので、と佐脇は続けた。

「誤審について、正式に謝罪していただけますね？　お孫さんの命を救うためです」

藤堂は返事をしない。麻弓は固唾《かたず》を呑んでいる。誰一人言葉を発しないまま、部屋の中を沈黙が支配した。

「だが……断る。犯人の卑劣な脅迫に屈するわけにはいかん」

「ええーっ」

「どうしてです？」

美知佳が悲鳴のように叫び、佐脇も驚愕し、腹を立てつつ説得を試みた。

「いいですか、どのみちあなたの誤審はすぐに明るみに出るんだ。あなたが公の謝罪を拒否しても、こちらにおられる三崎玲子さんと船井健太郎さんがテレビに出る。記者会見をして、すべてを明らかにする。無実の梶原勉を救うには、そうするしかないからです。あなたが死刑執行を急がせたから、再審請求という時間のかかる手段では、もう間に合わないんだ！」

「再審請求など通らん。通るはずがない」

藤堂は異常なまでに頑《かたく》なだ。

「そこにいる二人が、左翼市民や人権派弁護士どもの手先ではないと、なぜ言い切れる。どうせこんな茶番はたちの悪い謀略に決まっておる。私が誤審などしたはずはないのだ」

「あんたがそう思うんだったらそれでもいいよ！」

美知佳が叫んだ。

「あんたは正しくて、今までに一度も間違ったことなんかなくて、梶原勉さんはやっぱり有罪で死刑ってことでもいいよ。でも、今誘拐されてる女の子はどうなの？　何も悪いことなんかしてないんだよ？　その子が殺されちゃってもいいっていうの？　あんたのそのくだらないプライドのせいで？」

「孫の命なんぞ、どうだっていい！」

美知佳をじろり、とにらみつけた栄一郎は、傲岸に言い放った。

「『倉島事件』はすでに最高裁で判決が確定しておる。事件そのものも時効だ。真偽すら不明な『真犯人』の存在を理由に、それを覆《くつがえ》すことは出来ない。そんなことをすれば司法全体の権威が損なわれる！」

そこに、激しい勢いでドアが開いて、春奈が飛び込んできた。勢い余って、手に持っていたお盆を取り落として絨毯に紅茶が零《こぼ》れたが、そんなことはお構いなしに、春奈は床に膝をつき、両手もついて、頭を絨毯に擦りつけた。

「お舅《とう》さま、お願いします！　真菜を、真菜を助けてください！　どうか、どうか……一生のお願いです！」

「やかましい！　女子供に何が判る？　そんな小さな事で左右されるような問題ではないんだ！」

栄一郎は不愉快さを隠そうともせず、怒りを炸裂《さくれつ》させた。

「そんな小さな事ですって！」

春奈は涙に濡れた顔を上げて義父を睨み付けた。

「お舅さまは、真菜が可愛くないのですね！　ご自分の孫なのに……女だからどうでもいいっておっしゃるんですね！」

「馬鹿者！　そういう論理の飛躍をするから女は感情的で、マトモな話が出来ないと言うんだ！」

その言葉に一瞬、麻弓がムッとしたのが判った。だが口は挟まない。佐脇は焦り、今度は泣き落としにかかった。

「まあまあ、閣下、お怒りはもっともですが、ここにこうして、わざわざ来てくれた三崎玲子さんと船井健太郎さんのためにも、なんとかご一考願えませんか？　このお二人がここに来るには、相当な勇気が要ったと思いますよ。閣下のおっしゃるような、弁護側の手先というような、そんなことは絶対に……」

情に訴えようとしたが、栄一郎は一切、聞く耳持たないという気配を瘴気《しょうき》のように全身から立ちのぼらせるばかりだ。

「最悪だね」

真菜の異母兄である浩一郎が、ドアから顔を出した。

「裁判官って、法の番人じゃなかったっけ？　正義の最後の砦だとか言ってなかったっけ？」

期待をかけている孫の出現に、老人はさすがにたじろいだ。

「……浩一郎。立ち聞きは行儀が悪いぞ」

「疑わしきは被告人の利益にとか推定無罪とか、法の基礎にあるのは理性だとか、そんなのは全部ウソだってハッキリと判ったよ。今、決めた。ぼくは法律の道には進まない。これから二条町の、新しくできた脱法ドラッグの店に行く。で、ハーブでもケミカルでもとにかくキツいやつを一発キメて、その足でコンビニ強盗か何かして捕まることにする。そこまですれば、閣下も『期待の孫』のことは諦めるよね?」

そう言い捨てた浩一郎は、激しくドアを閉めると足音も高く出ていった。それを追いかける老祖母の哀《あわ》れな声も響いた。さすがに「犯行予告」を放置できないと思ったものか、藤堂家に詰めていた刑事の一人が後を追ったようだ。

栄一郎はソファに深く座ったまま、沈黙した。激しく感情が揺れ動いて、そのまま年老いた脳が変調をきたして痴呆《ちほう》になってしまったのではないか、いや実は脳内出血を起こしていて、死んでしまったのではないかとすら疑ってしまうほど、その沈黙は続いた。

「少し……考えさせてくれんか」

しばらく経ってようやく、栄一郎が呻《うめ》くように言った。

「少し、時間が欲しい」

「いいでしょう。しかし、時間に限りがあると言うことは忘れないで戴きたい。二人の命が掛かってるんです。こっちは、絶対に救わなければならない命を最優先で考えますから、時間切れになったら、あなたの意向なんか無視しますよ。判りましたね?」

栄一郎よりも顔色が悪く、深刻な表情になっているのは麻弓の方だった。

「バカな考えを起こして、時間切れコールドゲームとかを狙わないように。そんなことをしたら没収試合にしますからね」

よく判らない譬《たと》えをした佐脇は、かつての不倫カップル二人、そして今や黙りこくってしまった美知佳を立たせて玄関に向かった。

藤堂家の屋敷から出た佐脇は、入江に電話をかけた。

「今、藤堂栄一郎と話したところです……ええ、さすがですね、想像以上の難物です……しかし、こちらには再審を開始するのに決定的な事実がありますから。入江サンにもお願いします。何とぞ、あなたのエリートゆえの、その人脈と影響力を最大限に行使してですね」

『判ってます。とにかく情報網をフルに活用して、死刑執行の起案書が提出されないように動いてみますよ』

携帯電話に向かって密談する佐脇の様子を、玄関口から麻弓がじっと観察していた。

＊

佐脇たちが帰って、嵐は去ったかに思えた。

藤堂栄一郎は一人になって、居間のソファに座ったまま、懐から携帯電話を取り出した。この携帯は孫娘が誘拐される前、「倉島事件の真犯人」を名乗る人物が送り付けてきたものだ。いわゆる「飛ばし」の携帯で発信者は特定されない、今後はこれを使ってお前に連絡する、とのメモが添えられていた。

「ああ、藤堂です。その後、如何ですか。何のことですかって、例の件ですよ。他にないでしょう？」

栄一郎の顔が険しくなった。

「警察庁から内々に連絡が？　T県警の特捜本部がそういう可能性を？　バカな。だからと言って」

栄一郎と電話の相手の会話は嚙み合わないまま、続いた。

「あなたまでがどうして今さら弱腰になるんですか？　法務省のみならず、日本の司法を背負って立つという自覚がおありですか。そんな覚悟もなくてよくもまあ法務省の重責を」

と糾弾しかけたところで、通話が切られてしまった。

「なんだこの無礼は！」

栄一郎は携帯電話に向かって怒鳴った。

「どいつもこいつも」

と吐き捨てて、携帯電話も投げ捨てようとしたが、からくも思い留まった。

その時、握りしめていたその携帯が突然振動し着信音を響かせたので、栄一郎はぎょっとした。

「もしもし？」

警戒しつつ、応答した。

『犯人だけど』

この前、真菜を誘拐した、と電話してきたのと同じ声のように聞こえた。

『今、刑事があんたの家に行ったな。あの刑事の、見た目のいい加減さに騙《だま》されない方がいい。あいつは倉島事件の全貌を摑んでいる。いや、あんたからの説明は必要ない』

栄一郎が話そうとしたのを、相手は遮った。

『どういう話だったのかはだいたい想像がつく。自業自得とはいえ、あんた、とんでもない窮地に陥《おちい》ってしまったもんだな』

「ウチを監視しているようだが……余計な心配は無用だ」

『そうか？　おれには素晴らしい提案があるんだが、いいか？』

相手は栄一郎の虚勢を見透かしていた。

「言ってみたまえ」

栄一郎は冷静を装った。

『おれはあんたを助けることが出来る。というより、今やあんたを助けることが出来るのはおれだけかもしれない。藤堂真菜の命と引き換えに、刑事と一緒に来た元不倫カップルがマスコミに何もかもゲロするのをやめさせろ、と要求することだって、出来るんだぜ。そうすれば、再審請求は却下される公算が高くなる。不倫カップルの供述以外の新事実は出て来ないし、ＤＮＡの再鑑定は拒否すればいい。それに、再審請求自体が出されなくなる可能性だってある。その意味は先刻承知、だよな？』

「……要求は何だ」

犯人は、栄一郎が、梶原勉の死刑執行を急がせていることまで知っているのだろうか。

『さすが、話が早い。証拠の評価は検察の筋書きを丸呑みでも、アンタ、自分の体面に関わること「だけ」にはえらく頭が回るんだな。とりあえず、じっくりサシで話がしたい。アンタの名誉とアンタの孫娘の命、そして、アンタが守りたい得体の知れないもののために、来るべきではないかと思うけどね』

相手の声には嘲《あざけ》りがあった。

「私が何を守りたいのか、判っているのか？」

『さあね。とにかく、アンタは今劣勢だ。四面楚歌《しめんそか》に近い。おれと話をつける以外に手段はないと思うけどね』

「カネか？」

栄一郎は鋭く訊いた。

「君は、『倉島事件』の誤審を糾弾するのが目的なんじゃなかったのか？　私の謝罪が、真菜を解放する条件だったんじゃないのか？　そもそもの動機を否定するような事をする以上、代償が必要だろう？」

『人間、考えは変わるもんでね』

電話の向こうの人物はうそぶいた。

『どうせアンタは謝罪する気なんか、ないんだろう？　だったら待つだけ無駄って事だろう？　アンタにとって孫娘はそんなに大事じゃないみたいだしな。だったら手に入るものでよしとしないと……アンタ、粘《ねば》り勝ちをしたと思ってるだろ？』

「そんなことは夢にも思っていない」

栄一郎はどぎまぎしながら即答した。

『別にカネは欲しくないし、下手にカネを受け取ったら、どんな工作がしてあるか判ったもんじゃない。古今東西、身代金を受け取るときが一番ヤバいんだからな。でもまあ、アンタがカネの問題にすり替えて、話を矮小化《わいしょう》したいのなら、それでも構わない』

相手の機嫌を損ねないように、栄一郎は慌てた。

「そんなことはない。気を悪くしたなら、謝る」

『今から誰にも言わずに家を出て、「ハイランド・マルシェ」に向かえ』

この高級住宅街は買い物に不便だったので、つい最近、生鮮食料品も扱う高級スーパーが出来た。その店のことを言っているのだろう。

『場所が判らないか?』

「場所は判る。私を老人だと思ってバカにするな!」

『それは失敬』

相変わらず、相手の声には嘲りがある。

相手が電話しながらニヤニヤしている情景が目に浮かんだ。

栄一郎は携帯電話を切ると寝室に入った。高裁の裁判長は退官したが、弁護士としての登録はある。外に出るにはそれなりの服装でなければいけないというのが、彼の主義だ。

ダークスーツに着替えて、玄関にそっと向かった。

キッチンではダイニングテーブルに絹枝と春奈、そして家にずっと詰めている刑事が座って話し合っていた。

重要な話をしている雰囲気だが、自分に声が掛からなかったことに気分を害した。

事件の解決に、自分の存在が邪魔なのだろう。あいつらに、明治以来法曹を支えてきた栄誉ある家系の一員である、この私の苦悩など理解出来まい。絹枝もしょせんは世間を知らない女だ。さては愚かな嫁と意気投合しているのではないかなどと疑心暗鬼にさえなりそうだ。

玄関には、ここのところずっと張り付いているマスコミ関係者の姿がなかった。三崎玲子たちの姿を見られまいと、警察が追い払ったのかもしれない。

栄一郎はぴかぴかに磨かせた極上の革靴を履き、独特の革のしなる音を楽しみながら、高級スーパーに向かって歩いた。

そこにタイヤの音がして、背後からひそかに車が近づく気配があった。

振り返ると、それは酒屋か八百屋かが配送に使っているような、目立たない軽トラックだった。

ライトを消して静かに走ってきたそれは、すっと近づいて栄一郎の横に停まった。

「藤堂閣下?」

運転席の男が声を掛けてきた。

「藤堂栄一郎だが」

運転席の男は、中からドアを開けた。

「乗りなよ。迎えに来たんだ」

栄一郎は、その言葉に従った。

そしてその様子を、物陰から密かに窺い見る者がいた。横山美知佳だ。

腹立ちのあまり美知佳は、少し独りになりたいからと、佐脇たちを先に帰らせた。そして元判事を翻意《ほんい》させるために何かできることはないかと、立ち去りかねるままに藤堂邸の周りをうろつき、考え込んでいた。そこにめかしこんだ「閣下」が歩いてきた、というわけだ。美知佳は本能的にその後を尾けた。

藤堂邸の横道に駐めてあるのは、佐脇の愛車・バルケッタだった。

「こんな時に、こんな目立つ車かよ」

美知佳は悪態をついたが、今すぐにあの軽トラックを追わなければならない。迷っている暇はなかった。

＊

佐脇は、玲子と健太郎を鳴海グランドホテルに送った。ここには弁護士の杉山が待機している。杉山はここで二人の証言を正式に書面にし、再審請求の準備を進める。

一同が岡山に戻らずに鳴海に留まるのは、ひとえに、藤堂栄一郎の出方を見るためだ。

藤堂栄一郎が公に謝罪して誤審を認めれば問題はないが、拒否した場合は、玲子と健太郎をテレビに出演させ、三崎君子ちゃん事件の真相について告白させる。大騒ぎになり、犯人の怒りも買うだろうが、さしあたり梶原勉の死刑執行は食い止めることができる。

これが佐脇と杉山が話し合って決めたラインだ。

「マスコミが取り上げげニュースになれば、そして再審請求目前なのに死刑を執行したとなれば大スキャンダルです。過去に数件、再審請求の準備中に死刑が執行された前例があり、しかも冤罪の可能性のあることを、執行命令書に署名した法務大臣が知らなかったケースさえあります。法務省の役人も、それを蒸し返されたくはないでしょう」

「お二人にはご苦労なことだけど、罪滅ぼしの一環だと思って、付き合ってください」

別々にルームサービスで食事を取り、交互に供述書の作成に協力するという二人、そして杉山に別れを告げた佐脇は、ホテル内のグリルに向かった。

そろそろ時間は、深夜といってもいい時間帯になっていた。ホテルを出て食い物屋を捜すのも面倒なのでホテルの中で食事をしてしまうことにした。ここのメイン・ダイニングは格式だけは高いが不味いフレンチで、値段も無駄に高いが、グリルのほうの評判は悪くない。

車は美知佳に渡してあるので、帰りはタクシーだ。ならば遠慮なく飲む。

ステーキを食べながらワインならぬ水割りをぐいぐいやっていると、ヒールの音を響かせて、見覚えのある女が彼のテーブルに近づいて来た。

藤堂麻弓だった。

「さきほどは、父が大変失礼しました」

キリッとしたスーツに身を包み、クール系のメイクを施した麻弓は、初めて会った時に佐脇の目を惹いたとおり、なかなかの美形だった。先刻は父親とやり合うのに手一杯で、その魅力を鑑賞する余裕もなかったが、レストランの間接照明のもとで改めて眺めると、まさに佐脇の好みストライクど真ん中の、知的でアダルトな雰囲気の色香を漂わせている。気が強そうなところも、たまらなくそそる。

「ご一緒しても宜しいかしら?」

嫣然《えんぜん》とほほえみながら、佐脇の承諾を待たず、向かいに腰をおろした。ほんの数時間前、藤堂邸で父親と並んでキツい顔で対峙していた同一人物とは思えない。だが、色っぽい表情の裏には緊張感がある。

「あなたのような美女なら大歓迎ですよ。なにか飲みますか? それとも食事?」

「食事をします。あれから私、何も食べてませんので。その元凶はあなたなんですけどね」

「じゃあその元凶と同じテーブルじゃ、食欲は湧かないでしょう?」

謝るのも業腹なので、佐脇はこれ見よがしにミディアムレアのリブロースを口に運んだ。

「一番早く出来るものを……じゃあボンゴレだけで結構」

まるでオヤジがランチを頼むようにウェイターに告げると、麻弓は佐脇の食べっぷりをしげしげと眺めた。

「案外、上品にお食べになるのね」

佐脇のテーブルマナーを、麻弓は褒めた。

「いきなり乗り込んできて、父を恫喝《どうかつ》したヤクザみたいな刑事さんだから、食事もほとんど手摑みでかぶりついているんだろうと思っていたのに。まるで英国紳士みたい」

「別れた女房が」

佐脇はナプキンで口を拭いた。

「食い方にうるさかったんでね。やろうと思えば上品な食い方も出来るんですよ。まあ、行きつけの店で、気心の知れた相手と食事する時は、そんなことは気にしないで食ったほうが美味いけどね」

そんな事を言っているうちに、麻弓が頼んだボンゴレが来た。

麻弓はパスタをフォークに巻きとり、スプーンを下から添えて口に運ぼうとした。

「こういう上品な店に入ると必ずスプーンを添えてきますな。これはカッペなアメリカ人がフォークに巻けなくて食えないんで、添えるようになったんでね。本場でスプーン使ってるとバカにされますな。これ豆知識ね」

麻弓はムッとしたようにスプーンを置いた。

「で、良くあるのは、お上品にフォークにクルクル巻くクセに、全部巻かずに、結局途中からうどんみたいに啜《すす》り込むパターン。これをやってる連中は案外多い。上品ぶってクルクルやるなら、最後まで巻き取って口に運んでほしいもんですな」

麻弓は啜り込もうとしたスパゲティを懸命にフォークで手繰り、苦労して口に入れた。

「佐脇さんはイタリアにはお詳しいの？　向こうで暮らしていたとか？」

「全然。自慢じゃないがおれは日本から出たことがない」

そう言いつつ水割りをゴクゴクと、上品とは言えない飲み方でグラスを空けた。

まさか佐脇にマナーのチェックを受けようとは夢にも思っていなかった麻弓は、背筋を伸ばして緊張の面持ちでボンゴレを完食した。

「食後の一杯《デイジエステイフ》、いいかしら？」

と、佐脇の返事も聞かずに、グラッパを注文した。

「じゃ、おれはブランディを貰おうか」

向かい合ってきつめの酒を飲むうちに、お互いの緊張は解けてきた。少なくとも、酔っ払ってきた佐脇は、どうでもよくなってきた。麻弓も、それまで硬かった表情がゆっくりとほぐれてきて、つくり笑いとばかりはいえない笑みを浮かべるようになった。

「あの……いろいろと誤解があるようなので、それを正しにきました」

麻弓が着ているジャケットの下は、純白のシャツブラウスだ。テレビでニュースを読む女子アナ定番のスタイルだが、胸の膨《ふく》らみをさりげなく強調する効果もあって、なかなか色っぽい。

「そういう話だったら、今日はもういいなあ。見ての通り、メシ食って酒飲んじゃったんで、今日はもう営業終了ですわ。ホラもう零《れい》時近い。誘拐事件も抱えているんでね」

佐脇は、彼女の胸元をチラ見しながら、言った。

「捜査中の刑事さんが他県に行ったり、別の事件の再審請求に荷担したりして、大丈夫なんですか？　鳴海署の刑事の職務を逸脱《いつだつ》してますよね？」

キツい顔で言われたのなら、いや、それは別の事件ではない、犯人は同じだ！　と猛然と反論したくなったろうが、こうして笑顔で指摘されると全然腹が立たない。佐脇もユルく返した。

「だーかーらー」

佐脇はネクタイを緩めて、デザートに出てきて放置されているロールケーキの一切れをフォークで分割しながら言った。

「そういう話は止めましょうや。さっきは、おれがお宅に無理やり押しかけたけど、これはその仕返しですか？　一日の終わりを、せっかくこうして美味い酒で〆《しめ》ようとしてるのに」

「まあ、そう言ったものでもないでしょう？　私たちがイガミ合う理由はないはずでは」

「そのとおりだ。だが、喧嘩腰だったのはアナタのほうだ。おれは別にアナタを嫌ってるわけではない。まあ、偉大なる父上に心酔するあまり、あーだこーだ言うのが邪魔臭いとは思ってるけどな」

それでも麻弓は腹を立てる様子もなく、笑みを絶やさない。

「その点は謝ります。大阪で弁護士をしているので、ともすれば守りを固める姿勢が身についておりまして。企業の顧問弁護士をやっていると、仕事のほとんどがいわば……火消しですわね。ユーザーから夥《おびただ》しく舞い込む誹謗《ひぼう》中傷罵詈讒謗《ばりざんぼう》、スキあらば買収や乗っ取りをくわだてるライバル企業に、ファンドや知的財産権や特許権をめぐる攻防……一瞬も気が抜けないんです。クライアントの利益を守るために、どうしても守りは堅く攻めは強くっていう姿勢が」

「攻撃は最大の防御ってわけか。この場合、アンタは偉大なる父上を守らなければならないと決めてるんだろ？　おれは、真実を守りたい。その一点だ。ってな事を言うとカッコよく響くけど、ま、酔っ払いのオッサンのダベリだと思って流してくれ」

佐脇は、フォークでバラバラにしてしまったロールケーキを皿ごと麻弓に押しやった。

「よかったら食べてくれ。おれは甘いのは苦手でな」

戴きます、と麻弓はロールケーキをきれいなフォーク捌《さば》きで食べた。

「なんでだろうな。スパゲティを食べてたあんたを色っぽいとは思わなかったが、今、そうやってケーキを食ってるところをみると、なんだかゾクゾクするな」

「今はほんとうに美味しいと思って食べてるからでは？　仲良くなるためにはスイーツを分かち合うのが一番っていいますもの」

二人は無言で見つめ合った。

「……あんたの狙いは何だ？　おれから引き出せるものって、全然ないぞ。倉島事件については、手の内は全部明かした。鳴海の誘拐に関しても、隠しておかなければならない捜査情報は持ってない。なんせここ数日は勝手な行動ばかりとってたんだからな」

「ハッキリ言って、私は、真菜はどうでもいいと思ってます。子供は嫌いだし、弟があんな普通の女と再婚して、女の子を作った事が気にくわないし」

「だからアンタは独身を通してる？」

「弟の最初の配偶者は司法書士でした。まあ、ウチの両親がああだし、弟も親に萎縮《いしゆく》しっぱなしで反抗期がなかったタイプだから、見合いだったんだけどすぐに上手く行かなくなって。離婚の時も、子供は置いていけって揉めに揉めて。それは浩一郎が男だったから。ウチは明治維新の時からずっと続く判事の家系なの」

明治政府立ち上げの時に功績のあった土佐《とさ》藩の下級武士だった藤堂の先祖が、理屈が巧いのを買われて裁判制度の研究にドイツに派遣され、以来ずっと、藤堂家の男子は代々裁判官に任官してきたらしい。

「まったく男尊女卑もいいところよね。私は弟より頭もいいし勉強も出来たけど、女だから裁判官にはなるな、検事もダメだって。いっそ役所か民間企業に就職しようかとも思ったけど、父の人脈を捨てるのはもったいないと思い直して、弁護士になったワケ。父の夢は、高裁長官止まりだった自分より息子をもっと出世させることだけど、あの弟じゃ、しょせん地裁止まりでしょ。で、孫の浩一郎にもの凄く期待してるわけ。あの子の母親も優秀だったしね。で、その分、真菜は生まれてくる事自体歓迎されてなかったワケよ。春奈さんは家政婦兼浩一郎のお世話係という目的で嫁に迎えたのが父の本音でしょう」

酒が入って、麻弓は饒舌《じょうぜつ》になってきた。

佐脇を見つめる目もトロンとしてきて、鋭さが消えた分、いい女の成分が圧倒的に増えてきた。

「で、あんたはどうなんだ。結婚して子供を産んで、男なら裁判官にして偉大なる父上を喜ばせようとは思わないのか？」

「男なんて」

麻弓は吐き捨てた。

「もうウンザリ。交渉とか訴訟で、コトを有利に運びたいというので私に接近してくる男は多いのよ。色仕掛けは女が仕掛けるだけじゃないの。セックスが上手そうな相手なら、私は寝るわ。だからと言って交渉や裁判に一切手心は加えない。アテがはずれた相手が脅してきたら脅し返してやる。そんなコトを繰り返してたら、誰も寄ってこなくなるわよね。だいたい、先方の誰かと情を通じた程度で、会社の浮沈が掛かった交渉が動くわけないでしょう？　たった一人の影響力なんてないのと同じよ。一流の企業や組織はそこまでバカじゃない。私が工作しても、どこかで再修正されて、なるようにしかならないの。相手が組織のトップでも同じ事。日本の一流企業は集団指導体制だから、ツルの一声ですべてが決まったりはしないのよ。私が仕事している相手は独裁者のいる軍事政権でもなければ、叩き上げの経営者が労働基準法違反や脱税や違法な政治献金に血道を上げてる、ブラック企業でもないんだから」

　麻弓も佐脇も、強い酒ばかり杯を重ねていた。

「アンタに接近してくる男どもは、必ずしも交渉を有利に運びたいだけじゃないと思うぜ」

　佐脇は言った。

「単にアンタが女として魅力的だから寝てみたいと思った、たぶんそういうことだ」

　その後こじれるのはアンタがそいつらをヤリ捨てにしたからだ……と内心で思ったことは言わなかった。

「ところで、アンタはどんな理由でおれに会いに来たんだ？　藤堂家が如何《いか》に名門で、アンタが如何に冴えたやり手弁護士かと自慢しに来たのか？」

「違うって」

麻弓の目は据わっていた。

「アンタみたいな男は、私の知ってる男のリストにはいないの。乱暴でバカで無教養な田舎者だと思っていたら、けっこう優雅にナイフとフォークは使うし、父が隠し通したかったことを平気で暴いて証人まで連れてくるし……興味を持ったってワケ」

上半身を傾けて、テーブルに肘をついた。酔いのせいか、肩が揺れている。バストをテーブルに擦りつけている姿は、なんだか欲情を抑えきれないように見えてしまう。

「じゃ、ナニか？」

佐脇はスケベオヤジ全開でニヤニヤした。

「おれとただ単にセックスしに来たのか？　あんたは仕事にセックスは影響しなかったと言ったが、それって結局は、アンタのセックスが大してよくなかったんで、相手もそれっきりのヤリ捨てばかり、って事じゃねえのか？」

「逆よ、逆。ヤリ捨てにしてきたのは私のほう。後を引くほど良かった相手なんて、一人もいなかったの。高価《たか》いスーツを着て、インテリジェントビルにオフィスがあるようなエリートは、たいていストレスが凄くてセックスもお粗末なものよ。あら、話がそれたわね」

どうやら麻弓のナイトライフは佐脇の想像どおりらしい。

「正直言うと、あなたの本心を探りに来たワケ。もっと他に隠し球があるんじゃないかとか、あの二人を別なカタチで使おうとしてるんじゃないかとか。でも、それはもういいわ」

「いいってのは、ただ純粋におれとオマンコしてえってことか？」

「ふふん」

麻弓は鼻先で嗤《わら》った。

「そこまで言うなら、アナタはセックスによっぽど自信があるんでしょうね？」

「試してみるのが一番じゃねえか？」

そうね、と頷いた麻弓は、スーツのポケットからルームキーを取り出してルームナンバーを見せた。

「部屋は取ってあるから」

手回しの良さに、佐脇は笑いだしたくなった。

「誘いを掛ければ絶対に乗ってくると思ったのか。エライ自信だな」

「じゃあ、どうする？　止める？　ここで食事して、ベロンベロンになって、田ん圃の中のボロっちいアパートに帰る？」

「やるか？　いいぜ、おれは。ここんとこご無沙汰だったから、とびきり濃縮されてるだろうさ」

それから二〇分後。佐脇と麻弓は、鳴海グランドホテルの一室にいた。

麻弓は、完全に着痩せするタイプだった。

ベッドの上に惜《お》しみなく晒《さら》しているその女体は、見事な曲線を描いている。

その美乳は熟しきって、たわわなカーブをあますところなく見せつけている。

上半身は仰向けで、下半身は足をくの字にして九〇度曲げている。それが彼女の腰のくびれを強調して、なかなか艶《なま》めかしい。

一見して有能そうで、仕事一辺倒としか思えないキツめの女が、こういうあられもない肢体をさらけ出すと、その無防備さと相まって、なんとも劣情を掻きたてずにはおかない。

「どう? いきなり全裸になるより、少しずつ脱いでいく方がよかった?」

「なぜ今さら男受けを気にする? 主義に反するんじゃないのか? あんたは女を売り物にするつもりはないんだろう?」

「それは仕事の上でのことよ。身内のこととなれば話は違うわ」

佐脇は、たわわに熟して、今や欲情しきっているように見える麻弓の全身を遠慮無く撫で回しはじめた。

熟し切っているくせにぷるりと張ったバストの感触。さっと撫でるだけで、ひくひくっと反応する、敏感な脇腹。

そして、彼女が抵抗しないのをいいことに、股間に手を伸ばし、女芯に指を忍ばせた。

そこはすでに、洪水のようにぐっしょりと、淫液が沸き返っていた。

「……ねぇ？　父の事、見逃してくれない？」

麻弓は甘えるような口調と潤んだ瞳で、佐脇に持ちかけてきた。

「父自身の名誉のこともあるけど、裁判所への信頼って問題もあるのよ……」

「あんたがカラダを張って守ることではないと思うがね」

麻弓は、佐脇のペニスに手を伸ばしてじわじわとしごき始めた。

「ダメ?」

「ダメだね。これで交渉決裂なら、ここで解散するしかない。残念だが、まだおれは引き返せる」

「じゃあいいわ」と、麻弓はペニスに顔を移して、そのままフェラチオを始めた。

ねっとりした舌遣いは、『任務』のために行為をしているようには思えない。

「表面上はクールを装っているけど脱がすとホットな女をクール・ビューティとか言ったもんだが、今はツンデレとか言うんだっけ？　アンタはその典型だな」

麻弓はふふんと笑ったが返事をしない。

舌先がカリを刺激するので、佐脇は全身をぴくぴくさせた。

「案外可愛いのね」

「あんたがうまいんだと思うぜ」

彼女は口を離して躰を寄せ、豊かな双丘を佐脇に密着させて擦りつけた。今度は手を伸ばして、ペニスを刺激し続けている。

「ね？　やっぱりダメ？　父の事に目を瞑《つむ》らない？」

「ダメだね」

そう言って、ずぶりと指で熟女の牝穴を抉《えぐ》ってやると、麻弓は「ああっ」と悲鳴をあげた。深く挿し入れた場所が、たまたま彼女のGスポットに命中したらしく、中をぐいぐいと掻き乱してやるうちに「ひっ！」と大きな声を上げて、のけぞった。

佐脇はここぞ、とばかり麻弓の熟した豊乳を舐め回し、乳首をちゅばっと強く吸い立てながら、手は脇腹から下腹部を愛でるように徘徊《はいかい》し、女の躰だけが持つ優美な曲線を存分に味わった。

そのソフトなタッチに、麻弓の肌はますます色づき、しっとりと汗が滲《にじ》んできた。

佐脇の指は美熟女の翳《かげ》りを掻き分け、ぷっくりと硬く膨らんだ肉芽に達した。

「はあぁっ！」

敏感なクリットに男の指先が触れたショックで、麻弓は処女のような悲鳴をあげた。

乳房への丹念な愛撫、秘核への指先攻撃。彼女の全身が淫らに燃えてきた頃を見はからって、佐脇は唇を重ねた。舌をぬるりと繰り出して、彼女のそれとしっかり絡めあった。

その時、かすかに携帯電話が鳴る音がした。

ごそごそと起き上がろうとする佐脇を麻弓は引き止め、濃厚なディープキスを続けた。

「いいじゃない……どうせたいした電話じゃないでしょ」

「そうもいかんだろ……」

「こういうところが、あなたの意外なところなのよ……」

息を乱して、麻弓は言った。

「どうせ乱暴な、自分だけキモチ良くなればいい、みたいな、商売女相手のセックスだと思ってたら……」

麻弓も夢中になって佐脇の口を吸い、舌に舌を絡めてきた。

「そっちの話か」

「妙に職務に忠実なところも意外だわ。そういうの、あんまりワイルドじゃないわね」

「おれは仕事は嫌いじゃないんだ」

そうは言いつつ、佐脇は電話に出ることは中止して、麻弓の攻略に専念した。

指で、彼女の秘門を左右に広げた。すっかり敏感になっているその部分は、指先で触れられただけで、びりびりっとくるほどの電流を発しているようで、麻弓は激しく悶《もだ》えた。

佐脇は指先をかまわず中に進めた。すでに女芯全体はかっとなるほど熱くなっていて、とめどなく愛液が湧き出してくる。

また携帯電話が鳴った。どこにあるのか、かなり音が遠い。

「ね……そろそろ……」

麻弓がすかさず、挿入をせがんだ。

だが佐脇はまだインサートしない。彼女の下半身に頭を移動させ、股間に埋《うず》めた。両手でクリットを覆う表皮をつるりと剝きあげ、そこに舌をあてがった。

「ひぃっ。ひゃあっ」

麻弓は意表をつかれたような声をあげた。

かまわず、舌先で秘芽を擦りあげ、舌全体で秘部をべろりと舐めあげる。

「あ。あう。あああ。ン……」

クリトリスを舐めあげる舌先は、勢い余ってラビアにも触れた。女の最も敏感な場所を執拗《しつよう》に愛撫されて、麻弓は背中を反らして切なげな声をあげた。

と次の瞬間。彼女の躰はがくがくと痙攣《けいれん》しはじめた。

「あ！　あああっ！」

絶叫をあげつつ彼女はオーガズムに達した。イクイクと言う言葉も出せないほどの、あまりにも突然のアクメだった。

痙攣の余韻《よいん》を残しながら、麻弓は潤んだ目で佐脇を見上げ、その背中に両手を絡ませた。

「ああ。先にイっちゃった……クリットで……でも、アソコでは、まだなの……」

その顔は陶酔して、蕩《とろ》けそうになっている。

「ようし。じゃあ、中でもイカせてやろう」

満を持した佐脇は、硬く逞しい肉棒を彼女の秘腔にあてがった。

と、その時。

携帯電話が三度目の呼び出しを開始した。しかも今度はえんえん鳴り止まない。

「仕事が好きなんじゃやなかったの?」

佐脇に組み敷かれた状態の麻弓が訊いた。

「男がこうなってるときはブレーキが利かないんだ。点火して噴射を始めたロケットみたいなもんだ。電話なんか、あとあと!」

そう言って、ペニスを女陰に押し入れようとしても、携帯電話はいっこうに鳴り止まない。普通ならこの辺で諦めた相手が切るところだ。佐脇の携帯はなかなか留守電に切り替わらないようにセットしてあるのだ。

やっと留守電状態になったが、数分経つとまた鳴り出した。

これは、緊急事態に違いない。それもスペシャルの緊急事態。

ここで出なければヤバいんじゃないか、という勘が働いた。

佐脇はスーツに駆け寄り、携帯電話を探ったが、そこに入れたはずのズボンのポケットからは見つからない。

ベッドサイドや床の上、脱ぎ散らかした服の周りも捜したが、ない。

「おい、どこにやった」

佐脇は麻弓を睨みつけた。

「返してほしい？　だったら父の事、見逃してくれないかしら」

「そんなことを言ってる場合か？　なんか、ヤバいぞ。大変な事態が起きたかもしれない」

「え？　まさか……」

麻弓は、バスルームを指さした。

「天井よ。保守用のパネルを開けてみて」

彼の携帯は、天井裏に隠されていた。

発信元は、美知佳と、水野だった。美知佳からは早い時間に何度も着信があり、メッセージが一件残されている。悪い予感がした。

『……今、鳴海港。藤堂のオッサンが家を出て、そしたら怪しい車が近づいてきて、オッサンがそれに乗って……仕方ないから師匠の車で後を追ったんだけど、見失っちゃった。

師匠からも警察に……ぎゃっ』

美知佳が驚いたように叫び、ついでガラスと金属が砕ける衝撃音のあと、何も聞こえなくなった。

その後、時間を置いて、水野からも着信があった。さきほどしつこく鳴っていたのがそうで、留守電にもメッセージが残されている。

『佐脇さん！　このメッセージを聞いたらすぐに連絡してください。佐脇さんの車が鳴海港の倉庫街で発見されました。横からぶつかられたようで、助手席側のドアが大破してます。車内には……少量ですが、血痕もあるので心配しています』

水野の声は、極力感情を押し殺しているが、緊迫感が漂っていた。水野は横山美知佳とも連絡が取れないこと、藤堂栄一郎が家を出て戻らないことを付け加えてメッセージを終えた。

折り返し掛けるより、ここを出る方が先だ。

佐脇が緊迫した表情でバスルームを出ると、変事を察知した麻弓は、髪の乱れを直して手早く服を着始めていた。

「ねえ何があったの？　何かあったんでしょう？　一緒に出るわ」

「おれとしたことが。あんたにウツツを抜かしているあいだに車が大破して、弟子が事故にあって行方不明だ……いや、あんたは後から出ろ。そのほうがいい」

藤堂栄一郎が謎の車に乗り込んで、姿を消したことは言わなかった。父親が拉致されたかもしれない、となれば、麻弓はスッポンのように食いついて離れなくなる。

かえすがえすも電話に出なかったことが悔やまれる。携帯を隠されたせいで美知佳に何かあったら、この女を公務執行妨害で逮捕してやりたいくらいだ。

第六章　孫の命より大切なもの

何かを察したらしい麻弓は、どうしても同行したい、と言い張ったが、佐脇は、「あんたとおれがこのホテルにいることをマスコミが嗅ぎつけている形跡がある。別々に出よう」などとあることないこと並べ立てて、麻弓をホテルに置き去りにした。

あの女にじゃしゃり出られては面倒だ。それより、美知佳がどうなったのか、藤堂が誰の車に乗ったのか、それを割り出すほうが先決だ。

佐脇はホテルのドアマンにタクシーを呼ぶよう言って、水野に電話を入れた。

「すぐに折り返せず、済まん。おれの車を運転していたのは美知佳だ。連絡は取れたか？」

『いえ……携帯にかけてもつながりませんが……でもよかったです。佐脇さんが無事で』

「安心している場合じゃない。藤堂栄一郎が何者かの車に乗り込んだ、と美知佳が知らせてきた。つまり……二人ともいないってことだな？」

はい、と水野は事態がまだ飲み込めない様子だが、その背後で騒がしい声がし始めた。

「美知佳は、たぶん藤堂栄一郎が乗り込んだ車を深追いして事故に遭ったんだろう。衝突の痕があるというのがヤバい。美知佳を捜してくれ。鳴海港の底に美知佳が沈んでるかもしれん。ダイバーの準備は出来るのか？」

『いやそれは……そこまで手が回りません』

バカ野郎と水野を怒鳴りつけ、タクシーに乗り込んだ佐脇は鳴海港に急行した。

倉庫街の中に非常線が張られて警官とパトカーが取り囲んでいる一角があった。ライトが点灯し、真っ暗な倉庫街で、その一角だけが煌々《こうこう》と明るい。

タクシーを降り、警官を押しのけて輪の中に入ると、ライトの中で、バルケッタの真っ赤なボディが輝いていた。

右側のボディが、見事に凹《へこ》んでいる。その衝突痕を見れば、助手席側に車がぶつかったことはイヤでも判る。致命傷を与えない配慮なのか？

「あ、佐脇」

交通課のベテラン、松川《まつかわ》が邪魔臭そうな顔で佐脇を見た。

「困るなあ、事故を起こしたうえに、こんなところに乗り捨てちゃ。こんな真夜中になにやってたんだよ」

松川は、本気でそう思っているようだ。

車内を覗き込むと、血痕が幾つかあった。衝突時に美知佳が何処かに頭でもぶつけたのか？　それとも凶器で……。

「運転していたのは横山美知佳だ。何者かに車をぶつけられ、そのまま拉致された可能性が高い。藤堂栄一郎も行方不明なんだろう？　緊急配備できないか？」

「その話は水野から聞いたが」

松川は、やれやれ、という表情だ。

「鳴海署では、事件性はないという判断だ。あんたが車を貸した女子大生は、事故を起こしてパニックになって逃げたんだろうし、藤堂閣下は散歩に出ただけかもしれない。誘拐と言ってるのはあんただけだ」

「事故って言うが、その事故の相手はどうなるんだ？」

「さあ？　それはワタシの判断じゃないんでね」

県警は頼りにならない、と佐脇は悟った。

佐脇と一緒に『倉島事件』を調べに行った美知佳の心証が良いわけはないし、そもそも誘拐されたとして、その犯人からの連絡もないのだ。県警がすぐに動くとは思えない。

だが、美知佳と藤堂が掠《さら》われたとすれば、その犯人は十中八九、藤堂真菜を誘拐した犯人に違いない。朝まで待つ気はなかった。

「ぶつかった車の種類は、判るか？」

「鑑識に判断して貰わないと判らん。ただし……衝突痕の位置を考えると、車高の低い乗用車ではなくて、ライトバンか軽トラック、ワンボックスカーのような車輌が低速でぶつかってきたという感じだな」

「車内の指紋は?」

「取った。ざっと見たところ、あんたのと横山美知佳のものしか出てきてない」

犯人はこの車には乗り込んでこなかったか、手袋をしていたか。

佐脇はドアを開けてダッシュボードの中を見た。車がどうにかかされるとは想定していなかったので、いろいろと積んである。うず潮テレビに掛かってきた犯人からの電話音声をコピーしたICレコーダーも。

ICレコーダーは地図と車検証の下に埋もれていた。

佐脇はバルケッタから離れたところまで移動して、レコーダーを動かして録音がきちんと残っているのを確認すると、最後の部分までスキップした。

そこは、物音がして犯人が「ちっ」と舌打ちをして通話を切った部分だ。

佐脇は、その『物音』を何度も繰り返して聞き直した。

今のところ、犯人の居所の手がかりはこれしかないのだ。

すると……最初はノイズだと思っていた背景音が、次第にはっきり聴き取れるようになってきた。

ガラガラッと窓が開くような音と、何か叫んでいる声。

音量を上げて聞き直すと、『うっせークソババア!』と怒鳴るような音声が、ごくごくかすかに聞き分けられる。

それ以外、犯人の声のバックには物音はしていない。

どこか静かな場所……住宅街か……。

佐脇はふと、美知佳の実家のことを思い出した。横山家は閑静な高級住宅街にある。だが、近所で聞き込みをしたところによると、美知佳の兄は引き籠って荒れ狂い、美知佳や母親に暴力をふるっていた……。

『あそこに前に住んでた寺田《てらだ》さん……裏の横山さんとこの音があんまりうるさいんで、とうとう音《ね》を上げて引っ越しちゃったんですよ』

近所の住人が気の毒そうに教えてくれたことも思い出した。

『怒鳴り声とか、何かを壊す音とか、阿鼻叫喚《あびきょうかん》っていうんですか？　まあ、尋常《じんじょう》じゃない音でしたね。男の人が怒鳴ったり、お母さんが悲鳴をあげたり、若い女の子が怒鳴り返すのもごくたまに聞こえたりして。それがひどい時には何時間も続くんですから、寺田さんとこだってたまりませんよ』

まさか、とは思うし、半信半疑でもあるが、ナニもしないよりも動いた方がいい。とにかく今は、他に手掛かりがないのだ。

「ほい、ごめんよ」

と、再び警官を掻き分けてバルケッタのドアを開けると、そのまま乗り込んでしまった。

「おい、まだ鑑識も来てないのに、なにするんだ！」

松川が怒った。

「血痕は採取したんだろ？　ぶつかった痕も写真撮ったんだろ？　じゃあ、もういいだろ」

佐脇は無責任にそう言うと、ポケットからスペアキーを取り出してエンジンを掛けた。

バルケッタは、無事、生き返った。

「見つけてくれて感謝するぜ！　じゃあな！」

佐脇はエンジンを噴かして取り囲む警官を蹴散らして、走り出した。

『鳴海ハイツ』は、藤堂邸がある『鳴海ハイランド・リゾート・レジデンス』が出来るまでは鳴海随一の高級住宅街だったが、後発の『レジデンス』に抜かれてしまった。しかし、バブリーな『レジデンス』の裏山が大規模な土砂崩れを起こして以降、ふたたび『鳴海ハイツ』の人気が盛り返している。

その一角に、横山家がある。

静まりかえった住宅街をバルケッタで走行するのは気が引けるが、仕方がない。昼間、加速する時はあれほど心浮き立たせるイタリア車のエンジン音が、深夜の今は葬式で切り忘れた携帯の着信音のごとく肩身が狭い。できる限りエンジンの回転を落としているのだが、やはり周囲の家の窓に明かりがつき始めた。

その内の一軒からは、ついに住人が出てきてしまった。

「すみません。警察です」

警察手帳を見せたが、時間も時間だし、片側が派手に凹んだ真っ赤なイタ車でウロウロしている刑事は怪しすぎるだろう。

だが家から出てきた初老の男は不機嫌そうに鼻を鳴らしながらも、怪しむ様子はない。

「やっぱりあの家のこと？」

「は？」

「だから、こんな時間に見にきたのはあの家かと訊いてるの。あの家は空き家のはずなのに、最近誰かが出入りしてるみたいでね。雨戸はいつも閉め切ってて、売れたのかと思ったらそうでもないし。なんだか気味が悪いんだよ」

「あの家」とは美知佳の実家の裏手にある一軒を指すようだ。

「あそこはさあ、最初の住人が捨て値で売り払って逃げ出してから、何度か住人が替わって、そのあとずっと誰も住んでないんだよ。まあ、隣があのウチだから、それも仕方がないけどね」

隣の「あのウチ」というのが要するに横山美知佳の実家のことだ。引きこもりの兄・ヒデくんが始終野獣のように叫んで暴れるのだから、住人が次々に逃げ出すのも無理はない。

最近誰かが出入りしている？

これで佐脇の「もしかして」は「絶対そうだ」という確信に変わった。

佐脇は車を降りて、問題の家の周囲を観察した。

その家は、高級住宅街にふさわしい、そこそこデラックスな家だった。洋風二階建ての瀟洒《しようしや》な作りで、庭も広くとってある。残念ながら今は雑草が茂りゴミが投げ入れられていて、この『鳴海ハイツ』にはまったくそぐわない景観になっているが。

家屋が隣の美知佳の実家と、非常に近接しているのが致命的だった。これでは隣家の物音が逐一、聞こえてしまうだろう。

窓に明かりは点《つ》いていない。近づいて確認してみたが、電気のメーターも廻っていない。耳をすましても、中から物音は聞こえてこない。

独りで突入する腹は決めたが、事を起こすまえに、佐脇は水野に電話を入れた。

「よう。お前は徹夜態勢か？」

『佐脇さんこそ、午前零時を過ぎてもずっと動きっぱなしですか？　しかし、いくら自分の車だからって、現場検証の途中なのに勝手に乗っていくのは』

後輩に叱られそうになったので、先輩刑事は用件を切り出した。

「鳴海ハイツの……三丁目なんだが、横山美知佳の実家の隣」

佐脇は近くの電柱の住居表示を読み上げた。

「ここの所有者を調べてほしいんだが、この時間じゃすぐには無理か？」

『なんとかしてみます。それよりご報告することが。例の密告屋の八柱、あいつを調べていたら、神野に小遣いを貰ったとかいろいろゲロしたんですが……ヤツの「風変わりなロリコンの知り合い」について……ええ、佐脇さんが聞き出せと言った件です。ちょっと気になることが』

手帳のページを捲る音がした。

『問題の、その八柱のロリコン仲間の実家が、生花を大量に扱う仕事をしているそうなんです。八柱がその知り合いに、お前どうしてそんなに金回りがいいんだ、と一度訊いたら、仕入れにからくりがある、と自慢げに話していたとかで』

「それがなにか？」

『花を大量に扱うというと、花屋さん以外になにかあるでしょうか？　佐脇さんが倉島から持ち帰った捜査概要を私も読みましたが、九二年の「倉島事件」の時も、現場に残された大量の白百合の流通ルートを警察は調べています。しかし、結局そこから疑わしい人物にはたどり着けなくて、真犯人がどこから、どうやって花を手に入れたかは不明のままなんです』

「それは、引き続き調べろ」

結果を待つのが面倒になった佐脇は、そのまま「気味の悪い家」に突入することにした。捜査令状などない。勝手に他人の家に入るのだから住居侵入罪だが、怪我をしているらしい美知佳が心配だ。

佐脇はバルケッタに戻り、ダッシュボードから懐中電灯を取り出した。とても明るくて軽くて頑丈だという触れ込みの輸入品だ。

それを手に、ふたたび敷地に侵入し、玄関ドアを開けようとした。指紋を消さないように、ドアのノブにハンカチを被せて、ゆっくり回してみた。と……鍵は掛かっていない。そっと開けてみると、屋内は真っ暗だ。

どこにどんな仕掛けが施されているか、判らない。

刑事稼業も長いが、ジェームズ・ボンドが単身、悪の要塞《ようさい》に侵入するような、はたまたアクション刑事が極悪な敵のアジトに潜入するような経験はあまり無い。日本の警察はアジトを包囲して時間を掛けて投降を求め、それに応じない場合は機動隊がわっと突入する。

そもそも本来、刑事が単独でこんな事をしてはいけないのだ。だが、時間がないし、行方不明の美知佳を、県警が本気で探し始めるのを待ってはいられない。

拳銃すらない。刑事は必要がある時以外は丸腰なのだ。使えるのは頭の他には腕と足だけ。

暗闇の中で、犯人が鎌や斧《おの》のような凶器を手にして待ち構えているかもしれない。いやそれは映画の見過ぎか。

ドアをゆっくりと開けて、中の様子を窺う。耳に全神経を集中させて物音を聞く。がさがさという音がする。何かがいるのは間違いが無い。

腰をかがめ、低い姿勢でドアの隙間から忍び込んだ。立っていると鎌だか斧だかで、頭をなぎ払われるかもしれないが、姿勢が低いと襲う側も勝手が違う……かもしれない。

暗闇の中、必死に目を凝らしながら慎重に足を運んだが……。

がんがらがっちゃん！　という突然の大音響とともに、頭に衝撃があって尻餅《しりもち》をつき、咄嗟に手をついたら、その指に激痛が走った。

「！」

痛みを堪えて身構えたが、それ以上の攻撃はなかった。どうも、進路上にバケツとモップが置かれていて、それを佐脇が蹴飛ばしてモップが倒れて頭に当たり、ひっくり返って手をついたら、そこに鼠《ねずみ》取りが仕掛けてあって指をパチンと挟まれたのだと判ると、一気に緊張がとけ、急にバカバカしくなって笑いを堪えられなくなった。

ウハハハハ、と半ばヤケッパチで笑い声を立てると、それに呼応するように、家の奥の方からうーうーと言う声が聞こえてきた。

こうなったら構うものか。敵が続々と押し寄せてきてもバッタバッタとなぎ倒してやる。

持ってきた強力懐中電灯をつけようとしたが、尻餅をついたときに落としたらしい。探し当てて点灯した瞬間、真ん前に巨大な怪物が出現した。反射的に悲鳴を上げた。が、よくみると、それは巨大な写真のパネルだった。奇怪な仮面をかぶり、祭りか何かの扮装をした、等身大の人物写真だ。バリ島かアフリカか、どこか熱帯の、現地の祭を撮影したもののようだ。

バカにしてやがる。

なんとか冷静になろうと心がけ、ゆっくりと立ち上がり、さらに前進した。玄関ホールからは廊下が続き、その両側にドアがある。トイレか風呂か別の部屋か、そういう場所に通じる扉なのだろう。この道中にはなにも仕掛けはない。

ようやく突き当たりの、洒落《しゃれ》たガラスが嵌まったドアをゆっくり開けると、そこには広い空間がある。どうやらリビングのようだ。分厚い遮光カーテン、毛足の長い絨毯、L字型らしいソファなどを懐中電灯が次々に照らし出す。

ソファの近くに動くものがあった。それも二つ。一つはソファの上に転がされて、もがいている。もう一方はソファの前に端座し、こちらに首を向けようとしている。

ゆっくり近づくと、ソファの前に座らされていたのは藤堂栄一郎だと判った。後ろ手に縛られ、足はアグラで固定され、猿轡《さるぐつわ》がされている。

その後ろでソファに転がされているのは、美知佳だ。両手両足をぐるぐるに縛られて、これも猿轡。

佐脇はまず両方の猿轡を解いて話せるようにした。

「犯人はここに？」

低い声で訊くと、美知佳が大声で言った。

「もういない！　出ていった！」

美知佳は興奮状態だ。

「藤堂真菜ちゃんは？　あの子もこの家にいるのか？」

「いないと思う。真菜ちゃんは別の場所に隠していると犯人が言ってた」

やはり美知佳を拉致したのは、藤堂真菜ちゃんを誘拐していた人物で間違いないようだ。美知佳は側頭部に怪我をしているが、すでに血は乾き命に別状はなさそうだ。

「ここどこか知ってるか？　お前の実家の隣だぞ」

教えてやると、美知佳は「えっ！」と絶句した。

「犯人が私に面会を求めてきた。すべてを解決する名案があると」

藤堂栄一郎が悔しげに言った。

「この歳になって、こんな目に遭うとは……」

「犯人が言った名案とは何です？」

「その前に、この縄を解いてくれ。腕が痛い」

ロープはさほど厳重には縛られていない。縛り慣れていない人間が、見よう見真似で縛ったような結び目だ。美知佳と栄一郎が協力して、口でロープを噛んだり引っ張ったりすれば解けたかもしれない。しかし、暗闇で生まれて初めてこんな目に遭ったら、映画やテレビのタフな人質みたいな行動は取れない。

ロープが解かれて、藤堂はしきりに手足をマッサージしている。その間に、自由になった美知佳は玄関に行って電気のブレーカーをあげた。

部屋中がぱあっと明るくなった。

誰も住んでいない家のはずなのに、ソファやテーブル、壁にはちょっとした絵も飾ってある。たぶん、不動産屋がモデルルーム的に飾ったままなのだろう。

「犯人と称する男から、私に申し出があった。話し合いによっては、すべてを丸く収めることが出来る。直接会って話したい。私の名誉と孫娘の命、そして、私が守りたいもののために来るべきだ、と。他に手段はない、と」

「で、まんまと誘拐されたと」

そうだ、と藤堂は苦々しい表情で答えた。

「だが犯人が暴力的になったのは、そこにいる小娘が余計なことをしたからだ」

監視など頼んだ覚えはない、余計なことに部外者が首を突っ込んで、と藤堂は不満げだ。

「で、美知佳、お前はどうしてこうなったんだ?」

佐脇は美知佳に水を向けた。

「あたしは……家を出てふらふら歩いてたそこの藤堂サンが軽トラックに乗ったから、バルケッタで後を尾けたら、それがバレて」

「そりゃあんな派手な車だから無理もない」

「鳴海港に向かったからそのまま ついて行ったら、倉庫のところで見失って……ウロウロしてたら突然右から軽トラックが突っ込んできて……あたし頭打って気を失って、気がついたらその軽トラックに乗せられてて」

「その時私は、ここまで来たら話し合いをしなければと思っていたので、逃げるというようなことは、特に思わなかった」

藤堂は自分に言い聞かせるように頷いている。

「で、二人とも犯人の手に落ちて、ここまで来たと。犯人はどんなヤツだ?」

二人は正確に喋ろうと思い出しながら喋った。

「五十くらいのデブ」

「色白で、必ずしも健康的な顔色とは言えなかった。喋り方も威圧的であったかと思えば、気弱になったりと安定せず、対人関係にはあまり慣れていない印象を受けた」

佐脇は携帯電話で水野を呼び出そうとしたが、止めた。

「で、ここではどういうことになった？」

「その男は、勝手知ったる他人の家という感じでここに我々を連れ込んだ」

「気がついたら目隠しされてて、どこに向かってるのか判らなかったし」

二人ともここに拉致されたあとは身体的な危害を加えられることはなかった、と口々に言った。

「その五十くらいの冴えないデブは、要するに、何をしたかったんだ？」

美知佳は藤堂を見た。藤堂はむっつりとしている。

「犯人は……藤堂サンに謝れって言ってたよ。真菜ちゃんを返してほしければ、自分の誤りをキチッと認めろって」

要求が無視されたと知って、直接交渉に踏み切るとは。

藤堂に誤審を認めさせることは、今や犯人の妄執《もうしゅう》と化しているらしい。

その時、美知佳がテーブルの上にあるモノに目をとめた。

「あっ、それ。その写真だよ！　犯人がずっと手にとって眺めて、時々話しかけてたりしたんだ。なんかウットリしちゃって、ものすごく気持ち悪かった」

佐脇はポケットから手袋を取りだし、その写真を手に取った。

愛らしい少女が、頭に大きなリボンをつけて、ドレスを着て、ガラスの箱の中に寝かされている。リボンも服も純白だ。死んでいるようでもあるし眠っているようにも見える。そのガラスの箱は、祭壇《さいだん》のようなところに置かれている。周囲の様子も写っているが、なんだか日本ではないような、洋風の建物の中のようだ。

ガラスの箱の中の少女は、藤堂真菜に間違いないだろう。

栄一郎に見せると、「孫のように見える……」とだけ答えた。如何に孫娘を愛していなかったかが判ろうというものだ。

写真の横には、メモらしきものも置かれている。プリントアウトだから事前に用意したものだろう。

「藤堂サンがどうしても謝るって言わないものだから、犯人は腹を立てたみたいで……私からも、このオッサンにはずいぶん言ってやったんだけどね」

藤堂はいよいよ苦虫を噛み潰したような表情になった。美知佳が何を「言ってやった」のかは訊かなくても想像がつく。

「で、これが最後の要求だ、って、そのメモを置いて出て行ったんだよ」

佐脇は、その文面を読んだ。

『真菜に残されたのは三時間。それを過ぎるとガラスの箱には空気がなくなる。場所を教えて欲しければ、藤堂をテレビに出してきちんと謝罪させろ。曖昧な、何を言ってるのか判らないような謝罪ではダメだ。検察の主張を鵜呑《うの》みにしていい加減な審理をした結果、誤審を下しました、私は法の番人として失格です、と藤堂に言わせろ。その聞き役は、そのへんのアナウンサーではダメだ。そこにいる横山美知佳を使え。彼女なら、おれが元判事のジジイに言ってやりたいことを全部言ってくれるはずだ。これは絶対条件だ』

「おい、美知佳、なぜお前が聞き出し役に指名された？　ここに来て、何もなかった訳じゃないんだろ？　犯人と閣下とお前が揃って、けっこう話に花が咲いたんじゃないのか？」

ずっと不快な表情をしていた藤堂は思わず深く頷き、ついでバツの悪そうな顔になった。

「そんなことはない」

しかし美知佳は苦笑いをした。

「実は……犯人はここに来てから藤堂サンをガンガン責め立てたんだよね。いや、言葉で、って意味だけど。だからつい、あたしも一緒になって……」

犯人と美知佳がどんな言葉で藤堂を責め立てたのかは、これ以上想像したくない。

「で、閣下はそれでも、頑として自説を曲げなかったというわけだ。孫が殺されるかもしれないというのに」

「お前らには判らんのだ！　大津《おおつ》事件の時、大審院長であった、かの児島惟謙《こじまいけん》が、さまざまな圧力から身を挺《てい》して法を守ったように、我々法曹人には、法の独立を守るという崇高な使命があるのだ！」

藤堂は明治中期の話を持ち出して自説を主張した。

「ちょっとオッサン。なにが崇高な使命だよ。だから孫の命は捨ててもいいっての？」

「そうは言わない。孫の命よりも大切なものがこの世にはあると言うことだ」

「大切なもの？　あんたらのプライドとか裁判所の面子《めんつ》とか、人の命に比べたらどうでもいいことを守りたいだけなんじゃないの？　そりゃ児島惟謙とかいうヒトは偉かったかもしんないけど、アンタは、それとは比べものにならないくらいチッチャイ存在じゃん！」

「なんだと！　もう一度言ってみなさい！」

栄一郎はいきり立った。一方、佐脇は真菜の写真を見ながら考え込んでいる。

「これさあ、どっかで見たような……と思ったら、アレなんだよ。有名な『腐らない少女』の写真そっくりなんだよ。死んでから百年近く経つのに、イタリアのシチリアかどっかの納骨堂に安置されてるなんとかって女の子の遺体が、まるで眠っているかのような姿で、死んだ時そのままの状態で保存されてるんだが」

「なんで師匠がそんなコトを知ってるの？」

美知佳はびっくりしている。

「いや、警察の鑑識の講習会で見たんだ。別に聖なる力が働いたとか、魔法とかじゃなくて、当時としては画期的な死体の防腐処理法が用いられているってことで……その女の子の死体は、亜鉛塩とかの作用で石になっているらしいんだが、この衣装といい、リボンといい、犯人はそれを意識してる感じがするなあ。無垢なまま眠り続けているっていうイメージが」

「ああ、そう言えば」

美知佳が思い出したように言った。

「犯人が、その写真を見ながら言ってたんだよ。独り言みたいに。『君は本当に穢れというものを知らないね……こんな悪いひとたちのいけない言葉を君が聞くことがなくて、ホントによかった。せっかくのキレイな君の魂までが穢れてしまうよ』とか……」

佐脇は藤堂に視線を移し、あらためて問いただした。

「藤堂さん。こんな可愛い子を守れなくて、なんのためのオトナなんだ？　あんたは自分の孫を、こんな風にしたいって言うのか？　それは法律家うんぬん以前に、人間として最低だろ」

藤堂閣下は、追い詰められた表情を見せた。

「……私に、どうしろと言うんだ」

「犯人の要求通りに、テレビに出て、謝罪して貰いましょう。この際、本心じゃなくてもいいんだ。あんたの一世一代のウソでもいい。裁判官は嘘をついてはいけないかもしれないが、アンタは今は弁護士だ。弁護士なら、クライアントの求めに応じてどんな嘘でもつくのが商売だろ?」

「佐脇くん。それは世界中の弁護士を侮辱する言葉だな」

だがそう言う藤堂の声は、弱い。

「だってホントのことだろ。弁護士は依頼人の主張に沿った弁護をする。依頼人が嘘をついていれば、弁護士はその嘘を全力で補強するのが仕事だろ」

佐脇は藤堂を睨み付けた。

「時間はないぞ。三時間以内って、何時が起点の三時間だ? 犯人がここを立ち去って、どれくらい経つ?」

「一時間くらいかも」

ではあと二時間もない。

「さあ、今すぐ決断して貰おう! 藤堂サン、あんたの口先三寸で、孫の真菜ちゃんは助かる。誤審が『倉島事件』の判決だと言えば、梶原勉だって助かるんだ!」

藤堂は沈黙した。そのダンマリは数時間続いたように感じたが、実際は五分も経っていなかった。

「……判った。きみの言う通りにするしかないようだ」

藤堂は、ついにプレッシャーに屈して承諾した。

佐脇は、すぐに磯部ひかるに電話をした。

「こら、寝てるな！　今何時だって？　午前一時を回るところだ！　こんなときに寝てるヤツがあるかバカ！　今からすぐにうず潮テレビに行って関係者を叩き起こして特番を組んで貰え。中継車を出せ！　鳴海ハイツの横山美知佳の実家の隣だ！　我々が局まで行ってる時間はない！　どうせ鳴海署に中継車が張り付いてるんだろうから、そいつを回せ！　とにかく動け！　大スクープだと言え。県警本部長からも、すぐに公式の要請《ようせい》をオタクの社長に入れさせる！」

ひかるが反論する暇もなく指示した佐脇は、次に喧嘩腰で日下部とやり合って、特別番組を放送させせろと喚いた。

「だいたいあんたらの間違った方針と命令で捜査が遠回りしたんだからな！　倉島事件は関係が『ある』んだ。その渦中《かちゅう》の人物であるところの藤堂閣下が過去の誤審を告白するって言ってるんだ。それで命が二人分助かるんだ。こんな夜中にビービー言うなこの野郎！」

どっちが上司だか判らない口ぶりだが、佐脇の迫力と押しの強さに日下部は折れた。

「聞いてのとおりだ、藤堂さん。すぐに中継車がここに来る。局アナも来るかもしれないが、犯人の要求通り、美知佳、お前がツッコミ役をやれ！」

数分後。

パトカーの先導でうず潮テレビの中継車がやって来た。報道用の車輌だから、ワンボックスカー程度のものだ。

ドアが開くやいなや、スタッフがカメラや照明機材を家に運び込み、太いケーブルを何本も引き始めた。

鳴海署からは水野や光田たちもやって来た。

「日下部のダンナは？　アホッタレの神野は？」

「日下部さんはうず潮テレビの社長たちと話し合いに行きました。神野さんは……どうしたんですかねえ。八柱と逃亡するかもしれません。あ、これは冗談です」

興奮を隠しきれない様子で水野が言った。

「藤堂元判事が過去の誤審を謝罪すれば、真菜ちゃんは無事に戻ってくるんですね！」

「そう行けばいいんだが……」

すみませんが、とうず潮テレビのディレクターと名乗る男が割り込んできた。

「報道特別番組と言うことで、ＣＭはカットして放送します。段取りとしては、誘拐された藤堂真菜ちゃんのおじいさんが、直接犯人に呼びかけるんですよね？」

「正確には、犯人の要求通りに、誤審の謝罪をする」

佐脇は犯人が残した手紙と写真を見せた。

「これ、放送してもいいですか」

「いいよ」

佐脇は勝手に判断した。

「では、こちらのアナウンスのあと、藤堂さんにお話し戴きます。放送開始は、今から五分後です。聞き役は、そこのお嬢さん？　大丈夫ですかね、素人さんなのに」

ディレクターは危ぶんだが、犯人の要求ということで押し切った。とにかく緊急ということで、いろんな手続きを素っ飛ばし、打ち合わせもなしに文字通りのぶっつけ本番が始まった。

スタジオの磯部ひかるが挨拶《あいさつ》をした。髪に寝癖がついている。

「ただいまから予定を変更して、緊急報道特別番組、『真菜ちゃんをかえせ！』をお送りします。鳴海市の自宅を出たまま行方が判らない藤堂真菜ちゃんですが、犯人と名乗る人物から声明があり、残念ながら誘拐事件であることが明らかになっています。つい先ほど、事件に新たな展開がありました。これから、真菜ちゃんの祖父で、元広島高裁長官の藤堂栄一郎さんが、犯人の求めに応じて重大な発表を行うとのことです。では、現場からどうぞ」

ライトに照らされてカメラを向けられた藤堂は、キューサインを受けた緊張と重圧からか、声が裏返った。

「みなさん。あー、みなさん。私は広島高等裁判所長官を務めて定年退官した、藤堂栄一郎であります」

そう言ったまま、黙り込んでしまった。額には脂汗が滲んでいる。

「……私は……その」

そう言ったまま絶句してしまった。目が据わっている。

「私が広島高裁の判事時代に手がけた、ある裁判において、その」

横にいる美知佳が焦れてきて、我慢しきれずに口を挟んだ。

「『倉島事件』のことですね？　つまり、ここにいる藤堂裁判長が、無実の梶原勉さんに死刑の判決を下してしまいました。要するにそういうことですよね？　で、その死刑判決が最高裁で確定した。けどそれは明らかな誤審だった。違う？　梶原さんを二件の連続殺人、そして死体遺棄の犯人と決めつけたのは一九九二年の事件当時、始まったばかりで不正確だったＤＮＡ鑑定で、その鑑定は今は使われていないＭＣＴ１１８法という初期のものの一種類だけ。しかも担当者は極めて不慣れだった。あと……何だっけ？　そうそう、あんたらは密告屋を使って、そいつらを梶原勉さんと同じ留置場に送り込んで、梶原さんの自白をでっち上げたんだよね？　しかも連日連夜の、ものすごくハードな取り調べで梶原さんを追い込んだ。結果、インチキなＤＮＡ鑑定以外の物証は何ひとつないのに、無理やりの自白と密告だけで、死刑判決一丁あがり、ってワケ」

きちんと喋ろうという努力は早々に放棄したらしい美知佳のまとめに、藤堂は苦々しさもここにきわまれり、という渋面《じゅうめん》でうなずいた。美知佳が続けて説明する。

「ところが連続殺人とされた『倉島事件』のうち、二件目の三崎君子ちゃんの事件については、つい数日前、なんと真犯人が名乗り出ました。まさに九回裏大逆転！　これで死刑判決はナシってことになるはずだし、ＤＮＡを今の技術で再鑑定すれば梶原勉さんが一件目についても無罪であることが立証されるはずです……ってことで現在、再審請求の準備中。なので、藤堂氏はここで誤審を認め、過去の過ちについて公開の場で謝りたいそうです。それで間違いないよね？」

「まあ、そういうことだ」

「では、藤堂栄一郎さんの謝罪です！」

美知佳に尻を蹴とばされたも同然の状態で、藤堂は口を開いた。

「一九九二年に起きたいわゆる『倉島事件』の控訴審におきまして、私は一審の無罪を覆《くつがえ》して……」

ここまで言ったところで、藤堂は再び絶句してしまった。額からは脂汗が流れている。

「どうなってるんですかコレは？」

カメラの後ろで、ディレクターが佐脇に食ってかかった。

「いくら県警からの強い要請だとは言え、この放送が終わり次第、通常番組に戻さなきゃいけないし、この画像を東京に送るかどうか決めなきゃならないのに……あんなジイサンが言葉に詰まってるのをえんえん見せるだけじゃ時間の無駄です！」

その言葉が聞こえたのかどうか、藤堂はきっとした表情になってカメラを凝視した。

「私は……謝罪……いいや。私は、絶対に謝罪などしない！」

開き直ったように急に元気を取り戻した藤堂は声を張り上げた。

「ちょっとオッサン、じゃなくて藤堂サン！　今更、何言ってんの！」

慌てる美知佳に藤堂が吐き捨てる。

「いいか。裁判官の独立は憲法で保障されている。裁判官の地位は聖なるものなのだ。犯罪者ごときに左右されて堪るものか！」

「だけど、明らかに間違った判決を出したんだよ、あんたは！」

「それについて、裁判の後に裁判官がどうこう言う必要はない。裁判官は弁明せず、という大きな原則がある。裁判官は判決がすべてなのだ。結果的に間違っていたとしても、その判決について、裁判官が謝る必要はないし、謝るべきでもない」

「だけど、間違った捜査をした警察や検察は、謝るよ」

「彼らは謝っても、裁判官は謝る必要はない。裁判官とはそういうものである！」

藤堂はそう言い切った。

「検察からあがってきた証拠と、弁護側の反論を吟味《ぎんみ》してあの判決に至った。間違っていたとすれば、それは検察であり、また反論に意を尽くさなかった弁護側の責任でもある。よって私に責任はない。あるわけがない」

何度も繰り返すが、と藤堂の口調に熱が籠った。

「たしかに当時のDNA鑑定には限界があった。しかしその不完全さは後から判ったのだ。画期的新技術の導入を鳴り物入りでやったから、その不完全さを指摘できない雰囲気があった。当時からMCT118法だけでは犯人を特定するのに不十分だという声はあった。しかし、画期的な科学捜査、あるいは絶対に間違いない究極の鑑定法などと言われ、数億円の金をかけて、全国の警察にDNA鑑定の設備を導入した以上、DNA鑑定に間違いは絶対にありえないという方針を警察は貫いた。それはマスコミも同じだ。あの頃、DNA鑑定によって事件が解決したと、新聞もテレビも大騒ぎしたのを忘れたのか？　けっして裁判自体に手抜きがあったのではない。不完全な捜査をして起訴した警察と検察が悪いのだ。検察は都合の悪い証拠を裁判所には提出しない。そして、裁判所には『すべての証拠』を調査するスタッフはいない。法廷に出されたものだけで判断するしかないのだ。いい加減な捜査をした警察、および裁判官を惑わすような法廷戦術を駆使した検察が悪いのは当然であって、謝罪するのも当然だ。しかし、どうして裁判官が謝らなければならないのだ？　それはまったくナンセンスではないか！　しかも、どうして私だけが謝る？　判決を確定させた最高裁の連中はお咎めナシか？　おかしいだろう？　裁判の欺瞞《ぎまん》をどうこう言うなら、最後の最後で誤りを発見して是正《ぜせい》することも出来た最高裁の責任はどうなるんだ？　あの連中も真実を見抜けずに、私の判決を支持したんだぞ！　私を責めるなら、どうして最高裁の連中も責めない？　あの連中の子供や孫も誘拐して、謝罪させるべきじゃないか！」

開き直ったようなその熱弁に、美知佳は呆れた。

「あんた、何言ってるの？　あんたは裁判所とか裁判制度を守るために突っ張ってきたんじゃなかったの？　なのに、たった今、あんたは裁判所の親玉の、最高裁を批判したんだよ？」

「違う！　私は最高裁を批判なんかしていない！」

「言ってることが支離滅裂《しりめつれつ》じゃん、このクソジジイ」

美知佳は口を歪めて罵《ののし》った。藤堂は逆上した。

「お前に一体なにが判る？　裁判官を何十年もやれば判る！　最高裁や法務省に睨まれないように心を砕き、山のような裁判を抱え、読まなければならない書類と格闘し、スタッフさえロクにいないのになんとかノルマを果たし、世間の目を気にして街中の居酒屋で酒も飲めず、裁判所と官舎の往復だけの毎日なんだ！　裁判官だって人間だ。間違うこともあるし、愚痴《ぐち》のひとつも言いたくなる！」

藤堂自身も、何がなんだかよく判らないくらいに興奮状態に陥っている。

美知佳はそんな藤堂に冷たく言い放った。

「この日本には、心ならずも死刑判決を書き、その後裁判官をやめた判事もいるんだけど、そういう良心を持つ裁判官は不遇なんだよね」

「それは、その人物が弱かったからだ。裁判官のなんたるかも理解せずに判事になった、それが間違っていたのだ」

藤堂はそう言って切って捨てた。

「裁判官は普通の人間とは違う。司法の権威を体現する特別な人格なのだから、何があっても揺るがない強さが必要だ。その人間にはそういう強さがなかった」

「あんたは、『裁判官だって人間だ。間違うこともある』って、今言ったばっかだよ。どっちが正しいの?」

美知佳は嘲笑うように言った。

「それと、これはマジなんだけど、アンタは、誤審をなかったことにして、冤罪だと騒がれるのを避けるために、無罪である梶原勉さんの死刑執行を急がせていたのではないか、という強い疑惑があるんだけど?」

「バカな」

藤堂には不貞不貞《ふてぶて》しく笑う余裕が戻っていた。

「コドモの戯れ言《ざれごと》に付き合ってなどいられないね、お嬢ちゃん。こんな深夜に何を言ってるんだ。そんな証拠もないことを、しかも公共の電波で。幾らコドモだからって、名誉毀《めいよき》損《そん》で訴えてもいいんだよ。それに、老人になった私が、司法修習生時代の仲間と旧交を温めて何が悪いんだ？　コドモには判らんだろうが、年を重ねると、若かった頃のあれこれが堪らなく懐かしくなるんだ。駆け出しの頃に知り合った先輩や、違う分野の人たちとの交流も思い出す。それのどこがいけないというんだね？」

美知佳の声が怒りのあまりに震えた。

「よくもまあそんな言い逃れを。あんた裁判官ってより弁護士……いや、法廷の中であんたに一番近いのは犯罪者なんじゃないの？　お孫さんの命が危険に曝《さら》されてるんだよ？　それでもそんな、裁判所の体面だとか権威を守るとか、どうでもいいことの方が大事だっての？　バカじゃないのアンタ」

「権威を守らないで、誰が裁判所を信じる？　裁判は近代国家の象徴だぞ！　みんなが裁判に頼らず自分勝手に罰を与えたり復讐したりする世の中は、原始時代そのものじゃないか！　日本は早くから律令制度が整って裁判が始まっていた。その日本の歴史まで否定するのか？」

「そんなに話をデカくしてケムに巻こうったって、そうはいかないよ！　あーだこーだ言って、あんたは自分の責任を回避して逃げてるだけじゃん！　アンタは別に裁判所や法律を守ろうとしてるんじゃない！　自分を守りたいだけじゃん！」

むふふ、とディレクターが忍び笑いをした。

「頑固ジジイとパンク娘のガチバトルか。案外面白くなってきたな」

何を言ってるんだ、これには人の命が掛かってるんだぞ、と言いかけたとき、佐脇の携帯電話が震えた。放送開始時からマナーモードにしてあったのだ。

「……はい」

玄関先まで移動して電話に出ると、相手は『真犯人』からだった。美知佳のケータイを盗見して、この番号を知ったのか？

『なんだあの言いぐさは？　真菜と梶原が死ぬのは、藤堂のせいだ。そう本人に言っておけ。これで終わりだとな』

その声には怒気が溢れていた。

慌てて犯人を宥《なだ》めようとしたが、通話は切られてしまった。

その時、いったん外に出ていた水野が、息せき切って入ってきた。

「原田沙希ちゃんの遺体を飾っていた大量の白百合の出所が判りました。西日本で一番大きな生花問屋『橘《たちばな》商店』で、原田沙希ちゃんの遺体が見つかった前日に販売されています」

「誰が買った？」

「そこです。帳簿にはまったく記載されていなかったので、今まで確認出来なかったのですが、八柱がゲロしたことの裏を取って突き止めました」

「八柱のロリコン友達が生花を大量に扱う仕事をしていて、えらく金回りがいい、という話だな?」

「ええ。八柱によれば、そのロリコン男が『仕入れにからくりがある、仕入れを操作して、帳簿の上でかなりのカネを浮かせていた』と言っていたとのことだったので、『橘商店』の販売主任を締めたところ、ゲロしました。生花を多めに仕入れて、枯れて廃棄したことにして横流ししていたと。その分を帳簿では損金処理していたんですが、じつはウラで安く売りさばいていたんです。枯れて捨てたことになっている花を格安で横流しして、売り上げを主任が懐に入れ、それを買ったヤツも帳簿上では正規の価格で仕入れたことにして、やはり差額を懐に入れていたわけです」

「で? こんな時に回りくどい説明をするな! 時間が惜しいんだ!」

「はい……そうやって花を買っていたのは、天羽《あもう》俊一《しゅんいち》という人物であると特定出来ました。天羽俊一は、岡山県倉島市に本社があり、主に西日本を営業基盤にする葬祭イベントと不動産管理を営む会社『天羽企画』の専務という肩書きをもつ男です。天羽俊一は、これまでに少なくとも五回、大量の白百合を買い付けていたと言うことです。普段はバラとかいろんな派手な花も仕入れるのに、白百合だけを仕入れるときがあるので印象に残っていたと自供しました」

「天羽企画という会社は、その男の親族の経営か?」

「はい。親が経営しております」

冠婚葬祭……。

佐脇はディレクターに預けた例の写真を取り戻すと、水野に見せた。

「これ、どう思う？　いや、ガラスの箱とか中の女の子の事じゃなく、背景だ。箱が置かれた場所」

「なんだか……教会みたいですね」

教会……。

キリスト教会はこの辺にはない。いや、あるにはあるが、ひどく狭くて古い建物で、数少ない信者を相手に細々とやっている零細《れいさい》教会だ。この写真に写っているのは、一見、大理石でできているような、本格的な美しい祭壇なのだ。

教会みたいな建物と言えば。

「結婚式場ですかね？　式場にはチャペルが付き物じゃないですか。本物か偽物だか判らないインチキ牧師が聖書を片手にカタチだけのセレモニーをやる……」

「それだ！　インチキなチャペルがある、俗っぽくて派手な。この辺にあるか？」

しばらく考えていた水野が思い出した。

「ありますよ！　国道沿いに結婚式場が。しかしそこは、去年前に潰れましたけど」

「国道沿いって、あのドデカイ建物か？」

「ええ。結婚式と葬式の両方に対応してるのがウリだったけれど、両方がかち合うことが多くて、どっちからも嫌われて利用者が激減した……鳴海セレモニー！　そうですよ佐脇さん。鳴海セレモニーです！」

「おい水野。それって、もしかして、もしかすると、天羽企画の持ち物だったりしねえか？」

調べます、という水野の返事も聞かずに、佐脇は飛び出していった。

＊

国道沿いにある『鳴海セレモニー・ホール』は一時、鳴海で一番大きくて広くて立派な冠婚葬祭場だった。尖《とが》った塔を戴くチャペルに芝生《しばふ》の広い庭。この庭でのガーデン・ウェディングが話題になった頃もあった。しかしその後、鳴海グランドホテルの結婚式場がグレードアップし、市内にも新たな低価格の結婚式場が出来て、『鳴海セレモニー・ホール』の価格の高さが敬遠された。暑さ寒さ台風花粉などの影響を受けやすいガーデン・ウェディングも出席者には不評だったし、葬儀場を兼用していることも嫌われた。さすがに結婚式と葬式を同時刻に行うことは無かったが、どうしても霊柩車《れいきゅうしゃ》が目に入るし、「セレモニー・ホール」の名前も、葬儀場というイメージに直結した。

葬儀場を別の場所に移転した時は手遅れで、大きな建物と広い庭の維持管理費がかさみ、営業を続けられなくなった。取り壊すにも巨費がかかるので、持ち主は塩漬けにしてしまったのだ。

深夜の巨大な廃墟《はいきょ》は不気味だった。

ガーデンパーティで賑《にぎ》わうこともあった広大な庭は荒れ果てて、雑草が生《お》い茂っている。その向こうに、尖塔《せんとう》のあるヨーロッパ中世の教会風の洋館が建っている。月明かりに照らされて、高い塔が鈍く光っている。吸血鬼か何かが現れそうだ。

広大な敷地は高いフェンスで囲まれている。「立ち入り禁止」の看板もある。

両開きの、唐草模様の門扉があるが、チェーンが巻かれ、南京錠がとりつけられている。

佐脇はバルケッタのトランクを開け、工具セットの中から金属カッターを取り出して、チェーンを切断した。

またしても家宅不法侵入だが、構っていられない。三時間というタイムリミットのうち、すでに二時間が経過しようとしていた。

廃園と化したガーデンを走って、教会風の建物のエントランスに着いた。大きな木製の、これも両開きのドアにはもちろん鍵が掛かっている。

佐脇は同じくバルケッタから持ち出したバールを何度も叩きつけ、ドアを破壊した。

「うわ。なんだここは……」

そこは、巨大な空間だった。暗黒がぽっかりと口を開けている。ビル数階分の吹き抜けの底に、無駄に広大なチャペルがある。こんなに広いと、幾ら強力でも懐中電灯では、全貌を照らし出すことはできない。

この建物の電気は生きているのだろうか？　ブレーカーを落としてあるだけなら、明かりは点くはずだ。

結婚式場なら、ブレーカーのようなものは目につくところにあるはずがなく、事務所か機械室にあるのだろうが、それは何処《どこ》にあるのか？

佐脇は懐中電灯を頼りに、真っ暗な建物内の探索を開始した。

と、その時。

どこからともなく、笑い声が響いた。

あはははは！　と人を嘲るような笑い声が、石とコンクリートの建物の内部に反響する。深いエコーを伴う音響だ。

一瞬背筋が総毛立った。この廃墟に取り憑《つ》いた悪霊、いや黄金バットか……いや、それはいくらなんでも古すぎるだろう、などとバカなことを考えてしまう。

笑い声は嘲りの言葉に変わった。

「やっとここまで辿り着いたのか。刑事も検事も判事も全員、マトモな仕事ひとつできないバカだと思っていたが、やるじゃないか！　時間はかかりすぎだがな！」

吹き抜けの上方に回廊のようなものがあるのだろうか。声はそこから降ってくる。足音とともに、声の出処も移動する。ヤツにとってこの場所は、勝手知ったる他人の家みたいなものかもしれない。真っ暗でも何が何処にあるか熟知していれば、すみやかに移動できる。初めてここに踏み込む佐脇にとっては不利な条件だ。

佐脇は携帯電話を取り出した。

「水野！　おれは今、例のセレモニー・ホールに居る。もちろん中だ、バカ野郎！　住居侵入罪？　知ったことか！　近くに犯人が居るんだが、真っ暗で何も見えない。投光器をもってこい！　今すぐにだ。すべてに優先して、投光器だ！」

一方的に命令して通話を切ると、足音が移動した方向に佐脇も進んだ。

足元と行く手を懐中電灯で交互に照らしながらではスピードが出ない。おっかなびっくりの走りになってしまうのが、自分でももどかしい。

うすぼんやりとだが、チャペル内部の構造が少しは判ってきた。入り口に正対してステージのような祭壇があり、そこに向かって通路が延びている。結婚式の時は赤い絨毯を敷いたのだろう。

祭壇を正面に、巨大な空間の両サイド上部にはバルコニーのような構造物が張り出している。新郎新婦にスポットライトを当てるなど、いろいろな演出のための照明スタッフが仕事をするためのバルコニー兼、通路なのだろう。

いや、バルコニーは一層だけではない。さらに上方に、もう一つの……。

「わっ」

頭上に気を取られるあまり障害物に気がつかなかった。祭壇の手前に、公園の水飲み場のような石造りの水盤があり、佐脇はしたたかに腹を打って尻餅をついていた。

「結婚式場のインチキ教会に、なんでこんなもんがあるんだよ！」

必要ないだろ、と起き上がりながら毒づいた。腰ぐらいの高さの洗礼盤は『ゴッドファーザー』の洗礼式と大量粛清《しゆくせい》のカットバックで見たことがある。

その時、パイプオルガンの荘厳な音が大音量で響き渡り、同時に嘲笑が上の方から降ってきた。音響システムは生きているらしい。

祭壇脇に螺旋《らせん》階段をみつけた。二階と三階のバルコニーにはここからのぼるのだろう。

「おい！　藤堂真菜ちゃんはどこにいる？　罪もない子供の命を奪うな！」

返事はなく、足音と乱れた息遣いしか聞こえてこない。

「何が目的なんだ？　二十一年の間をあけてお前が犯行を再開した理由は何だ⁉」

返事はない。佐脇はなおも声を張り上げた。

「『倉島事件』でお前はうまく罪をのがれた。なのに二十一年も経ってまた始めたのは何故だ？　完全犯罪が意味ねえじゃないか！　その辺が全然理解出来ないんだ！」

「あの色キチガイのバカ女。それと、藤堂のジジイだ！」

上の方から返事が降ってきた。

「あの二人には我慢が出来ない。偽善者は罰せられるべきだ。なぜなら」

「そのハナシは後からゆっくり聞く。今は、藤堂真菜ちゃんだ。真菜ちゃんはどこだ！」

「条件が満たされてない！　あの子を解放するのは、条件が揃ったらと言ったはずだ」

たしかに、テレビ中継はしたが、藤堂栄一郎は自らの誤審を謝罪しなかった。それどころか逆に開き直った。

「どこで中継を見た？」

「今はワンセグでどこでも観《み》られるだろ！　化石刑事は引退しろ」

ははははは、という嘲笑がチャペルの中にわんわんとこだまして、吐きそうになるほど気味が悪い。響き渡るパイプオルガンの音色が、不気味さに拍車をかける。

「あの子に罪はないだろ！」

「それを言うなら原田沙希にも坂本佑衣にも罪はなかった。あの子たちが旅立ったのは罪があったからではない。むしろこの世の罪から、おれはあの子たちを救ってやったんだ。まあ、アンタには理解出来ないだろうが」

「あの写真を見たぞ。お前はシチリアの地下墓地にある、百年前から朽《く》ちることのない、あの何とか言う少女の遺体を真似したつもりだろう？　そうだろ？」

佐脇はそう言いながら、足音を立てないようにゆっくりと前進して、螺旋《らせん》階段に足を掛けた。

「よく判ったな。ロザリア・ロンバルドはこの世の罪に染まる前に旅立った」

「お前は、脅迫状とか電話で、藤堂栄一郎への怒りを主張したよな？」

「ああ。アイツについては、言うべきことは全部言ったつもりだ」

「だが、藤堂の誤審を許せないと言うなら、どうしてお前は『倉島事件』の判決が確定して、無実の人間が死刑になることが決まったときに、声を上げなかったんだ？　その時は、自分が罪を逃れてホッとしてたんだろ？　一事不再理で、もう自分が罪に問われる事はないと胸をなで下ろして、もうやらないことにしたんだろ？　違うか？」

「全然違うね。おれは三崎君子の件には関わってないが、坂本佑衣と原田沙希のあいだに二人の天使たちを旅立たせているんだ。お前ら警察はマヌケだから死体も発見できず、『神隠し事件』とか呼んで、行方不明のままにしてしまったがな！　同じように遺体の周りは花で飾った。もっと山奥の、獣道もないところに飾ったから、お前らには見つけられなかっただけだ」

旅立ちの儀式が終わったあとは深く埋葬した、と天羽俊一は移動しつつ得々と語っている。佐脇は喋らせるままにして、ゆっくりと歩を進めていく。

「旅立ちの儀式は、いわばおれの『アート』だ。回を重ねるうちに、広く世に知らしめたいという気持ちが強くなってきた。アートには観る者が必要だ。あの子たちの魂のためにも、そうするべきだ、と思うようになったんだ」

天羽は勝手な理屈を並べ立てている。佐脇はキレた。

「女の子を殺して、その亡骸《なきがら》の周りに花を並べることの、一体どこがアートだ？　ふざけるな！」

「うるさい。おれにはおれの美学というか、フォルムがある。ルールがある。スタイルがある。お前なんぞには判らん。お前や、三崎玲子みたいなバカ女には！」

天羽俊一の声は、だんだん近くなってきた。だが、厚いステンドグラスからかすかな夜の外光が入るだけの建物内は、ほとんど何も見えない。

「三崎君子の件は、おれの作品ではない。手法も何もかも全部が違う。同時期に女の子が誘拐されて殺されたというだけで、便乗犯だと見抜けなかった警察におれは怒りすら感じた。名乗り出たかったが、黙っていることにした」

「嘘だな。お前はつかまるのが怖かっただけだ」

「違う。坂本佑衣の件はおれの最初の『作品』で、あれが出来れば捕まってもいい、思い残すことはないと覚悟していた。だがおれは捕まらなかった。だから思った。これがおれの使命なんじゃないかと」

罪を逃れたことに味をしめて、二度、三度と繰り返したのか。

「だが、おれを騙《かた》ったやつへの怒りが消えることはなかった。アーティストなら盗作は許せないよな？　だから三崎君子の母親のことを調べあげた。で、だいたいのことを摑んだ」

真相に近づいたのはおれだけじゃない、と天羽は言った。

「最初の頃は母親を疑う雑誌の記事だって幾つかあったんだぜ。その記事を書いたヤツは冴えてると思ったが、とりあえずその時のおれには、もっと作品をつくりたい、表現したい、という欲求が正義と真実の追究よりも重要だった。ところが」

天羽の声にさらなる怒りが籠もった。

「去年だ。あの馬鹿女が、お涙頂戴の手記を書きやがった。我が子を殺した犯人のくせして、被害者ヅラして涙の手記なんぞを書きやがった。中身もひどいものだった。卑怯《ひきょう》にも罪を逃れた女が、悲劇の母親になりきってるんだぜ！　だからおれは手紙を書いた。藤堂のジジイに書いたようにな」

天羽はスイッチが入ったように喋り続けた。

「電話もかけた。お前がやったんだろ、それを他人のせいにして平気でいられるのか？とか煽ったら、取り乱して、お願いです、どんなことでも聞きますから、警察にだけは……ときた。まったくバカはどうしようもない。あの女の頭の中からは、真相を知る人間がほかにもいる……それはつまりおれのことなんだが、おれの存在がすっぽり抜け落ちていたんだろうな」

おそらく、一連の事件の経緯を誰かに話したくて堪らなかったのだろう。三崎玲子や藤堂栄一郎には小出しにして、脅しの材料に使ったが、事件の全貌をバラして、如何に自分が優秀かを自慢したくて堪らなかったに違いない。

刑事ドラマの終盤で犯人がすべてをぶちまける場面がお笑いのネタになることがあるが、犯人の中には、すべてをぶちまけたい欲求の権化《ごんげ》ともいうべきヤツがいるのも事実なのだ。

お前などには判らん、などと他人を見下しつつ、実は「判って欲しい」気持ちが人一倍強い、自己顕示欲と自己愛に取り憑かれたモンスターだ。

そして今、暗闇の向こうにいる天羽俊一もそのタイプだった。

「おれは、三崎玲子や藤堂栄一郎の欺瞞《ぎまん》に満ちた言動を、すべてひっくり返してやろうと決心した。その前に、三崎玲子はさんざんいたぶってやった。エロい格好でフラフラ歩かせて、それを遠くから眺めてるのはなかなか面白かったぜ。あとは藤堂栄一郎だ。おれは原田沙希を誘拐して、その写真を藤堂に送りつけた。藤堂なら、ピンとくると思ってな。藤堂が自らの誤審に気づき、梶原の再審がすみやかに始まるはずだ、いや、そうあるべきだと考えた。しかし、そうはならなかった。お前ら県警の動きも変だった」

誤審が明らかになるどころか、新たな誘拐と『倉島事件』をあくまでも切り離そうとする、おかしな力が働いているとしか思えなかった、と天羽は言った。それについては佐脇も反論できない。

「それでおれは、藤堂が、自分のミスを握り潰そうとしてるんじゃないかと考えた。考えるほどに腹が立ってきて、おれは決めた。誤審について謝ったためしのない裁判官というものにこの際、徹底的にダメージを与えてやると。せっかく自分の過ちを告白するチャンスを与えてやったのに藤堂がそれを無駄にしたからだ」

螺旋階段は終わった。

昇りきると、そこは二階のバルコニー部分に繋がっている。

佐脇は、ゆっくりと進んでいたが、言い返したくなるのを必死で堪えていた。

告白するチャンスがあったのは天羽俊一も同じだ。『倉島事件』の真相を知る人間は自分ひとり。よって、この件について間違った判断を下した全ての人間を、自分には裁き罰する権利があるという、歪んだ正義感を許すことは出来ない。なんせコイツは、自分のやったことを都合よく棚に上げているのだ。

天羽は筋の通らないことが病的に許せず、あくまでも自分の美学を貫きたい異常者だ。そして、自分が間違っている可能性については一切、認めることができない。その意味では藤堂と同じ種類の人間だ。だが天羽による藤堂の糾弾は続いている。

「裁判官は、どうして謝らない？　人間はミスを犯す？　だが警察と検察は謝るぞ。警察も検察も、裁判官も、同じ人間じゃないのか？　それでも裁判官は絶対に謝らない。裁判官は、絶対に間違ってはならないからか？　だがそれは謝らない理由にはならない。無《む》謬《びゅう》であるべき裁判官といえども、誤審が明らかになれば速やかにそれを訂正し、謝罪するべきだ。しかし、藤堂栄一郎は誤審を認めるどころか開き直った。死刑執行を早めようとさえした。だから、そんなヤツの孫が死んでも、それは自業自得だ。孫が死ぬのは、爺さんが悪いからだ！」

そこで、さすがに佐脇がずっと黙ったままなのに異変を感じたのか天羽は口調を変えた。

「おい。聞いてるのか？　何とか言え！」

その時。

大聖堂のような建物の、開けっ放しの入り口で物音がした。と同時に、眩《まばゆ》い光がすべてを満たした。

ずっと暗闇のなかにいたので、佐脇は目が眩《くら》んだ。

が、それは天羽俊一も同じだった。

すべての犯罪の張本人は、バルコニーの、佐脇の目と鼻の先にいた。

「この野郎！」

反射的に佐脇は飛びかかった。指が天羽の着衣の襟をとらえた。次の瞬間、布の裂ける音が響き、天羽はするりと佐脇の手から逃れていた。

「佐脇さん！」

下から水野が叫ぶ。

スポットライト式の投光器が点灯していた。白い光が、大聖堂もどきの建造物の内部を照らし出している。

「もっと光源を足しますから！」

「おう！　助かったぜ！」

佐脇は、天羽の後を追った。

二人がいた場所は、聖堂二階のバルコニーだ。

細い通路の先に、もう一階分、さらに上に通じる階段が見えた。

天羽が必死で駆け上っているのが見えた。

美知佳のいうとおり、五十くらいの、醜《みにく》く太ったデブだ。

さながら「オペラ座の怪人」の一場面のような光景だが、逃げるのがクールな怪人ではなく、デブな中年男なのが興醒《きようざ》めだ。

階段の上にはまたバルコニーがあり、それはL字に折れて正面に延びている。

大聖堂もどきの入り口から入って正面に当たる場所、つまり祭壇の上に、ピアノのような鍵盤といくつものペダルをそなえた装置があった。宇宙船の操縦席にしか見えない。

近づいた佐脇は、その装置の上を仰ぎ見て、驚いた。

そこには、夥《おびただ》しい数の、きらきらと輝くパイプ状のものが聳《そび》え立っていたのだ。

……パイプオルガンだった。この聖堂もどきには、もの凄く巨大なパイプオルガンが取り付けられていたのだ。

太さも長さもさまざまな、銀色のパイプがびっしりと、天井めがけて伸びている。

その下にあって操縦席のように見えるところが、奏者が座って演奏する席だ。不気味な宗教曲のような音楽はまだ建物内に響きわたっている。席に奏者の姿は無い。自動演奏か。

天羽は、その演奏台まで逃げたが、その先にもう逃げる道はない。行き止まりだった。

佐脇は、天羽に向かって、ゆっくりと近づいていった。

「もう最後だ。お前の理屈は一応判った。いろいろ反論したいことがあるが、それは取調室でゆっくりやろう。観念して、お縄を頂戴しろ!」

佐脇はポケットから手錠を取り出して、高々と掲《かか》げた。

パイプオルガンを背にした天羽は、完全に追い詰められた格好になっている。

「もうダメだ。これ以上どこに行くんだ? 人間、諦めが肝心だぞ」

天羽に因果を含めつつ、佐脇はさらに近づいた。

が、窮《きゅう》鼠《そ》猫を噛むと言うべきか、天羽は驚くべき行動に出た。

パイプオルガンの鍵盤部分に足をかけ、鍵盤を踏み台にして、その上に伸びるパイプに取り付いて、よじ登ろうとし始めたのだ。

建物の中が、さらに明るくなった。見ると一階には、さらにもう一つ、投光器が持ち込まれていた。周辺をまんべんなく照らすタイプの、夜間の道路工事などで使われている提灯型のライトだ。

銀色のパイプがいっそうキラキラと輝き、天羽が試みようとしている脱走が如何に無謀であるかが、まさに白日のもとに照らし出された。

パイプの上方には、天井しかない……いや……天井のすぐ下に、小さな窓がついている。まさか、それを開けて脱出しようとしているのか？

「佐脇さん！　真菜ちゃんが見つかりました！」

下から水野が叫んだ。

「下を見てください！　真下です」

パイプオルガンの真下が、祭壇になっている。十字架が飾られ、その前にガラスケースが置かれていた。長方形の、小ぶりの柩《ひつぎ》のようなガラスの箱だ。中に横たわっている人形のような姿が、はっきり見えた。白いドレスを着せられ、頭には大きなリボンが飾られている。

「それだ！　すぐにその箱を開けろ！」

すでに三時間のタイムリミットは過ぎている。

少女の愛らしい顔は真っ青だ。ガラスの柩を埋めつくす、夥しい花よりも白い。心なしか、その表情にも苦悶《くもん》の色がある。ガラスケースの中の空気は、すでに尽きつつあるのではないか。

「急げ！　すぐに外に出さないと、その子が窒息《ちっそく》してしまう」

佐脇は気が気ではない。

水野と光田がガラスケースに駆け寄り、開ける方法を探している。

その時、パイプオルガンの上方から笑い声がした。

「無理に開けるとどんなことになるか、知らないぞ！　おれがどんな仕掛けをしたと思ってるんだ？」

何もしていないかもしれないが、何かしているかもしれない。無理やり開けると、毒ガスが噴射されて中の真菜ちゃんは殺されてしまうかもしれないし、もっと単純に、発火する仕掛けがあるのかもしれない。

「待て！　ここは慎重にいこう！」

佐脇は下に声を掛けた。

「だが佐脇！　もうじき時間が来るぞ！　犯人が言った三時間は、もうとうに過ぎてる」

光田が怒鳴り返した。

佐脇は、パイプをよじ登ろうとしている天羽に叫んだ。

「お前はもうおしまいだ！　だったら、一人の命を救ってくれ！　頼む！」

天羽の嘲笑が返ってきた。

「断る」

「開ける方法を教えろ！　力ずくでも聞き出してやる」

佐脇も鍵盤に足を掛け、パイプをよじ登ろうとした。

が。

バキッと音がして佐脇が摑んだパイプが壁から外れた。あわてて手を離すと、剝がれたパイプはずるずると落下し、バルコニーの手摺《てす》りで斜めになって止まった。だが、それで終わりではなかった。一本が脱落すると、そのまわりのパイプまでがバキバキと音を立てて、連鎖的にバラバラと壁から剝がれ落ち始めたのだ。

「なんだこれは！」

足元をよく見れば、鍵盤だと思ったそれは、鍵盤のように設《しつら》えた、ただの台だった。壮麗なパイプオルガンのように見えたモノは実はハリボテで、フェイクの作り物、ただの飾りだったのだ。結婚式場をひたすら豪華に見せるための、格好だけのパイプオルガン。流れ続けている音は、スピーカーからＣＤでも再生しているのだろう。

だがしかし、天羽は必死になって偽のパイプによじ登っている。

「おい天羽！　危ない！　これは危険だ！　チャチなつくり物だぞ！」

しかし天羽は聞く耳を持たず、そのまま一番太くて長いパイプにしがみついたままだ。

そのパイプが嫌な音を立て始めた。

「おい！　お前が死ぬのは勝手だが、その前に真菜ちゃんを助けろ！」

「断る！」

天羽が大声を出した瞬間、そのパイプも壁から浮いた。

「あ、あああ、あ……」

パイプは、そのままバキバキと音を立てて壁から剝離《はくり》して、その先端が弧を描いて宙に浮いた。

パイプにしがみついている天羽のすぐそばに、聖堂もどきの天井から吊るされた、豪華なシャンデリアが迫っていた。腕木がたくさん出て、数え切れないほどの電球とガラス球がついた、ど派手なものだ。

天羽は無我夢中で落下するパイプからシャンデリアに乗り移ろうとした。だが、トロそうなデブである天羽は上手く飛び移れず手が滑って、かろうじて腕木を摑んでぶら下がった。

床からはゆうに十五メートルはあるだろうか。

「おい。お前はデブだから、そこから落ちたら死ぬぞ！」

シャンデリアはあまり太くないチェーンで天井から吊るされている。デブの体重をいつまで支えられるか、まったく予想出来ない。いやその前に、シャンデリアの腕木が折れてしまうかもしれない。

「あっ！」

果たして、両手で二本の腕木にぶら下がっていた天羽の、右手の方の腕木がポキリと折れた。

「た、助けてくれっ！」

「そう言われても、どうしようも出来ないな」

佐脇は無責任にコメントした。

「おれがシャンデリアに飛び移ったら、シャンデリアごと落ちるかもしれないしなぁ」

「なんとかしてくれ！」

佐脇は、すぐには動かなかった。

どうすればいいのか、考えていたのだ。床にはすぐにはマットは用意できない。用意するまでにあのバカの腕の力が抜けるか、シャンデリアが壊れて落ちてしまうだろう。ならば、シャンデリアを吊っているチェーンの強度を信じて、おれが飛び移り引っ張り上げてやるしかないか……。

「判った。なんとかしてやる」

佐脇も、偽物のパイプによじ登った。なんとかゆっくりパイプを曲げて、それを伝って
シャンデリアにうまくたどりつけないか試そうとした。
だが、そう都合よくパイプが曲がるわけもない。壁にくっついているか剝がれるかの、
どちらかなのだ。
「仕方ねえなあ……」
佐脇は、間合いを見計らって、シャンデリアに飛び乗ろうとした。思い切りパイプを蹴
って飛べば、なんとかなるんじゃないか。しかし、失敗したらおれも死ぬ。
「たた、助けてくれっ……」
ええい、ままよ。
佐脇の身体が宙を舞った。
右手がシャンデリアのチェーンを摑んだ。なんとか理想的な形で、シャンデリアの中心
部に飛び乗ることが出来た。
だが、そこからは考えている時間はなかった。
天羽が両手でぶら下がっている腕木が、限界に達していたのだ。
「頼む！　助けてくれ。死にたくない……」
佐脇は、右手を伸ばして、天羽を引っ張り上げようとした。
が。

そこでふと考えた。

今、天羽俊一を助けたら、その後どうなるか？

こんなモンスターは、親からしてまともではないだろう。出来の悪い息子を溺愛して、ますますバカに育ててしまったか、アバタもエクボでバカ息子の言うことならなんでも信じ、言いなりになるか。

そんなダメ親なら、息子の弁護に腕利きを雇い、心神耗弱《こうじやく》による無罪を主張させるかもしれない。

二十一年前の一連の事件については時効だ。またそれ以降の、天羽がやったと称する二件についても死体が出ていない以上、立件出来るかどうか判らない。鳴海で起きた誘拐二件だけでは裁判に持ち込めても、この野郎が心神耗弱で死刑を逃れる可能性は高い。

いっそここで見殺しにするか、と佐脇の頭の中で囁く声がする。そうしたところで、少しも心が痛まないことは判っていた。天羽が死んでも、おれが責任を問われることはない。事実上はおれが死刑にするようなものだ。

天羽は目に涙を浮かべて命乞《ご》いをしている。しかし。

ここで天羽を殺した場合。『倉島事件』の全容は解明出来ないだろう。たとえばＤＮＡの再鑑定に十分な試料がなかったら？　最大の決め手となる天羽の自供が得られなければ、最悪の場合、梶原勉の潔白がきちんと証明されないかもしれない。もしくはバカ親が

「俊一は冤罪で殺された」と騒ぎ出す可能性さえある。

……やはり、見殺しにするのは得策ではない。

佐脇は、土壇場《どたんば》で翻意《ほんい》した。

右手を伸ばして、天羽の片手をしっかりと摑んだ。しかし、ヒヨワなデブは腕の力が弱くて、懸垂《けんすい》の要領でシャンデリアによじ登ってくることが出来ない。いや、そんなことをしてシャンデリアが揺れると、それこそチェーンが切れるか、天井が落ちてくるかもしれない。見かけ倒しはパイプオルガンだけではなく、この大聖堂もどきの建物すべてが安普請の可能性が高い。

シャンデリアに乗ったまま佐脇は周囲を観察した。

三階のバルコニーか、パイプオルガンの偽の演奏台か。そこに天羽を着地させれば、何とか助かる。そのためには、シャンデリアをブランコのように動かすしかない。

「いいか。シャンデリアを揺らすから、バルコニーに一番接近したところで飛び降りろ。死んだ気でやれ」

「無理だよ、そんなの……怖いよ」

「バカ野郎！　それしか他に方法がないんだ！」

佐脇はブランコを漕ぐ要領で全身の筋肉を使い、重いシャンデリアに少しずつ振れ幅を与えていった。

その振幅は少しずつ大きくなっていく。

「バルコニーに届くか、チェーンが切れるか、どっちが早いかが勝負だな。お前も協力して揺さぶれ！」

天羽も必死になって、ぎこちなく身体を動かしている。

ぎしぎしと音を立て、飾りのクリスタルをちりちりと鳴らしながら、シャンデリアは左右に大きく揺れ始めた。ガラスのパーツが投光器からの光に反射して、きらきらと輝き、ミラーボールのような光の点が建物の内壁に激しく乱舞している。

振幅がいよいよ大きくなり、天羽の足がバルコニーにかろうじて届くまでになってきた。

「お前のタイミングでバルコニーに飛べ！」

だが屁理屈は繰り出せてもとことん鈍《どん》くさい天羽は、そのタイミングがまるで測れない。

「ほら！　今だろ！　バカかお前。こんな事やってるウチに、チェーンが切れるぞ」

それは脅しでもなんでもない。

天井を見ると、すでにチェーンの根元が浮いてきている。今、この瞬間にも、取り付け金具ごと、ずぼっと抜け落ちるかもしれない。真菜が閉じ込められているガラスケースも、すでに中の空気は尽きているだろう。

「助かりたいか？　だったら次のタイミングで飛べ！　判ったな！」

シャンデリアはゆらーりと揺れて、ふたたびバルコニーに接近した。

「イケッ！」

佐脇は犯人の右手を振りほどいた。

「うわーっ！」

悲鳴とともに天羽の身体は宙に浮き、そのままバルコニーの手すりに激突し、なんとか内側に転げ込んだ。

「水野！　三階バルコニーに犯人が着地！　至急、身柄確保！　それに救急車だ！　二台な！」

いや、三台かもしれないと思いつつ、佐脇はどうしようかと思案した。

天羽には飛べ！　と言ったが、イザ自分がやるとなると躊躇《ちゆうちよ》する。ふたたびシャンデリアを揺すり振幅を大きくしてから飛ぶか？　いや、それまでにシャンデリアは落下してしまうかもしれない。いっそわざと落としてしまうか？　それもダメージが大きいだろう。

仕方ない。やるか。

佐脇がバルコニーとの距離とタイミングを測るうちに、三階バルコニーに水野と光田が昇ってきた。

「佐脇さん、早くこっちに！」

「チェーンが切れるぞ！」

シャンデリアがぐぐっと落下するのが判った。もはや一刻の猶予《ゆうよ》もない。

「言われなくても、飛んでやる！」

バルコニーの手摺りに狙いを定め、全身を一気に伸ばして筋肉のパワーを解放した。

思い切り蹴った後ろ足に、シャンデリアが剝がれ落ちる最後の抵抗を感じた。

ガッシャーンと言うもの凄い音がして、下から悲鳴が聞こえた。ガラスと金属の集合体だった豪華な照明器具が床に激突し、バラバラに砕け散ったのだ。

佐脇としては思い切り飛んだつもりだったが、揺れが少なくて飛距離が伸びず、手摺りにしがみつくのが精一杯だった。

「大丈夫ですか、佐脇さん」

水野と光田が腕を取って引っ張り上げてくれた。

バルコニーの内側には、天羽が転がって呻いている。

「おい！　意識はあるか？　真菜ちゃんのガラスケースにどんな仕掛けをした!?」

「さあ……それは、言えない」

バカ野郎言え、言うんだ！　と佐脇は天羽に馬乗りになり、立て続けに二、三発殴りつけた。

「痛い！　おれは親にも殴られたことがないんだ。やめろ！　やめてくれ！　……やめてください……ごめんなさい」

天羽は泣き出した。

「仕掛けなんかない。ただ……密閉してあるだけだよ」

「毒ガスも発火装置もナシだな？」

ぶんぶんと首をタテに振ってうなずく天羽にケリを入れて、佐脇は階段を駆けおりた。

ガラスケースの周りには、他の警官や救急隊員も集まっていた。

ケースには、天羽の言ったとおり、仕掛けはないようだ。コードもパイプも接続されていない。センサーもタイマーも、ガスを送るボンベや発火装置も見当たらない。

だが、藤堂真菜はガラスケースの中で、すでに明らかな苦悶の表情を浮かべている。

「酸欠状態になっているようです！」

救急隊員の一人が叫んだ。

「早くなんとかしないと！」

「判った。おれの責任で、やる」

天羽がウソをついていないとは断言できないが、仕掛けが「ない」方に賭けるしかない。

大聖堂もどきの床には、シャンデリアの残骸のほかに、偽物のパイプオルガンの偽物のパイプが散乱していた。その中から一番細いものを選んだ。太いと威力がありすぎる感じだ。とにかくガラスケースの一部でも壊して、外気を入れなくては。

パイプを掴んで、思い切り、ケースをたたき割った。真菜の足元を狙った。破片で傷つかないようにパイプの角度も考えたつもりだった。

が、ケースは強化ガラスのようで、一撃では割れない。

「脳への酸素の供給がこれ以上断たれると、重篤《じゅうとく》な後遺症が……」

「うるせえ！　だったらお前もなにか考えろ！」

怒鳴った佐脇は、制服警官に銃を貸せと言った。

「こうなったら、ガラスケースを銃で撃ち抜く」

「しかし！　弾丸がケースの中で跳ね返って、真菜ちゃんを傷つけてしまう可能性も」

「じゃあどうする？　このガラスはちっとやそっとじゃ、割れねえぜ！」

いいから貸せ、とニューナンブを奪い取った。慎重に構えて、トリガーを引く。

轟音がチャペルいっぱいに響き渡った。

と、同時に、びくともしなかったガラスケース全体にヒビが入った。

「よし！　あとは……」

真菜ちゃんの足元のあたりをふたたびパイプで突くと、ぴしぴしとガラスの一部が欠け落ちた。出来た穴の縁を持って、ゆっくりと剝がすように持ち上げてやると、強化ガラス全体が紙のようにぺろりと剝がれてくる。

少女の顔からは苦悶の表情が消えていた。意識の無いままに胸を大きく上下させ、小さな身体で、足りなかった酸素を精一杯取り込んでいる。救急隊員が駆け寄って少女の頰を軽く叩き、呼吸と脈を確認した。

「呼吸はしています」

脈を取った。

「脈も正常……」

ペンライトで瞳孔《どうこう》を確認した。

「薬物で眠らされているようです。至急、病院に搬送します」

「宜しく頼む!」

藤堂真菜はガラスケースから出されて、ストレッチャーに乗せられ、救急車に運ばれた。

それを見送った佐脇は、その場にへたへたと座り込んだ。

「おい……。おれはもう若くないんだぜ」

横に来た水野が、まったくですね、と相づちを打った。

「だったら、こんなアクション、させないでくれ。こういうことはお前が買って出ればいい話じゃないか」

「いやいやトンでもない！」

水野は片手を大きく振って謙遜した。

「佐脇さんの見せ場を横取りするなんて、そんな真似は出来ませんよ」

エピローグ

「再審が決まったわ！　梶原……いえ、梶原勉さんの再審請求が通ったの！」

職員食堂に飛び込んできたのは、磯部ひかるだ。

特捜本部も解散して鳴海署にいつもの平安が戻り、まだ昼休みにもなっていないのに、佐脇はカレーライスときつねうどんのセットを食べていた。

「そうか。それは良かった」

カレーを口に運ぶスプーンをとめると、ひかるはさらに続けた。

「それと藤堂栄一郎が、T県弁護士会を脱会したわよ」

「あのジジイが？　反省するタマだとも思えないが」

「正確には、除名処分になりそうだったので、先手を打って自分から脱会したんだけど」

弁護士会に入っていないと弁護士活動は出来ない。法曹界からの事実上の追放だ。

「そいつも朗報だな」

スプーンに代えて割り箸を手にとり、佐脇はうどんをズルズルと啜った。

「ほかに何か聞いてないか？　藤堂が梶原勉の死刑執行を急がせていた疑惑の件は？」

「法務省幹部は藤堂栄一郎からの働きかけを全面否定ですって」

　東京のキー局からの情報だという。

「まあ当然だろうな。そんなこと、絶対に認めるはずがない」

その時、佐脇の携帯が鳴った。梶原勉が獄中結婚をしている梶原香里からだった。

『刑事さん！　再審が……夫の再審が決まりました！　地検が、再審開始決定に異議申し立てをしないと発表したんです！　ほんとうに……いろいろありがとうございました』

「ああ、奥さん。私も今聞きました。本当におめでとうございます。おっつけ勉さんは釈放されて、名誉も回復されるでしょう。長い時間がかかりましたが……」

　電話の向こうで、香里は涙声になっている。

『死刑執行の瀬戸際まで行ったのに……これも、刑事さんのおかげです』

「いえ……この件に関しては私というより、どちらかといえば犯行を再開した天羽俊一の貢献《こうけん》が大きいでしょう。奇妙な話ですが」

　これは佐脇の謙遜ではなかった。天羽の強烈な自己愛と、自分の美学を貫きたいという歪んだこだわりが結果として梶原勉の無実を証明することに直結したのだ。

　電話を切った佐脇は、ひかるに椅子を勧めた。

「いろいろとご苦労だったな。だけどお前も全国ネットで名が売れたじゃねえか」

磯部ひかるは、今回の事件で鳴海からのリポートを一手に引き受けた。その仕事が、元からのウリだった巨乳と相まって東京のスタッフに再評価されているらしい。

「東京に打って出るのか?」

「出ません。それは何度も話した事でしょ。ビジュアルが私程度のタレントは東京じゃ掃《は》いて捨てるほどいるし、局アナに中途採用されても、プロパーのお局《つぼね》様にいびられるだけだし」

ひかるは手を伸ばしてスプーンを取り、佐脇のカレーをひとすくい食べた。

「田舎で細く長く地味な仕事をしてる方がいいわ。まあ、うず潮テレビの社員にならないかってハナシはあるんだけど、それもねえ。いろいろ縛りがキツくなりそうだし」

「まあ、夜中に編成部長を叩き起こして特番を流せとか言えなくなるわなあ」

「それは契約リポーターだって常識では言えることじゃなかったんだけどね」

ひかるは割り箸を割り、佐脇のきつねうどんから油揚を取って食べた。

「知ってた? 東京に行ったら、こんなうどんでも値段が二倍か三倍になるんですって。バカバカしいじゃない、そんなの」

「お前は自分の人生を、うどんの値段で決めるのか」

佐脇は呆れた表情をしてみせた。

「……判ってるけどな。おれだって警察庁に転籍しないかって話がないこともない。だけどそれは、おれを厄介払いしたい県警の連中の策謀でな」

県警本部の日下部刑事部長は更迭されて中央に戻り、日下部の意を受けて動いていた県警刑事部捜査一課の神野は運転免許センターに転勤が決まった。『鳴海連続女児誘拐事件』の捜査において予断から捜査の方向を歪め、解決を遅らせたことが表向きの理由とされている。だが神野と日下部の背後にはおそらく警察庁の何者かの意志があり、さらにその背後には法務省の、藤堂栄一郎に連なる人脈の意向が働いていたはずだ。

その意味ではまたも佐脇の勝ちで、彼を排除しようとする勢力は今回も駆逐された事にはなる。だがそんな力を秘めた一巡査長の存在を消してしまいたい人物は常に存在する。

「そうか。とりあえず勝利を祝って、今夜あたり、久しぶりにオマンコするか?」

佐脇はわざと卑語を使ってひかるを口説いた。

「最近お前、肌にツヤが足りないんじゃないか? セックスしてないからだろ。おれがヒイヒイ言わせてやるぜ」

「昼間っから何言ってるのよ」

ひかるはニコリともせず切り返してきた。

「忙しいのよ、このところずっと。今日だってこれから藤堂氏に突撃取材するんだから」

ご飯を食べるヒマもない、というひかるに佐脇は丼を押しやった。

「油揚のないきつねうどんを食ってもしかたない。やるよ」

厨房《ちゅうぼう》に向かって叫ぶ。

「オバチャン、チャーハンを追加してくれ！」

「ねえ。炭水化物の摂《と》り過ぎは良くないんじゃない？」

「うるさい。おれはな、炭水化物をたくさん摂取すると勃ちがよくなるんだ。男ってものはチンポが勃ってナンボだからな」

「そんな学説、聞いたこともない」

ひかるはアッという間にきつねうどんを完食し、席を立った。

「おい。藤堂に会ったら、弁護士会に詫びを入れて、罪滅ぼしに天羽俊一の弁護でも引き受けたらどうだと伝えといてくれ」

「自分で言ったら？」

ニッコリ笑ったひかるは、そのまま食堂から出て行きかけたが、思い直して戻ってきた。

「なんだ。やっぱり今夜、イッパツやるか？」

「そうじゃなくて。これ」

ひかるがバッグから取り出して佐脇に差し出したのは、可愛い美少女のイラストが表紙になっている小冊子だった。

「梶原さんの作品集。逮捕される前に出した、同人誌。アナタに渡してくれって香里さんから頼まれてたの」

佐脇がその同人誌を広げて見ているうちに、ひかるは消えていた。

梶原の描くイラストは、幼女の純粋無垢の美を限りなく賞賛するものだった。

いわゆる「幼女属性」とは無縁で巨乳と熟女が好みの佐脇にさえ、梶原の情熱は伝わってきた。一切の穢れを知らず、このうえなく愛らしく、この世に存在する美と純粋さをすべて集めたかのような、さながら天使のような女の子たち。

中でも花々に囲まれて眠る少女の絵は目を惹いた。思わず見入るうちに佐脇は気がついた。まさにこういうものを、天羽俊一は現実の犯罪で「表現」しようとしたのではないか。

天羽も自分の犯罪を「作品」と呼んでいた。だが、同じく「作品」と呼ばれるものでも、梶原勉のイラストは誰ひとり傷つけず、誰の命を奪うこともない。

二人の違いは、あまりにも大きい。

炭水化物三点セットを食べてから、佐脇は同人誌を持って刑事部屋に戻り、捜査一係長の光田と軽口を叩いて時間を潰した。

「佐脇。お前が一大アクションを繰り広げたセレモニー・ホールだが、あの大聖堂モドキを企画したのは、天羽俊一らしいぞ」

光田が教えてくれた。

「てめえの美意識とやらで、こだわりの結婚式場、兼、葬祭場を企画して親にカネを出させたまではいいが、アッという間に潰れてお坊ちゃんのプライドはズタズタ。ちょうどそのころ、三崎玲子の手記が雑誌に載ったってことらしい」

「なるほど。ヤケになってたってわけか。『誤審判事並びに子殺し母に天誅《てんちゅう》』は建前で、実際は八つ当たりみたいなものだったのかもな」

「そんな自己満足ホールを岡山ではなくてわざわざここに作らせたのも、誤審判事が鳴海に住んでたからかもしれんけどな」

裕福で親がかりで働く必要がなかったとはいえ、「何ものでもない自分」が耐えられなかった天羽は自己表現に名を借りた殺人に走ったのだろう。

同人誌をもう一度開き、ぱらぱらと中のイラストを眺める。

こういう才能があれば、天羽も、犯罪に走ることはなかっただろう。

穢れなき世界を描いた同人誌を机に仕舞い、佐脇は街に出ることにした。

こちらは、といえば穢れだらけの世界だ。

佐脇の盟友だった伊草が事件を起こして逃亡し、伊草が若頭を務めていた地元の暴力団・鳴龍会が解散して以来、鳴海の夜の世界は不安定になっている。県外から新たな勢力が入ってこようとしているし、鳴龍会の残党も暴力団まがいの組織を作って、以前の利権を回復しようとしている。だがそこに佐脇の出番、というより商機がある。揉め事に介入して、小遣いを貰うのだ。

そうでもしないと、鳴海署の安月給だけでは手許不如意《てもとふにょい》だ。

愛車バルケッタの修理費も必要だし……いや、そろそろ乗り換えるか？

そんなことを思いながら署を出ようとしたところに、意外な訪問者とバッタリ会った。

藤堂春奈だった。

「刑事さん！　その節は本当に有り難うございました」

若妻は深々と頭を下げた。

「いえいえ……というか、もっと早く簡単に解決すべきだったんですが」

申し訳ありませんでした、と頭を下げる佐脇に、春奈は恐縮しつつ「ご報告に参りました」と来訪の理由を告げた。

「主人が、判事を辞して弁護士に転身することになりまして」

「鳴海で開業するんですか？」

「いえ……ここに居る限り、藤堂家の影響から逃れられないということで、東京に参ります。弁護士になるのも同じ理由です。すべてを心機一転したいので」

判事を続けるかぎり、父親である藤堂栄一郎の名前から逃げることはできない。以前は明治から続く裁判官の家系という重圧だったが、今はそれに「裁判所の権威を揺るがす重大な不祥事疑惑を抱えた大物判事の息子」という汚名までが加わっている。一度離婚して、春奈の旧姓に名字を変えて浩紀と再婚することにしたのだ、と春奈は語った。

「真菜ちゃんはもう、すっかり?」

はい、と春菜は笑顔になった。

「元気になりました。あの子はお兄ちゃんが大好きだし、お兄ちゃんもあの家を出たがっていたので、一家で鳴海を離れます。舅と姑はもの凄く怒りました。主人が生まれて初めて反抗したって……」

だがそう言う春奈の顔は輝いている。妻として、初めて夫に守ってもらった、そのことがきっと嬉しいのだろう。

ご主人が弁護士になるなら、天羽の弁護を引き受けたら? と言いそうになって、かろうじて我慢した。実際問題、身内に事件の関係者がいるんだから弁護は無理だろう。

署の玄関口で、佐脇は堂々とタバコに火をつけて、ふかした。

けっこう美味い。

「またまた面倒な事件でしたよね」

水野が背後から声を掛けた。

「おれの後ろに立つなと言ったろう」

そう言いながら振り向きざまに、後輩の顔に煙を吹きかけてやった。

「毎回そうなんですが……今回も、判らないことがいろいろあって」

「おれも同じだ。天羽はともかく、藤堂の頭の中は解剖したって判らないだろう。まあ、元判事殿には『守るべきもの』があったんだろうな。どんな犠牲を払ってでも」

「理解できませんね。司法関係者として、『正義』以外の何を『守るべき』だったと?」

「こりゃまた君、直球で来ましたね」

佐脇はおどけて見せた。

「あの御仁にとっては、正義『以上』に守るべきものがあったと言うことだよ。それは、おれたち警察だって他人事じゃない。藤堂を批判すれば自分たちに跳ね返ってくることになる。……そうは思わないか?」

「佐脇さんはどうなんです? 正義より守るべきものって、ありますか?」

「そりゃあるに決まってるだろ!」

佐脇は当然だと言わんばかりに大声で言った。

「正義より大事なもの。そりゃ君、『愛』でしょ。そういや昔、『愛のために死す』って映画があったな」

水野はスマートフォンを取り出し素早く検索した。

「ええと『純粋な真実の愛が世間の常識や秩序を困惑させ、それらを支える法律の力によって逆に踏みにじられていく悲劇を描いたフランス映画』となってますが」

「ああ、そういう映画だったの」

とトボケた佐脇は、今から愛でも捜しに行くか、とうそぶきながら、ぶらぶらと街に出ていった。

参考資料

「これでいいのか自動車保険」柳原三佳（朝日新聞社）
「DNA型鑑定による個人識別の歴史・現状・課題」岡田薫（リファレンス平成18年1月号／国立国会図書館）
「遺伝情報・DNA鑑定と刑事法」和田俊憲（慶應法学第18号／慶應義塾大学大学院法務研究科）
「法医学現場の真相」押田茂實（祥伝社新書）
「DNA鑑定は〝嘘〟をつく」山崎昭（主婦の友新書）
「DNA鑑定は万能か」赤根敦（化学同人）
「DNA鑑定　科学の名による冤罪」天笠啓祐・三浦英明（緑風出版）
「冤罪File第8号」（キューブリック）
「裁判官の横着」井上薫（中公新書ラクレ）
「司法殺人」森炎（講談社）
「冤罪をつくる検察、それを支える裁判所」里見繁（インパクト出版会）
「冤罪の恐怖」大谷昭宏（ソフトバンク　クリエイティブ）

「日本の裁判官」野村二郎（講談社現代新書）
「司法官僚」新藤宗幸（岩波新書）
「裁判官が日本を滅ぼす」門田隆将（新潮文庫）
「裁判官は訴える！」日本裁判官ネットワーク（講談社）
「裁判官だって、しゃべりたい！」日本裁判官ネットワーク（日本評論社）
「日本の『未解決時事件』１００」別冊宝島編集部（宝島社）
「真犯人に告ぐ！」週刊朝日ＭＯＯＫ（朝日新聞出版）
「美談の男～冤罪袴田事件を裁いた元主任裁判官・熊本典道の秘密」尾形誠規（鉄人社）
「無実を探せ！　イノセンス・プロジェクト～ＤＮＡ鑑定で冤罪を晴らした人々」ジム・ドワイヤー、ピーター・ニューフェルド、バリー・シェック、指宿信、西村邦雄（現代人文社）
「日本のイノセンス・プロジェクトをめざして～年報・死刑廃止〈２０１０〉」年報死刑廃止編集委員会（インパクト出版会）
「えん罪原因を調査せよ～国会に第三者機関の設置を」日弁連えん罪原因究明第三者機関ワーキンググループ（勁草書房）
「幼児殺人の快楽心理―FBI 心理分析官ファイル」ジョン ダグラス(著)、マーク オルシェイカー(著)、John Douglas (原著)、Mark Olshaker (原著)、福田素子 (翻訳) (徳間書店)

この作品はフィクションであり、登場する人物および団体は、すべて実在するものと一切関係ありません。

正義死すべし

一〇〇字書評

切り取り線

購買動機（新聞、雑誌名を記入するか、あるいは○をつけてください）

□（　　　　　　　　　　　　　　）の広告を見て
□（　　　　　　　　　　　　　　）の書評を見て
□ 知人のすすめで　　　　　□ タイトルに惹かれて
□ カバーが良かったから　　□ 内容が面白そうだから
□ 好きな作家だから　　　　□ 好きな分野の本だから

・最近、最も感銘を受けた作品名をお書き下さい

・あなたのお好きな作家名をお書き下さい

・その他、ご要望がありましたらお書き下さい

住所	〒				
氏名		職業		年齢	
Eメール	※携帯には配信できません	新刊情報等のメール配信を 希望する・しない			

この本の感想を、編集部までお寄せいただけたらありがたく存じます。今後の企画の参考にさせていただきます。Eメールでも結構です。

いただいた「一〇〇字書評」は、新聞・雑誌等に紹介させていただくことがあります。その場合はお礼として特製図書カードを差し上げます。

前ページの原稿用紙に書評をお書きの上、切り取り、左記までお送り下さい。宛先の住所は不要です。

なお、ご記入いただいたお名前、ご住所等は、書評紹介の事前了解、謝礼のお届けのためだけに利用し、そのほかの目的のために利用することはありません。

〒一〇一-八七〇一
祥伝社文庫編集長　坂口芳和
電話　〇三（三二六五）二〇八〇

祥伝社ホームページの「ブックレビュー」からも、書き込めます。
http://www.shodensha.co.jp/bookreview/

祥伝社文庫

正義《せいぎ》死《し》すべし　悪漢刑事《わるデカ》

平成25年4月20日　初版第1刷発行

著　者　安達《あだち》 瑶《よう》

発行者　竹内和芳

発行所　祥伝社《しょうでんしゃ》

東京都千代田区神田神保町3-3

〒101-8701

電話　03（3265）2081（販売部）

電話　03（3265）2080（編集部）

電話　03（3265）3622（業務部）

http://www.shodensha.co.jp/

印刷所　萩原印刷

製本所　積信堂

カバーフォーマットデザイン　芥　陽子

Printed in Japan ©2013, Yo Adachi ISBN978-4-396-33833-6 C0193

祥伝社文庫の好評既刊

安達瑶 隠蔽の代償 悪漢刑事《わるデカ》

地元大企業の元社長秘書室長が殺された。そこから暴かれる偽装工作、恫喝、責任転嫁…。小賢しい悪に鉄槌を！

安達瑶 黒い天使 悪漢刑事《わるデカ》

美しき疑惑の看護師——。病院で連続殺人事件!? その裏に潜む闇とは……。医療の盲点に巣食う〝悪〟を暴く！

安達瑶 闇の流儀 悪徳刑事《わるデカ》

狙われた黒い絆——。盟友のヤクザと共に窮地に陥った佐脇。警察と暴力団、相容れてはならない二人の行方は!?

安達瑶 ざ・だぶる

一本の映画フィルムの修整依頼から壮絶なチェイスが始まる！男は、愛する女のためにどこまで闘えるか!?

安達瑶 ざ・とりぷる

可憐な美少女に成長した唯依《ゆい》は、予知能力まで身につけていた。そして唯依の肉体を狙う悪の組織が迫る！

安達瑶 ざ・りべんじ

〝復讐の女神〟は殺された少女なのか!? 善と悪の二重人格者・竜二&大介が、連続殺人、少年犯罪の闇に切り込む！